仰不愧于天

YANG BUKUI YUTIAN

张抗抗◎著

中国文史出版社
CHINA CULTURAL AND HISTORICAL PRESS

张抗抗（2018年）

目録

辑一

生命之思

仰不愧于天

用最后一点力气登上十八盘最后一个台阶，你以为登上了泰山之巅而实际上你仅刚刚叩开了天门。天门外有长长的天街，世界在那儿骤然一片迷茫混沌不见天日。

缥缈的白色纱幕由深邃的天际漫入无尽的地界，时而悠悠时而切切地拥着你，擦肩不知、拂面不觉，几步之外人影绰绰，含蓄如皮影戏。周围的窃窃笑语被朦胧的视线阻隔，声音似从天外传来。

步履越发地滞重，却能感觉到自己是在继续地上升着，往那若隐若现、不胜幽寒的山的最高处，一步一步地挪移。浓云如织，密雾如锁，我看不清同伴的面容摸不着自己的脚印，只觉得我吸进去的是云，吐出来的也是云；我走出了雾又融进了雾；我驱动着风又被风所驱动；我划破了那白色又弥合了那白色；我飘飘欲仙却又走投无路；有一刻我几乎觉得自己被丢失在一个谁也不知道的地方，我仅仅是被那无声无形的气流所托举所指引，引我向秘不可宣的九重天外攀寻。

它一点也没有违背我的想象。我梦中的泰山便是神游于云海雾浪中的一只大鸟，与天空融为一体。这座大山折磨了我这么多年，全然不是因为它“五岳独尊”、蜚声海内外的累累名声。也许仅仅只为我每一次回江南探亲的途中，它总是突兀地从铁路那一边远远地钻出来，裸露半壁峭岩，神神秘秘地在云笼雾罩中一闪而过……

山路蓦然而止，如一双牵拉着你的手轻轻放下。缠绵的云雾悄然散去，头顶似有荧屏般的天光闪烁。荡逸的风烟中，一座土红色的庙宇，傲然立于泰山极顶的天柱峰之巅。

极顶石就是在那个时刻显现的。

它静静地蹲在玉皇庙正殿前一圈八角形的花岗石围栏之中，由数十块圆石组成。高不过尺，宽不过丈，大石如磐，小石如磨，错落有致，紧密相依，石缝间还嵌着几根青草。石前有碑，顶部刻着五岳之首的泰山山符，下书：“泰山极顶——1545米”几个红字。围栏与山石本身都呈一种粗砂似的糙米色，表面坑坑洼洼，有疏疏朗朗的浅淡麻点，并不显得怎样的深远与亘古。伸手去摸，粗砺的石头竟有几分温凉，每个棱角都已被磨得光滑。好似看见几千年间抚平了这石上每一道皱褶的一双双手，洗净了这石上每一粒沙尘的天风天雨。那瞬间我确信了泰山在一切生命之前的悠悠岁月。

庙宇即古“太清宫”，今称玉帝观或玉皇庙，由山门、正殿、观日亭、望河亭、东西禅房组成。正殿三间，前后步廊式，内祀明代所铸玉皇大帝铜像，神龛上有匾额，书“柴望遗风”四字，可见远古帝王曾登此燔柴祭天，望祀山川诸神。庙宇的轮廓线与玉皇顶山头的轮廓线自然贴合，可谓岱顶形象的完成与延伸。极顶石西北有“古登封台碑”，乃是历代帝王封山时设坛祭天的遗迹。据史料记载，极顶石原埋于玉帝观建筑之下，至明代隆庆六年有个叫万荣的人拆观而将其重建于巅北，出巅石以表之。这一挪便将山极从玉帝的封盖下解脱出来——巍巍泰山之巅，终于连玉帝也要礼让三分。

半生中曾去过许多名山，每每攀到山顶，望众山延绵起伏，峰峦叠翠，似乎那山总是高于此山，便疑惑自己是否真的已征服了山巅极顶。没有哪一座山给予过我极顶之肯定。而这方寸之地的小小极顶石，却如同泰山之缩影，让人从容收入视线之内，举目能及，弹指可触，像是慷慨地将全部的泰山精华一并奉献与你。于是泰山之雄壮中顿时有了奇巧，伟岸中孕育出诙谐；泰山不再令人因敬畏而顶礼膜拜，却在世人的崇仰中平添了几分亲切之情。

负载着几千年历史与文化的泰山，因极顶之石回归自然。

云雾又起，如一曲若有若无的仙乐，弥漫于峰峦之上。麻黄色的极顶石忽而清晰、忽而模糊，似浸润于大海中的一座孤岛。既离尘世已远，四处肃穆无声。登顶的游人凝望极顶石久久不去，或惊愕、或沉吟、或漠视、或茫然，眼里终是一派寂寂。

据说此地山崖上曾有14字摩崖石刻：地到无边天作界，山登极顶我为峰。

我一步步走上岱顶，因之拥有了我的极顶石。

然而，人虽因山的托举而高大；因山的导引而征服了山超越了山；但人的高度终于只是山的高度，人只能因山的终止而终止；当人成为山峰之时，前方可尚有路？

极顶石默然。对于世人的惶惑不置一词，哪怕是一声暗示一句点拨。它只在身旁的碑上准确无误地注明了自己的高度，连一个多余的说明都没有。比之昆仑、比之珠穆朗玛，它也许根本算不了什么高山。一座山只有一座高峰，亦如万物运动中享有的盛期。那个数字是一个句号，画定了句号就该重新开始。它仅仅只是一座泰山，它不是宇宙，不是太空，它不是无限的。如果它想要获得一个新的高度，它务必在造山运动中将自己再沉沦一次。

据史料记载，泰山大约形成于3000万年前的中生代中期。泰山地质由世界最古老的岩石之一构成。25亿年前太古代，剧烈的地壳活动使鲁西地区沉降带原先堆积的岩层褶皱隆起成为古陆，形成规模巨大的山系，古泰山随之由海底冉冉升起，露出水面。后又经过近20亿年的长期风化，地势渐趋平缓，到距今6亿年前的早古生代，华北地区平稳下降，古泰山重又沉于海中。它在黑暗的海里默默等待了1亿多年，至早古生代末期，古老变质岩的剥蚀面逐渐沉积，整个地区再次抬升为陆地，古泰山便隆起为一个低矮的荒丘。距今二三亿年的晚古生代中晚期，华北地区发生了海浸，古泰山成了海中孤岛，后又继续上升，至中生代晚期，泰山在燕山运动的波及下，地壳断裂形成泰山穹隆，而后山体快速抬升，沉积岩纷纷剥蚀，杂岩重见天日，构成泰山雏形。至新生代初期，又一次被喜马拉雅山运动"提携"，开始大幅度上升，再经历了一个3000万年，泰山方生成一副花岗岩骨架，以嵯峨峥嵘、峻拔高旷之态，顶天立地磅礴于天下。

泰山曾三次沉降，曾遭三次"灭顶之灾"，曾三次被否定，却终于昂首挺胸地站起来，成为巍然而柱天的泰山。泰山是注定要成为泰山的。25亿年磨炼的是泰山的脊骨和自信。

那一刻我忽而发现：极顶石表面朦胧可见的斑斑石纹与凹凸不平的皱褶，酷似一尊巨人的大脑。甚至可见灰黄色的皮质下滚动的智慧与生命。如果泰山活着泰山自然是有头脑的。那颗坚实的头颅顶开岩层，钻出地表，跃上大海，栉风沐雨，生生不息。极顶石不需要帽子的庇护，无遮无掩地裸露着，坦坦荡荡地匍匐着，在苍穹下陷入永久的沉思。

它始终是昂扬着头的。史前、史后、今日、未来，它在永恒的岁月里仰天长啸，与长空共日月。蓦地，十八盘的峭壁上曾赫然入目的摩崖石刻，重又跃入我脑中，那是孟子的名言：仰不愧于天，俯不怍于地——泰山极顶石果然无愧于天。它在将泰山峰顶馈赠于你的同时，也给予了你对于高度的认知。它创造了自己也创造了超越它的人。

在距极顶石几步之遥的玉帝观外石阶下，立有一座高6米、宽1.2米，形制方而非方、四面狭窄不等、古朴浑厚的莹白色无字碑。此碑未凿一字，尽得风流。无字碑因立石而不刻其文，在历史上众说纷纭。曾被先人断为秦碑，清考为汉碑，至今又有学者疑为唐碑。无论其究竟立于何朝，终为泰山千古圣迹。何况无字碑立于岳顶登封台下，恰与极顶石互诉心声、相得益彰。在泰山的莽荡天风中，恍惚难辨的无字碑，亦如仰天无言的极顶石，留给世人一个难解的空白，一种关于重新开始的想象。

故乡在远方

我总觉得自己是一个流浪者。

几十年来，我漂泊无定，浪迹天涯。我走过田野，穿过城市，我到过许多许多地方。

我从哪里来？哪儿是我的故园我的家乡？

我不知道。

19岁那年我离开了杭州城。晴光潋滟、山色空蒙的西子湖畔是我的出生地。离杭州100里水路的江南小镇洛舍是我的外婆家。

然而，我只是杭州的一个过客，我的祖籍在广东新会。我长到30岁时，才同我的父母一起回过广东老家。老家有翡翠般的小河、密密的甘蔗林和神秘幽静的榕树岛。夕阳西下时，我看见大翅长脖的白鹳、灰鹳急急盘旋回巢，巨大的榕树林上空遮天蔽日，鸟声盈盈，那就是闻名于世的小鸟天堂。新会县世为葵乡，小河碧绿的水波上，一串串细长的小船满载清香弥漫的葵叶，沉甸甸地贴水而行，悠悠远去……但老家于我，却已无故乡的感觉。没有一个人认识我，我也并不真正认识一个人，我甚至说不出一句完整地道的家乡方言。我和我早年离家的父亲，犹如被放逐的弃儿，在陌生的乡音里，茫然寻找辨别着这块土地残留给自己的根性。

梦中常常出现的是江南的荷池莲塘、春天嫩绿的桑树上透紫酸甜的桑葚儿、秋天金黄璀璨的柚子、冬天过年时挂满厅堂的酱肉粽子鱼干，还有一锅喷香喷香的煮芋艿……

暑假寒假，坐小火轮去洛舍镇外婆家。镇东头有一座大石桥，夏天时许多光屁股的孩子从桥墩上往河里跳水，那河连着烟波浩淼的洛舍洋。我曾经在桥下淘米，竹编的淘箩湿淋淋从水里拎起，珍珠般的白米上扑扑蹦跳着一条小鱼儿……

而外婆早已过世了。外婆走时就带走了故乡。其实外婆外公也不是地道的浙江人氏。听说外婆的祖上是江苏丹阳人，不知何年移来德清洛舍。又听说洛舍之名是由于早年此地曾有一支移民来自洛阳，洛阳人之舍，谓之洛舍。由此看来，外婆外公的祖籍也难以考证，我魂牵梦系的江南小镇，又何为我的故乡？

所以对于我从小出生长大的杭州城，便有了一种隐隐的隔膜和猜疑。自然，我喜欢西湖的柔和淡泊，喜欢植物园的绿草地和春天时香得醉人的含笑花，喜欢冬天时满山的翠竹和苍郁的香樟树……但它们只是我摇篮上的饰带和点缀，我欣赏它们、赞美它们，但它们不属于我。每次我回杭州探望父母，在嘈杂喧闹的街巷里，自己身上那种从遥远的异地带来的“生人味”，总使我觉得同这里的温馨和湿润格格不入……

我究竟来自何方？

更多的时候，我会凝神默想着那遥远的冰雪之地，想起笼罩在雾霭中的幽蓝色的小兴安岭群山。踏着没膝深的雪地进山去，灌木林里尚未封冻的山泉一路叮咚欢歌，偶有暖泉顺坡溢流，便把低洼地的塔头墩子水晶一般封存，可窥见冰层下碧玉般的青草。山里无风的日子，静谧的柞树林中轻轻慢慢地飘着小雪，落在头巾上，不化，一会儿就亮晶晶地披了一肩，是雪女王送你的礼物。如闭上眼睛，能听见雪花亲吻着树叶的声音，那是我21岁的生命中，第一次发现原来落雪有声，如桑蚕食叶、婴童吮乳，声声有情。

那时住帐篷，炉筒一夜夜燃着粗壮的木柈，隆隆如森林火车如林场的牵引拖拉机轰响，时时还夹着山脚下传来的咔咔冰嘣声……山林里的早晨宁静而妩媚，坡上的林梢一抹玫瑰红，淡紫色的炊烟缠绵缭绕，门前的白雪地上，又印上了夜里悄悄来过的不知名的小动物一条条丝带般的脚印儿，细细辨认，如花如柳梢亦如一个个问号，清晰又杂乱地蜿蜒于雪原，消失于密林深处……

那些神秘的森林居民给予我无比的亲切感，曾使我怀疑自己也是否会留在这里。

小小的脚印沉浮于无边的雪野之上，恰如我们漂泊动荡的青春年华。

我19岁便离开了我的出生地杭州城，走向遥远而寒冷的北大荒。

那时我曾日夜思念我的西湖，我的故乡在温暖的南方。

但现在我知道，我已没有了故乡。我们总是在走，一边走一边播撒着全世界都能生长的种子。我们随遇而安，落地生根；既来则安，四海为家。我们像一群新时代的游牧民族，一群永无归宿的浪漫移民。也许我走过了太多的地方，我已有了太多的第二故乡。

然而在城市闷热窒息的夏日里，我仍时时想起北方的原野，那融进了我们青春血汗的土地。那时的空气透明，风也透明。那里的一切粗犷而质朴。20年的岁月，就把我这样一个纤弱的江南女子，磨砺得柔韧而坚实起来。以后的日子，我也许还会继续流浪，在这极大又极小的世界上，寻觅着、创造着自己精神的家园。

我的节日

每个人的生命都纯属偶然。为什么那个时刻未经自己选择就偏偏有了你？为什么你又偏偏选择了那一天降临？

我的生日在夏天。按阳历，最热的7月初。从那一天开始，我成为一个“人”，地球的生命中，就有了一个“我”。所以生日是唯独属于自己的节日。世界上也似乎只有一个人与你的生日有关，那就是诞生你的母亲。

小时候过生日，正是期终考试的关键时刻，妈妈当时在中学教书，也在紧张的气氛中。好几次生日过完了才想起来，就缠着妈妈要补，妈妈笑嘻嘻地拿出早已准备好的生日礼物给我——差不多总是一本精美的图书、一支新的笔，或是一个笔记本儿。那时家里经济不太宽裕，整盒的奶油蛋糕是生日的梦想。偶尔的，也许让大人带着，到延龄路上的海丰西餐社，买一小块切好的长方形蛋糕，上头的奶油花纹已支离破碎，却很心满意足。

19岁那年初夏，去了北大荒的一个农场，从此就把生日扔到了杭州老家。离开母亲似乎就离开了自己的生日。再没有人会来关心你曾经哪一天来到人间或是你对于人间的印象如何。就连我自己也在终日的劳累和挫折中，淡漠了疏忽了对自己的兴趣。

真不记得曾经怎样纪念过生日。留在记忆中的只是一团浑噩而灰暗的史前星云。金色的不是蛋糕而是窝头，蜡烛很多却是为了照亮黑夜。也许那个日子是为自己采过荒原上的野花的，它很寂寞地被插在一只漱口杯里，没有人知道它的名字，也没有人想知道它在想些什么……那时的人都极渺小极微不足道，不存在一个生命同另一个生命的区别。

忽然有一天收到一封厚厚的家书，信中夹着一方雪白的真丝手绢，手绢的一角用红色的丝线绣着一行拼音字母：KangKang，顿时眼眶一热，差点就落下泪来。字母是妈妈亲手绣的，绣的是我的名字。想象着不擅女红的母亲，在灯下一针一线地绣出我的名字，是多么艰难的场景。但妈妈只淡淡说：这件礼物仅是全家人的一点心意。为祝贺我的生日，全家还特地吃了一回面条呢。

便终于觉得自己还活在世上，还被人惦念着，还有让人重视的权利。这一日就赫然地兴奋、振作起来。以后的日子无意就扬起了头，天空也云开雾散的明朗。因着生日对自己生命的提醒与珍爱，浑噩中有了初始的自信。恍然记起年龄，不过是二十几岁，人生尚遥远，不知将以什么奉献给未来每一年的这个日子，即使不为自己，也为了在这一日的痛苦挣扎和淋漓鲜血中生养我的母亲。

从那一天开始，我对生命的来历有了恐惧和疑问。我不知自己究竟从哪里来，要到哪里去。我只知道我必是从某地来，也必得到某地去。我发现自己已长大成“人”，但却没有成为“我”——我把自己失落在何处？一个没有“我”的人生，又何必用我来活？

我要从此确立我的节日，是为了一年一度替我自己招魂。

就这样匆匆忙忙磕磕绊绊地过了30年。

1980年春，我在文学讲习所学习。夏天的一日，所里组织学员去北戴河休假。临上车之前，忽然想起今天是自己的生日。30岁生日——三十而立，毕竟是个值得纪念的日子。狠狠心，特地去买了许多漂亮的酒心巧克力糖。上了车，忍了又忍，终于是忍不住，把糖果迫不及待地分给大家。很郑重其事地宣布说今天是我的生日，愿大家同我一齐分享。车厢里就热闹起来，可惜那时都还不会唱《祝你生日快乐》这首歌。有人说你生日旅行，看来这辈子总要来来去去了。

望着车窗外无垠的田野，以往的岁月也如疾速后退的树木和房屋悄然逝去。我虽然无法再看见它们，而它们却终是留存在大地上。30年活得认真活得勤勉，没有很多欢乐却有些许收获。30岁的生日给我安慰也给我命运的警示：正如这隆隆作响呼啸奔驰的列车，我已无法止步无可选择。我是否将载着一代人的希冀，在茫茫人世间探寻人性的奥秘?

那个中午，同学们在海边的一家饭店聚餐。海很近了，只几步之遥，听海浪声声喧哗，撩拨人心；清凉的海风习习，带走了闷热都市的暑气与浮躁。那天我喝了许多祝贺的啤酒，我记得我并不快乐，但心里升起写作的冲动，我多么想用自己的力气与才能，去体验、去理解、去表现这个世界啊。

傍晚时我们一齐涌入大海。海天无垠，海水温暖又凉爽。脚底踩着柔软的沙滩，身体被海浪微微晃动着，视线可及遥远的天尽头。

那个瞬间我领悟到人生的短暂和自然的永恒，有一刻，心里充满人生的幻灭感——每个人的生命都不可再生，一切的创造物在出生的同时就含着虚无和毁灭的悲剧意味。我将如何去超越、超脱自我，在这一个仅属于我一次的人生中不至因追求“生”的成功而异化了生命本身……生日之海的“洗礼”，如云缝之光，给我某种彻悟和永远的难忘。

开始恋爱之后，就有了一些男友而不再是妈妈一起与你过生日。年龄的数字一回回增大，却总是属虎。从一只小老虎变成中老虎最后终于会有一天变成老老虎。心里一向挺喜欢老虎的，人有虎性虎虎而有生气。果然就有各种姿态各种质料的玩具老虎工艺老虎，作为男朋友们赠我的生日礼物存入箱底。偶尔翻看，便唤起在那个早已流逝的年龄里，涉猎人生情爱的种种经历。

33岁的那个生日的前一天，我收到了一个寄自北京的邮包，邮包里有一个小小的木盒，木盒里是一个黑色的印盒，印盒里有一方棕黄色的普通大理石图章，刻着我的名字。覆在图章的顶端，立着一只精巧又稚拙的小老虎。印盒的盖内，覆着一张狭长的纸条，上面用钢笔写着4个字：生日快乐。

那一天我很快乐。其实我已有很多的图章，唯独这一个，它朴实无华却又别具特色，恰是我所期待因而也是最珍贵的。那时我们已决定结婚，不久后这位朋友便成了我的丈夫。

以后年年的生日总有鲜花。丈夫天生热爱小动物也爱植物，于是阳台上就种满了各种各样的花草。鲜花和爱伴随，似水流年，滋润和照亮日渐成熟的生命。生活中有鲜花和理解足矣。慢慢就悟出，猫为虎师，写作时留着虎性，做女人，还是“猫”一样的温柔为好。

那一年眼看快过生日，恰在哈尔滨开会。往家打了电话，丈夫说他立即要去外地讲学，怕是等不到我回来过生日了。一想今年的鲜花无着，便十分扫兴。仍是赶着生日那天回到家里，果然空无一人。正沮丧懊恼，忽然眼前一亮：我的书桌上，一支雪白的马蹄莲插在花瓶中，鲜艳欲滴翘首以待——他没忘了我的生日礼物。欣喜旋即却又心里纳闷，不知为何往常的一束花变成了一枝？到中午为自己弄吃的，打开冰箱门——嗬，整整一大束菖兰，鲜红的淡粉的橘黄的花瓣，晃得我睁不开眼。花束送来阵阵幽幽的清香，在暑热中散发着爽人的凉意。透明的花袋中夹着一张小纸条，写着：祝你生日快乐。先生居然能想到冰箱保鲜，还特意在桌上单插一枝作为引子，可见煞费了一番苦心。惊讶之余，终是又一次被深深打动。我的节日不再孤独。它属于我们两个人。

7月是火热的季节。7月很忙碌也很疲倦。

也许是命运的褒奖，生日总有故事。

35岁生日前后，远在德国访问。就在生日那一天，访问的日程安排是参观首都波恩的贝多芬故居。那幢白色的小楼就坐落在市区的一条大街，古老的建筑宁静而简朴，门前与窗台上开满鲜红的绣球花。我踮着脚尖轻轻走向大师生前谱写过不朽之作的古旧的钢琴，脚步踩响了他曾遗留的每一寸空间里的音符。我在二楼的窗前留影，窗口低低回荡着大师庄严而深沉的乐曲。我听见命运诡秘的敲门声、听见田园温柔的低吟、听见英雄凯旋的号角、听见全世界欢乐的合奏……我听见他说：

“尽力为善，爱自由甚于一切，即使为了王座，也永勿欺妄真理。”

“凡是行为善良与高尚的人，定能因之而担当患难。”

“噢，人啊，你当自助！”

在地球的另一端度过自己的35岁生日，在正直与真诚的大师故居为自己招魂——我不能不与人生重新缔约。贝多芬以他的一生告诉后人如何生如何死，漫漫人生，我知道自己与命运的搏击永无休止。

就这样曲曲折折又坦坦荡荡地走到了41岁。

终于是“四十而不惑”了。却疑惑这岁月，怎么竟然就过去了四十年？惑也不惑，不惑就奔天命的年龄而去，便越发的让人疑惑。

40岁生日的前一年夏季，丈夫出了远门。临走时说，在我生日的那天，无论他在哪里，都将为我祝福。因着他的一这番心意，黯淡中也有了一线亮色。想起有一年，杭州的一位朋友曾寄给我一张生日的贺卡，她在上面亲手画了一只大大的蛋糕，还插着许多蜡烛。后来我们在蛋糕上划了几条斜线将它“切开”，就算是“画饼充饥”，然后开心地瓜分“吃”了。可见真情有时务一点虚，倒也满空灵怪浪漫的。

就准备自己一个人清清静静地过一个40岁生日。

临近生日的时候，偏就有朋友打电话来，说为我特意订了生日蛋糕，还在上面专门写了祝贺的词句。又有杭州的朋友来北京出差，带来了妈妈委托他送给我生日的鲜花。她们都说了一句同样意思的话：既然你丈夫不在家，我们就得替他担负这个义务。

我独自面对着这些礼物，猛然间泪眼朦胧。我忽而明白，40年的人生，支撑着我的柔弱生命之力的，是亲人、友人全部真挚的爱。这爱的力量，足以够我走遍天涯海角，直至走到生命的尽头。

有了鲜花和蛋糕，一个人独享未免可惜。便突发奇想地行动起来——向我的5位单身女友发出生日聚会的邀请。既然是一个丈夫缺席的聚会，我便声明一律不许带男友和礼物。那天我们交谈许多女人的事，那一天我们都自由自在无拘无束。

40岁生日是我迄今为止经历过的最有趣味、最丰富多彩、甚至发生了某种奇迹和不可思议之事的节日。生日的前一天，我收到了寄自杭州家中的一盒磁带和儿子的贺卡。生日那天早晨我起床后的第一件事，便是打开音响来播放这盘磁带。从音箱中传来的第一声祝福，是我的表弟和弟妹，他们一前一后最后又一齐说：祝好姐姐生日快乐！那般郑重其事如同真正的电台播音员。然后是音乐，音乐以后就传出了我父亲的声音，他讲了许多话，严厉的父亲在这一刻变得慈爱而动情。然后又是音乐，音乐以后便是母亲讲话。后来就有我妹妹和妹夫，再以后又是音乐，音乐中有一种奇怪的和声，当我明白这是我妹妹刚出生4个月的儿子的哭声时，禁不住捧腹大笑。那个时刻我们全家人的声音充满了我的房间，我似乎又回到了童年时代，生活在纯真和友爱之中。虽然相隔千里，家人却与我同在。我呆呆地守着音响，听了一遍又一遍。这是我表弟阿屏精心策划并录制的一盒音乐作品。我内心的感激之情伴随着乐曲在房间每个角落久久萦绕……

那天中午我接到了妈妈从杭州打来的长途电话。抓起电话我已是泣不成声。很久以来我没有掉过眼泪了，而这时我真想大哭一场。40岁的我已遍尝生活的酸甜苦辣，我走得太累，可我注定还得咬着牙走下去。

妈妈在电话里等了我很久，等待我的平静。她似乎是犹豫了一会，后来她终于告诉我，90多岁高龄的奶奶，就在刚才，很安详地去世了。

自然，奶奶无疾而终，应为喜丧。

这个噩耗使我难过，更令我惊讶。后来很多天我一直想着这件事，我不知道奶奶为什么要选择我生日这一天走。这也许只是一个巧合？也许蕴含着命运给你的某种难解的谜底。但在生命走向死亡的过程中，生比死更为艰难因而也较之于死更为永恒。在余下的生命中，你将如何活得更有价值更加坚韧？我问自己，我茫然却也清醒。

然而，与这个祖母辞世的消息一同降临，比此事更为神秘或者不可思议的是：阳台上的君子兰，就在那天盛开了一丛橘红色的花束。

那年冬天君子兰早已开过。往年也从未有在盛夏开花的先例。却就在我生日的前半个月左右，从叶片的侧翼，奇迹一般地抽出了一枝花葶，然后是花苞。等待它开花的日子，便梦见丈夫归来。他曾是那样悉心地照料过它们，苍翠的叶片上依然萦绕着他的气息。于是就偏偏等到我生日前夕，君子兰倏忽展开了娇艳的橘红色花瓣，团团朵朵是聚成一簇凌空旋转的花环，高高擎起托举给我。无论怎样的理由，都不能使我信服这种“偶然”。我给自己唯一的解释是：这一定是我丈夫从“异地”特为我送来的生日鲜花，这是他给我的40岁生日礼物。

那一天，我好像又重新活了一次。我长成了“我”，而生命却刚刚开始。我不属于我自己，我的节日属于所有爱我、寄希望于我的人。

可我竟然一直没有机会为妈妈过一次生日。妈妈的生日在初夏，炎热的夏季我总是躲避回杭州，就这样错过了妈妈的生日。妈妈每年每年从来没有忘记过我的生日，但妈妈却不记得自己的生日。妈妈把生命赋予了她所爱的人，所以生命永远都应该和“爱”联在一起。

我也许只能像妈妈那样，将爱转付给我的孩子。每年每年，我都尽我所能为儿子过生日，他的年龄与我一起增长。生命在消逝也在新生。我们的脚步因循着一个又一个的圆，擦过圆周的边缘，向着不可知的远方延伸，这是否即是人类永远的希望？

丈夫与我分别了一年半以后，终于在一个冬日回到家中。他所做的第一件事，便是拿出了他在我40岁生日那天为我准备的一件礼物。那礼物很小，却是他亲手制作。他实现了自己的诺言。如今它就放在我的书桌上，成为我们之间的秘密和我心里永久的珍藏。

再过3天即是我的41岁生日。今年的生日我只想和他静静地在草地上坐会儿，默默祝愿天下的人们都有一个自己所期盼的节日。不要问人生的终点在哪里，一年一度，每一个生日都是生命的珍贵刻录。

雪　天

每年下第一场雪的日子，我总会想起多年前，一个雪天的经历。

那些日子我始终被一件事情烦恼着。烦恼的起因似乎是为了一些闲言碎语。那时我初涉文坛，尚未习惯文坛的无事生非，很容易被那些谣言困扰，情绪很波动也很激愤。当事情渐渐平息下来时，我偶尔听说某某人在其中拨弄是非，心里顿时对此人充满了愤懑和恼恨。

明人不做暗事——按照我一贯的脾气，我发誓要当面去质问她，为什么要这样伤害我。

我还要将那件事情的前因后果，对她讲讲清楚，让她知道，我是什么样的人；而她，却在其中扮演了一个什么样的卑劣角色……

时已深秋，树叶在寒风中一片片坠落，如我失望而悲怆的心情。

很快便有了一个机会。我出差去某地，恰要路过那人所在的城市。

我向朋友要来了她的地址，决定在那个城市作短暂的停留，突然出现在她家门口，义正词严地指责、声讨她，然后同她拜拜，乘坐下一班火车拂袖而去。

从清晨开始，天空就阴沉沉的，风变得湿暖，闷得人透不过气。

火车意外晚点，到达那个城市已是傍晚时分。当我走出车站时，发现空中已飘起了雪花。

那场雪似乎来得很猛，雪烟横飞，急速而强劲，我按着地址打听路线，乘坐了几站电车。下车时，只见马路边的屋顶和地面上已是厚厚的一层白雪。天色很快暗了下来，昏黄的路灯照着银色的雪地。四周的街道和房屋笼罩在一片暗淡迷茫的雪色中。完全陌生的街名和异样的口音，令我不知自己置身何处。

我有些发蒙，心生胆怯和疑惑；但我只能继续往前走，去寻找那个记录在怨恨的纸条上的地址。我还得抓紧时间赶回车站，夜班火车将在零点经过这个城市往南。一旦错过，我就只好在候车室过夜了。

雪下得越来越大，风也越发凛冽，雪片像是无数只海鸥扇动着白色的翅膀，围绕着我扑腾旋转。密集的雪沫子刮得我睁不开眼。四下皆白，分不清天上地下。

只能混混沌沌跌跌撞撞地朝前走着。没有伞，头巾早已湿了，肩上的背包也渐渐滞重，额头上被热气融化的雪水，顺着面颊流淌下来……

那条胡同怎么还没有出现呢？我明明是朝着那个方向走的啊。

街上几乎已没有行人，远处有人影一闪而过不见踪影，路上就连可以问路的人也没有。

我又试着来回走了一会儿，可是风雪中既寻不见街牌也看不见门牌号码。

那时我才发现，自己大概是迷路了。

我饥饿、疲惫、寒冷、烦躁。我的心中被积淤已久的怒气鼓胀得几乎快要炸裂。我恨透了那个惹是生非的女人。都是因为她的嫉妒和偏狭，才使我徘徊流落在异乡这可憎可恶的街头，饱受风雪之苦。今晚我若是能找到她，非得狠狠地痛斥她一顿，将她训得体无完肤，让她向我赔礼道歉，才能一解我心头之恨！

就在那个时候，我看见了街边上一间简陋的平房窗口，泻出一线的灯光。我涨红着愤怒而疲倦的脸，敲响了那家人的房门。

门开了，灯光的暗影中，站着一位上了年纪的老妇。她似乎正在和面做饭，于是将两只手甩了甩，又合拢着搓了又搓，才接过我那张写着地址的纸条。

她眯着眼将那纸条举在灯下看了看，又低头仔细地打量着我。她用一只手在那面团上拍了拍，问：你不是这地方人吧？我点点头。她便往前方指了指，告诉我那条胡同离这儿已经不远，但还得如何拐弯再如何拐弯之类。那口音不好懂，我听得越发地糊涂，傻傻地愣在那里。她也愣了一下，后来就索性扯下围裙，抓起一条头巾说，得，那地方太难找，跟你说不明白，还是我领你去吧！

不容我谢绝，她已经跨出门槛，踩在了雪地里。

她走得快，我闷头跟在她身后。只听见雪在脚下咔咔响，前方忽闪忽闪的雪片里，一个模糊的背影，若隐若现地导引着我。

——这大雪天儿出门，定是有要紧事吧？她回过头大声喊。

我含糊地应了一声。

——猜你是去看望病人吧？看把你累的急的！是亲戚？朋友？她放慢了脚步，一边拍掸着肩上的雪花，等着我。

我心里咯噔了一下。

亲戚？朋友？病人？读者？……我沉默着，无言以对。我怎能对她实言相告：自己其实是去找一个“仇人”兴师问罪的！

似乎就在那一刻，我忽然对自己此行的目的和意义，恍恍惚惚地发生了一丝怀疑和动摇。我不知道自己来这个城市干什么，甚至也不知道我要去寻找的那个人究竟是谁。那个人隐没在漫天飘飞的雪花中，随风而去，只不过应和着恶劣天气中雷电偶尔的喧嚣。她也许出于无知，也许出于一时的利益之需，也许她真的是一个需要救治而不是鞭笞的“病人”呢？！

脚底突然在一个雪窝里滑了一下，大娘一把将我拽住。

“这该死的雪，真讨厌……”我忍不住嘟哝。

“不碍事，不碍事。”她说，一边仍在搓着沾在指间的面粉。“就快到了，前面那个电线杆子右拐，再往前数三个门就是。”她抬起一只手，擦着脸上的雪水。

我看见她花白的头发上，落满了一粒粒珍珠般晶莹的水珠。

大娘，请回吧，这回我认得路了……我说着，声音忽然就哽咽了。她又重复指点了一遍，便转身往回走。刚走几步，又回过头说道：“不碍事，明儿太阳出来，这雪化一化，就有路了！”

那个苍老的声音，被纷扬的雪花托起，在空荡荡的小街上蹒跚。

我在雪地上久久伫立，任雪花落满我的双肩，遮盖我的眼帘；任寒风吹打我的脸庞，掀起我的衣襟。湿重的背包，鞋和围巾似乎一下子失去了分量，连同我此前沉郁的大脑和满腹怒气的心思……

——“明儿太阳出来，这雪化一化，就有路了！”

雪化一化，就有路了——那么，就把冷雪交给阳光去处理。雪地里会有迷途，却不能永远覆盖道路，因为路属于自己的脚。世上如果曾有误解和诽谤，充满阳光的心灵却能宽宥和融化一切啊。

那个风雪之夜，当我终于站在那费尽周折才到达的楼门下面时，已经全然没有了跳下火车时那种激愤的心情。我在那个破旧的大杂院门口平静地站了一会儿，轻轻将那张已被雪水洇湿揉皱的纸条撕碎，然后回转身，慢慢朝火车站方向走去。

遗失的日记

我在这里记述的，是一段真实的往事。

很多年里，我一直不知道怎样来叙述这个故事，我担心会把一个真实的好故事讲得虚假了。这也是我始终未把它写成小说的原因。

这个遗失日记的故事，同一个名叫过大江的年轻人有关。

过大江，是一个很特别的名字。听起来有点像舞台上的剧中人，但这确实是他的真名。故事发生那一年——1968年，他才14岁，是杭州一所中学“新初一”的学生。

那年我18岁。由于“文革”的耽搁，被称为“老初三”。

他和我虽在同一城市，却不是同一个学校的。我和他之间犹如隔着一条大江，在拥挤而繁华的茫茫人海中，各行其岸，原本无缘相识。

那一年年初，由于“文革”中一场突然的变故，我丢失了心爱的日记本。

那两个日记本，其实是被人强行抢走的。日记中记录了我刚刚萌发的一场初恋隐秘的心迹。而我那个初恋的对象，另一所中学的“老高三”学生——那所学校的一派红卫兵头头，此时已被另一派打倒，那另一派的红卫兵涌入我家翻箱倒柜，发现了我的日记，认定其中必有可置其于死地的线索和材料，在我同他们发生了争吵而又“寡不敌众”的情况下，他们拿了我的日记本扬长而去。

我清楚地记得自己在日记中写过的那些话。那些人一定会利用这些所谓的“材料”大做文章，对“他”攻其一点不及其余，他们也许会在大批判会上把我的日记公布于众，对我其中的“小资产阶级情调”无限上纲，说不定还会把我同他一起打成“反动学生”，甚至殃及我的父母……

18岁的我已隐隐懂得，中国人的日记还有信件，有时甚至会让它的主人付出生命的代价。我越想越害怕，越想越担心，偷偷哭泣惶惶不可终日。

更让我气恼的是，平日被我东藏西掖，就连妈妈也一直不让看的绝对保密的日记本，如今却落到了一群不相识的人手中。那些属于我内心深处最珍贵最秘密的个人情感，就这样赤裸裸地暴露在外人面前……

我羞怯又焦虑，恐慌而担忧。但我没有法子能把日记要回来，他们不会理睬我。有一次我甚至走到了那所学校的大门口，望着来来往往的红袖章，我只能流着泪原路折回。

惊悸的睡梦中，我幻想突然来一场龙卷风，把那两本日记掷入大海，让它在地球上永远消失。

那段日子里，几乎每一天，我都等待着厄运的降临。

就是在那一年，我从小学三年级开始，已经坚持了近十年的写日记的习惯，被我自己彻底放弃。

然而奇怪的是，我日夜担心的那种情形，却始终没有出现。没有什么人再来找我的麻烦。那两本日记似乎就那样不明不白无声无息地消失了。

第二年初夏我去了北大荒，遥远的寂寞中，我自此不敢再写日记。

然而岁月却无法抚平我曾经丢失日记的创伤。想起它们时，我的心里总有一种深深的隐痛，时断时续地刺疼着我，我不知道它们最后的结局，究竟是因为那些人偶然的忽略，还是没有利用价值而将其作为垃圾丢弃了？

过大江这个人，是在我遗失了日记的12年以后，也是我终于渐渐淡忘了当年那一场日记风波以后，突然冒出来的。

那是1980年，我正在北京的中国文学讲习所学习。这是自1957年中断了20多年后，重新恢复的第一期文学讲习班，许多报纸都报道了这个消息。

有一天，过大江这个陌生的名字，从一封来自杭州师范学院英语系的信中，忽然跳了出来。他在信中以急切的口气探问道：你是不是就是那个曾经在杭州生活过的人呢？你是不是在1969年曾经丢失过两个日记本呢？你的名字很特别，天底下难道还有与你同名同姓的人吗？假如你真是那个人，假如你真的曾经丢失过日记本，那么我要告诉你，在这11年的时间里，我一直珍藏着那两本日记。如果我能确定你就是日记的主人，我愿意把它们退还给你。

那信封里，竟然还另夹了一页小小的纸片，是从那个日记本上小心地撕下来的。一行行密密麻麻稚嫩纤细的钢笔字，在发黄的旧纸页上晃动，令我眼熟，勾起遥远而痛楚的记忆。

我傻傻地愣着，目瞪口呆。我无法相信这是真的，简直就像是小说里虚构的情节，但我又不能不相信这是真的——那张小纸片上的字迹，证明它确实就是来自我当年遗失的那本日记。

我当时就给这个叫过大江的大学生回了信。我说，我是你要找的那个人。据大江后来说，我给他的那封信，语气很激动。

那两本日记究竟是怎样到了过大江手中？他又是怎样在长达11年的时间里将它们精心保存下来？恍恍惚惚的直到现在，我仍然很难相信这个曲折奇特的故事。

他回信说，那一年自己还是个调皮的小鬼头，一次学校军训演习，练习防空洞。工宣队的师傅命令他们乖乖躲在防空洞里不许出来。而那位师傅却在洞外面走来走去，还抽着烟。他觉得非常不公平。他终于忍不住把脑袋伸出了洞外，对那位师傅叫喊着，嗳！你自己为啥不蹲在洞里？假如有敌机飞过来，你肯定第一个被炸死！

工宣队师傅很生气，就把他带到工宣队的办公室去谈话。但那会儿工宣队的人很忙，让他在旁边的一间屋子里先等一会。

他等了一会，又等了一会，过了很久，还是没有人来找他谈话，他感到很无聊。无意之中，拉开了桌子的一只抽屉，那抽屉里塞满了一堆大批判材料，他发现里面有两个小小的本子，封面有很好看的图案。

他好奇地翻开了其中一个本子，觉得那好像是本日记。扉页上写着一个人的名字。他发现这是一个女孩子的日记，上面有一些关于感情的话语，朦朦胧胧地使他感到新鲜。他的呼吸有些急促起来，不知道究竟是什么吸引了他，很想继续读下去。

他说后来连他自己也没有想到，他把那两个小本子很快塞到了衣服口袋里，然后从窗户跳出了那间办公室，一口气跑回了家。

那天夜里他读完了这个不相识的女孩子的日记。那个少年很久没有睡着，他只觉得有一行清凉的泪珠，从他脸上莫名其妙地淌下来。

他不认识那女孩子所记述的那个老高三的男生。他只是猜测那个人与他同校，是他的校友，他还太小，他从未见过那一类叱咤风云的人。在之后的十几年里，他始终没有见过那个人。他虽然无法知道两本日记为何会被人搁置于此，却怀着一种隐隐的怜悯和爱惜，将那两个小本子藏在了自己的枕下。

那些日子他长久地翻看着它们。一个像湖水那样清洁而纯净的女孩子的低声细语，唤起一种陌生而温柔的情感，令他震惊。因为在那以前的日子，除了革命日记，他从不知道还有人竟然这样写日记。那样娓娓地、悄悄地诉说着自己的心事，像是在对世界上一个最知心的朋友说话。他说在那以前，他只读过雷锋日记还有革命烈士的日记什么的，放在展览馆的橱窗里供众人参观。他说他也写过日记，那是必须要交给老师，然后“一帮一、一对红”，让大家来讨论评阅。在那以前，他认为日记这种东西的用处，就是写给大家看的。如果后来有一天英勇牺牲了，日记就可以登在报纸上，让大家都来学习，所以大家都写一模一样的日记……

而那个女孩，却在一场革命的风暴中，痴痴地爱上了一个人。爱得那么专注那么纯情——爱情原来是那样美好的啊。那个少年痴迷地想。

他忽然勇敢地决定，他要永远保存这两本日记。他从此记住了那个女孩的名字。

两年后，他被上山下乡的洪流裹去了内蒙古草原。临走时收拾行装，他果然把那两个日记本放进了远行的背包里。他带着这两本捡来的日记，住进了异乡的蒙古包。北国寒冷的冬夜，微弱的灯光下，他曾很多次打开它们。喧嚣与孤独的生活中，这个神秘的伴侣总好像在向他诉说什么，他的生活中由于它的存在，而悄然独自享受着一份纯真的温情。有时他想象着那个女孩的面容，胖胖的娃娃脸？清瘦的瓜子脸？呼啸的风声中，她却永远是一个模糊的轮廓。

过大江在内蒙古兵团整整7年，期间多次调动搬迁，曾有好几次，他都差点想把那两个本子扔掉。那两个小本子在许多次的翻阅摩挲后，已渐渐变得破旧，却终究还是被他一次次留下来，终究还是舍不得扔。更令人不可思议的是，当1978年知青返城，过大江离开内蒙古时，他偏偏又在那一大堆乱七八糟准备处理的杂物前弯下腰去，固执地将那两个本子挑出——他不想让它们再次落入他人之手，他决不会让它们再次丢失了。

于是，他最后居然把两本日记重新带回了杭州。

直到1979年他考上了杭州师范学院英语系。

直到1980年，有一天他在图书馆阅报时，忽然觅见了那个熟悉的名字。

那个名字对他来说，实在是太熟稔了。许多年中，他一直以为那是他独一无二的珍藏，是一个属于他自己的秘密。他固守着那两本日记，曾以一种奇特的方式与它对话，在与它无声的交谈中得到理解和满足。他与它之间那种种微妙的默契，已成为他生命中一种不可割舍的寄托，那个女孩的名字实际上对他已并不重要，它也许只是一个符号一个代码。虽然他曾许多次猜测这个大女孩如今的境遇，想象着有一天把日记本交还给它主人的情景——他无论如何没有想到，他在11年后再度发现她的时候，这个名字已是一个随随便便就会在报纸杂志上露面的作家。

然而在他看来，作为作家的她，对于他并没有什么特别的意义。这个名字已不再属于他独有。这是过大江在欣喜之余，内心涌上的一种遗憾和失望。

于是这个离奇的故事终于在1980年暂时告一个段落。我猜想过大江并不喜欢这个结尾。但他仍然十分守信地将那两本日记，很快托人带到了北京。他决定将它们物归原主时，准备得过于严肃认真，以至于我拆开那用牛皮纸包好的信封时，很费了一些力气。牛皮纸里面是一层白色的厚纸，白纸里面又是一层白纸。这个隆重的仪式进行完毕时，焦急不安的我，已是满头大汗。我的手终于从那一层层的厚纸中，触摸到了两个硬壳封面的日记本。我掏出它们时也掏出了一段被遗忘的历史。我发现它们其实是那么小又那么薄，灰蓝色的封面油漆已被磨损，露出黄色的马粪纸，在本子的左角，有一朵淡红色的小花……

我长久地靠在椅子背上，眼前是一片空空的虚无。作为日记的主人，我失而复得时，却感觉着一种若有所失的怅惘。现在，是轮到我面对这两本从天而降的日记，想象着在长达11年的时间里，收留了它们又替我照料了它们的那个过大江，究竟是一个什么样子的人?

在我们分别和轮流拥有这两本日记的不同时期，我和他恰好作了一个富于戏剧性的心理对位。

我却始终再也没有勇气打开那两本日记。那个初恋的故事已成为过去。

那年春节我和过大江终于在杭州见面。

他和我想象中的那个孱弱内向的少年，似乎有很大的差别。他已是一个高高个子、结结实实、有着宽大的身架、嗓音洪亮的年轻人。唯有那一双微笑而温和的眼睛，轻轻松松地洋溢着善良和诚实，眸中折射出点点纯净的闪亮，恰是在我心里无数次勾勒过确信过的，一点没错。只有这样的眼睛，才会看透和珍惜我日记中的那份真诚。

我无法对他说出“感谢”这样的词汇。我只能说我已在他的目光中恍悟：这位替我保存了日记的人，如若不是与当年那个女孩同样善良和单纯，在那样一个年代里，他恐怕早就把它们作为“反动日记”上交组织，或是偷偷销毁。甚至，当他获悉那个女孩成名之后，他还可用日记来敲诈她勒索她……如果我的日记不是因为遇到了过大江那样的人，何等糟糕的后果不会发生呢？

所以我只想对他说，这两本日记长达11年飞去又回的旅行经历，绝非是一种偶然。我忽然感觉着一种难堪的惭愧，我说你曾经在日记中憧憬过的那样热烈而真挚的爱恋，当你见到我的时候，它已成为一堆无法复原的碎片。我唯愿你不会因此而对爱情失望。

他淡淡地微笑着。不。他说，只要曾经有过。

说得多么好哦。他懂得，因为他曾经和我共同享有过那份纯真。

后来的许多年，日子就这样在没有日记的匆匆忙忙中，一天天流逝。过大江从大学毕业，先是在一所中学当英语教师，后又去了一家外贸公司。我许多次回杭州，他似乎忙得连见我一面的时间都没有。我猜他也基本不读我的小说，那些编织的故事，对于一个曾经读过她最原始的“作品”的人来说，恐怕索然无味。渐渐就听说，他的商务越做越大了，他搞外贸很投入也很专业，如今已是一家外贸公司的经理，个人收入不菲，也可算是一个小小的“大款”了——这所有关于过大江下海经商的消息，都使我十分迷惑不解。至少与我心目中那个有一双温和善良的眼睛，迷醉于纯情和真诚的过大江相去甚远。长长的25年，一个人的半生，时间足以改变一切，包括当年的那个小男孩。

一个美丽的春天，我偶过杭州小住，总算用呼机将过大江找到，相约在湖堤散步。由于那无法忘却的日记，我希望解开自己心里的疑惑。

阳光和煦，远山逶迤，有凉爽的微风从湖面上吹来。一棵巨大的香樟树，葱茏蔽日，粗壮的树枝缀着轻柔的叶片，低低地向水面伸展开去。就在那一树浓荫的臂弯里，紧挨着湖边，有一条绿色的长椅。

我们已在湖堤走了一会儿，觉得有些累了。我的眼睛一次次望着那张绿椅，真希望能在那儿坐一小会儿。可惜，那张椅子上有一个人，一个穿着蓝色工作服的女人。过大江说那是个园林清洁工人，看样子她正在这里休息，坐一会儿就会离开的。

我们在她不远的身后等了一会，她没有察觉，似乎没有走的意思。

我看了看表，我的时间不多。过大江也看了看表，他的时间也许更少。后来过大江就朝那张椅子走了过去，他很快地从衣袋里摸出了10元钱，微笑地递给那个女人。他似乎说对不起给你添麻烦了你能让我们坐一下吗？

那个女工受惊一般地站起来，推开他的手，连连摇头，她说我不要，你们坐你们坐吧，我该走了我该去干活了……

她以极快的速度离开了那张长椅，消失在林荫里。

我们在那条宽大的绿椅上坐下，很久，谁也没有说话。

你说她为什么不要这钱呢？过了一会，大江喃喃自语。

其实她完全可以要的，但她没有。我说。

她不是傻，不是。大江用肯定的口气说，眼睛像湖水幽幽眨动，所以我还是认为，世界上的人，不会个个都是那么唯利是图、贪得无厌的。我相信这个地球上有许多美好的事情，值得我们活着。你说呢？

我无言地望着他，忽然想起大江如今已是不惑之年的人了，略略显得疲倦的面孔，比我十几年前第一次见他，显然已成熟许多，唯有那双微笑的眼睛，却依然清澈、明净如初。

不同人不同的眼睛，即便对同一件事，所看到的东西也截然不同。我想。美的丑的恶的善的，都在人心里，所以每个人都拥有一个自己选择的人生。

我似乎没有必要对大江说出我的疑惑。分手时我们都很轻松。

我永远不会再写日记了，只能将这个真实的故事，留下一份真实的笔录。

君子不独乐

阳春三月，凤城泰州，犹如一座浮在水上的城池，湿漉漉地从江河海“三水”交汇的水网中跃出来。

河水坦荡地漫漾流淌，恣意却又节制。河道显然已是历经沧桑，自苏北平原去往大海。眼前的河中之水，滴滴清纯明澈，像是昨夜未散的雾、今晨初缀的露珠，弥散着新鲜的水气息。岛上的桃花林，朵朵簇簇开得粉艳妖冶；岸边的绿竹园、金油菜、白粉墙、黛瓦屋、灰石桥、棕褐色气势恢宏的望海楼，河中的倒影五色斑斓。面前这一眼看不尽的凤城河景区，如青春少年英姿勃发，年轻得无一丝倦容疲态、完美得没有一角残缺破损。

这真的是古城泰州么？

然而，他就站在那里，站在“文会堂”前的文正广场上，素袍宽袖、蹙眉冷颜。他的袍带被湿重的水雾洇湿，褶皱中深藏着难以言说的忧戚，翻飞的衣袂沉厚如铅。斧凿石刻般的面相轮廓，嵌入粗砺的青铜模板，依稀可辨出他清癯严峻的神态；须发飘逸，从容淡定。如同一幅陈史旧卷，在漫长的岁月中变得模糊。

范仲淹写意雕像，是中国雕塑院院长吴为山，为修复凤城河景区而设计制作。

2000多年历史的泰州古城，由于600多年前范仲淹在此留下的史迹，曾多次被浓墨重彩地记录与书写。因史书和民间传诵的范仲淹种种佳话，使得古城历久弥新、泰州凤城河景区亦有了重生的理由。时至21世纪，前来拜谒范文正公的后人，在仰望这座雕像的瞬间，复原的记忆与激活的思绪一并涌来。

公元2008年春，这位北宋中叶的泰州盐监范仲淹，终于重现于他任职的故地，回到他当年熟稔的文会堂，与滕子京等五位挚友重新聚首，吟诗作赋。然后，他独自一人走出了厅堂，在水边昂然伫立沉吟。塑像正对一方巨石，刻有季羡林老先生亲自题书的千古名句："先天下之忧而忧，后天下之乐而乐"。如今，范仲淹日日凝视自己生前的警句，一遍遍诵读并重温当年的政治理想，眺望着步步远去的宦海、斯人、逝水，忧乐错杂、百感交集？

范仲淹，北宋时期著名而杰出的改革家，集政治、军事、文学才华于一身，官至宰辅。然仕途多舛，因犯颜直谏，曾三次被贬。身后留下诸多名篇佳句，《岳阳楼记》至今流传不朽。他一生的功名业绩与文学成就——泰州，曾是一个起点。

一个年轻而苍老的声音吟唱道：君子不独乐……

"君子不独乐"一句，取自范仲淹为泰州"文会堂"所作《书海陵滕从事文会堂赋》。北宋中期，经济文化繁荣鼎盛，其时泰州盐税，据全国之半。天下名流荟萃于此，文人以诗结缘，吟诗唱和。这首五言词赋，如今全文书于望海楼之文会堂大厅之壁。其中有佳句曰："……诗书对孔周，琴瑟亲羲黄。君子不独乐，我朋来远方……猗哉滕子京，此意久而芳。"这座昔日文豪挚友荟萃的文会堂，在2007年重建，墙上刻有范京宜先生为故乡撰写的《重修望海楼记》一文。著名学者范敬宜先生系范公第18代后裔，其文气势磅礴，文采斐然。佳句如潮，用意深远：“望其咆哮震怒之威，则感裂岸决堤之险，而思何以安之……”民安之，方可乐之——范公后人之忧思切切，可与范祖公媲美。

“不独乐”之“乐”，与范公若干年后为滕子京“谪贬巴陵郡”而重修岳阳楼，特书撰“后天下之乐而乐”之“乐”，两句时隔23年。而这两“乐”之间，却隐约可见范仲淹一生清晰而执着的思想轨迹——为官一方，无一己之乐；君子一生，先天下而忧。

史载，公元1015年，江苏吴县人氏范仲淹考取进士。宋真宗天禧五年，即公元1021年抵泰州任西溪镇盐仓监官。

古泰州曾经临海，是海边的高地，建于海岸最早的盐城，古称海陵郡。由于海涛侵蚀堤岸，“捍海堰”年久失修，水患毁坏良田，危害民众生计。范仲淹视察民情，忧心如焚。后得他的上司支持，再三上表朝廷，慷慨陈词，力主修复海堤。泰州通判滕子京亦鼎力相助，1024年，朝廷总算批准由范仲淹主持修埝。范公率众历尽四年艰难，至1028年，终于修复了这段起始海陵（泰州），尾接盐城的150里捍海大堤。“复业者三千六百户，民享其乐。”泰州人为了纪念范仲淹，将这条坚硬牢固的捍海埝，称为“范公堤”，至今尚有一段古堤遗存可考。

民享其乐，与民共乐。民为邦本，范仲淹方得其乐。

范仲淹之“乐”，始自内心深处与生俱来的忧患意识——他倡导“不以物喜，不以己悲”，官高位尊，仍自奉节俭。官至“参知政事”（副宰相）之后，仍“食不重肉”（不吃两种荤菜）。将多余俸禄设办“义庄”，以救贫民天灾饥寒之苦。兴办教育，以利平民子弟求学。泰州曾建“景范学堂”，以纪念范仲淹两袖清风之浩然正气。

范仲淹至中年，曾一度仕途坦顺，历任右司谏（专向皇帝直言真情的官员）、吏部员外郎（主管官员调配，相当于现在的组织部）、枢密副史（中央军事机关副长官）、龙图阁直学士，与韩琦并任陕西经略安抚史，守卫边塞多年，还担任过各地知府或知州（地方行政长官）。期间因力主改革朝政旧体，推行“庆历新政”，而遭到宋朝统治集团旧权贵阶层的打击与排斥。作为宋代新儒家的代表人物，他反对柔靡巧伪的文风习俗，是当时诗文革新运动的先驱者。如今已很少为世人所知的范仲淹名句“宁鸣而死，不默而生”八个字，可谓是争取言论自由的宣言书，比之亨利·柏得烈的惊世之语：“不自由，毋宁死”，竟然还早700多年。

然而，产生于“主流意识形态”内部的温和改良主义新儒家，却依然为东方专制主义皇权所不容。北宋一代名相范仲淹，在庆历新政惨遭失败后被贬往邓州。1052年，赴颍州途中，病死客乡，一生的政治抱负戛然而终。

生于忧患，死于安乐——范仲淹抵达生命的终点之时，仍未实现“后天下之乐而乐”的忠臣贤相安乐之梦。

如今他素袍宽袖，肃立于凤城河岸，由终点回归起点。清风拂过绿叶婆娑的“五相树”，树声飒飒，似听见他的仰天长叹：君子不独乐，君子独忧。

后天下之乐——君子，只能独享永远的孤寂。

泰州无山，一方无山之土，一座无山之城。然而，2000多年的文化泰州，无论是过往还是长驻，出生还是终老于此地的历史名人，如峰峦叠嶂，逶迤起伏。范仲淹，只是苍山一岭。他路过，他走了，他回来。从此他留在这里，还原为一尊素面简朴的铜像，却有如一座异峰突起——无山之城泰州，令人高山仰止。

临别泰州前夜，与友人闲坐于渔状园中式水榭。忽闻身后瑟瑟琴声，如凤城河水悠悠荡荡。只见八九位红衣中老年妇人，齐奏古筝于水边亭台之上。灯影绰绰，笑意浓浓，其乐融融。不觉心里一惊一暖：好一个君子不独乐——这一祥泰之地、国泰民安之州，倒像是呼应了这一句古诗的神韵。今日重整凤城河景区，如滕子京当年重修岳阳楼之远见与气派，将即将倾圮消失的历史古迹，修复整合为一座文化长廊；将散碎的历史记忆一一捡拾收存，妥帖安置于这座敞开的文化园林之中，与泰州民众、海内外游客共享。岂不乐哉?

君子不独乐——隐于文正广场上夜色中的范公，也许终能悄然一乐，与民同乐了。

故事以外的故事

去年（1996年）早春的一日，我收到了一封从《小说月报》转来的信件。信是从济南发出的，一个陌生的地址。看样子是一封读者来信。

信中的大意是这样的：我是济南一所大学的退休教师。最近刚读了《小说月报》1995年第二期上选载的您的长篇小说《赤彤丹朱》系列之一《非梦》。我发现您小说中的某一段故事，与我失踪多年的二哥的经历，有惊人的相似之处。所以冒昧地给您写信，希望能与您联系，以便得到进一步证实

信尾还有一些感谢的话，感谢我写了这部小说，等等。

写信的人叫做贾民卿，与我作品中记述的那位在抗战时期牺牲的青年学生贾起同姓。他说他的二哥原名贾汉卿，出生在青岛，20世纪30年代末离家参加抗战，后辗转到江浙一带，曾在金华地区加入过抗日组织朝鲜义勇队，1941年与家里失去联系，从此音信全无。据说贾汉卿惨遭国民党特务杀害，在天目山地区英勇牺牲。但至今几十年过去，没有接到过有关方面的任何书面通知，更无法得知贾汉卿遇害的详细缘由和经过，

贾汉卿最后的下落，便成为一段无人知晓的历史疑案。最近，他和他的家人偶尔读到了我的《非梦》，深感小说中那位牺牲在天目山的爱国志士贾起，无论年龄、籍贯、身份和经历，还是故事发生的地点和时间，都同真实的贾汉卿一一重合。那么，小说中的贾起，是否就是他失踪多年的二哥贾汉卿呢？

他在信中急切地表示，若是小说中曾与贾起相恋的朱小玲，也就是作者的母亲，至今依然健在，他很希望作者的母亲，能告诉他贾汉卿牺牲前后的真实情况，至少，他和他的妹妹贾子义能知道贾汉卿最后的埋骨之地，也许有生之年，还能为死去五十多年的亲人祭扫荒坟……

我的手微微颤抖起来。信纸上的字迹一片模糊。

还在我上中学的时候，我就知道那个山东人贾起了。他是作为一个真正的烈士和活着的英雄进入我的生活和记忆的。

那是很多年中一直被妈妈不断重复叙述着的故事。叙述多半发生在夏日的某个夜晚，四周闷热无风、溽湿窒息，树叶静止不动，像一幅阴森而肃穆的剪影。年轻的贾起背着行李向我走来，只是那么一个缥缈的瞬间，我甚至从来没有看清过他的容貌，他便消失在天目山苍莽的丛林之中了。唯有那一声凄厉的枪响，每一次都尖锐无情地穿透贾起高大的身躯，然后重重地坠落在我的心上。

那是真的，是真的吗？

这样的问题虽已重复多次，妈妈的回答也毋庸置疑。但多年前牺牲在浙西大山里的贾起，对于我仍是一个疑虑重重、神秘而悲壮的谜。

那个被妈妈以悲壮的敬意与至爱的情怀无数次讲述的故事，从一开始就萦绕着徘徊不去的悲恸和忏悔。妈妈坦言的悔恨和内疚，使我深感贾起之死在她一生中留下的伤痕和阴影。由于那种错失无法挽回，她的伤痛确是无以排解和无从解脱。于是除了父亲之外，一遍遍地向她尚未成年的女儿复述这个故事，诉说她在贾起死后的若干年中，由于一直无法找到贾起家人的歉疚和不安，便成为她赎罪和寄情的某种方式。

多年以后，终于有一天，我恍然明白，在我离家北上前那些少女和青年的岁月里，妈妈无法忘却的贾起，每一次从夏夜里若隐若现、飘忽走来的那些日子，恰是贾起牺牲的祭日前后。

故事其实并不十分复杂，1943年，在敌后宣传抗日的朝鲜义勇队在江西上饶被迫解散时，妈妈决定跟着贾起一同到东北去寻找抗日联军。北上遥远的路途需要一笔盘缠，妈妈说可以回德清老家去筹集。而去德清的唯一路线，必须经过国民党势力盘踞的浙西天目山。对此贾起曾表示过犹豫，但他最后仍是陪同妈妈去了浙西。到达于潜后，被相识的熟人认出告密，两人突然同时被捕关押。德清老家差人闻讯赶来，欲用重金将妈妈保释出狱，但遭妈妈拒绝，坚持要家人将贾起同时保释。就在家人回去筹钱的几天中，风云突变，日军扬言进攻天目山，国民党中统特务机构调查室奉命将犯人分别转移至深山。由于途中行动不便，遂仓促将一份黑名单上的人，秘密枪杀于深山之中。待母亲的家人携款前来，妈妈方知贾起已从容就义，遗体无踪。她哀恸欲绝，却已无法挽救贾起的生命。直到贾起死后，妈妈才知道贾起原来是浙西行署早已通缉在案的中共党员。

妈妈不能原谅自己。贾起从此是她心里永远的痛。

当我成年以后，我想我曾对妈妈说过人死不能复生之类的话。况且，关于贾起之死，妈妈只是其中的一个因素，不是后果。

但妈妈悲哀地摇头。她说你难道不懂得贾起之死，与你生命的某种联系吗？如果贾起不死，我也许会嫁给他，那么你就不是现在的你了。

我无言。

贾起之死，就这样成为我生命的一种缘由，还有一份责任。

贾起的亡灵从此不仅在他每年的祭日来访，而且开始时不时突袭式降临，一次次闯入我的心怀，与我娓娓交谈，向我切切发问。

于是有一天，我决定要写出这个故事。为妈妈也为我自己。

那时我没有想到这个故事之外还有故事。我只是觉得这个真实的故事中，潜藏着一些尚未被人透视的更深层的意思。历史已成为过去，但人对于历史的认识与感受，却常省常新。

我在1995年出版的长篇小说《赤彤丹朱》第三章（曾作为中篇小说《非梦》的一节发表于《收获》杂志）结尾处关于贾起之死，曾有这样一段感慨：

然而对于这场悲剧，我却持有与我妈妈很不相同的看法……我心里的答案很清楚：因为他爱她。是爱情促使他敢以生命去冒险。他把他的生命同时献给了革命和爱情。而死神却比爱神抢先了一步到达。事实上，我们所无限景仰的爱情和革命，彼此从没有和睦相处过。革命摧残着爱情，而爱情又折磨着革命。这个爱与死的话题留给我们后人的，是一个永远的困惑。

我把那封济南的来信，看了一遍又一遍。

我首先想到的是杭州的妈妈。我拿起电话，却又放下。我不敢立即在电话中向妈妈报告这件奇事。我担心这位乘坐着白色信封，来自长空天际的贾民卿先生，会让妈妈脆弱的心脏一时无法承受。

于是把贾老先生的信，郑重其事地装入信封转去杭州家中。然后给妹妹打了电话，让她婉言向妈妈转述。我无法想象妈妈收到信会是什么样子。当泪水湿透了信纸的时候，五十年的沧桑人生已是一片空白。半个世纪之后历史余音微弱的回响，会在妈妈心里激起何等强烈的震撼呢？那是一个痛楚又欣喜的时刻——真实的故事变成了小说之后，小说竟又繁衍出真实的新故事。

那以后的事情，作为小说的作者已无所作为。我只知道贾民卿先生已被妈妈绝对地肯定为贾起的弟弟。想必贾起当年活着的时候，是曾经详细地向他的女友介绍过自己的家人的。妈妈很快给贾民卿老先生回了信。据妹妹报告，妈妈写那封信时，一边写一边哭，信纸撕了一页又一页，从早上一直写到夜里，忧欣交加。令她欣慰的当然是贾起的家人至今依然健在；忧的是当年贾起被秘密杀害以后，她始终无法得知贾起遗体具体的埋葬地。几十年来，连她都无法为贾起祭扫墓冢，如今更到何处寻觅莽莽大山之中的孤魂呢？

但故事外的故事，却开始在我小说以外真实的人世间延续和发展。

济南的贾民卿先生收到我妈妈的复信之后，将原信转到青岛老家，那里有他们的小妹贾子义。贾家兄妹关于追认贾起为革命烈士的申请报告，很快送呈青岛市民政部门。报告被批准立案以后，查证小组的三位同志即赴杭州取证。小说中至今依然健在的人物，变成了贾起一案的宝贵证人。历史事实证明，贾起于1940年在浙江遂昌参加中国共产党。牺牲前，一直在党的领导下从事抗日救亡进步文化活动。他的入党介绍人，一位在南京，一位在北京，他当年从事进步活动中的五六位战友和狱中难友，尚有幸健在，都义不容辞地对贾起的革命历史作出了证明。1943年贾起牺牲前后，与他同关一处牢房的杭州大学关非蒙教授，对前来查证的青岛同志说："我就是一位死里逃生的见证人。当时我在牢房里目送贾起被持枪的士兵押走，过了一阵，听到间断的枪声从山里传来，那天贾起再也没有回来，我明白是敌人对贾起下了毒手。"还有一位知情者俞某作证说："当年，贾起上了国民党党部的黑名单。解放以后，国民党于潜县党部书记长曹某被镇压时，人民法院贴出判决书，上头列举的第一条罪名，就是杀害共产党员贾起……"

经过多方面核查，从有关人员的回忆、公安部门档案、地方党史的资料记载，对贾起1943年牺牲前后的情况基本查清。一个活生生的青年革命者贾起的形象，50年以后，终于在干涸的血泊中，重新站了起来。

今年5月，贾起的妹妹贾子义女士，为贾起一事专程来到杭州，就住在我父母家中。贾起牺牲了半个世纪以后，两位从未谋面的老人，被一部小说牵引着互相走近，在贾起付出了生命的旧地重续前缘，共同凭吊和纪念她们的亲人和友人贾起。至此，我妈妈才知道，贾家在革命胜利前和革命胜利后，先后献出两个儿子：贾子义的二哥贾起，牺牲于白色恐怖时期，而三哥贾超，1957年反"右"时，因为一幅漫画而被打成"右派”，发配到崂山月子口水库工地劳动改造，在20世纪60年代初期不幸“失踪”。家属曾多次向有关方面要人，最终仍是不了了之。他究竟是“自行失足落水”，还是别有原因，现已无从查考。待贾超被宣布“右派摘帽”时，世上已无贾超其人，有关方面只是通知了他的家人了之。

贾家老母为盼两个儿子归来，从20世纪40年代等到60年代末，老泪流尽郁郁而终。

我后来收到过贾民卿先生寄来的一帧贾起年轻时的照片，委托我转寄给妈妈。

照片上的贾起，面膛宽阔，五官端正，眼神凝重而深沉，嘴唇的棱角线很是分明，清秀聪慧，英气逼人。一头浓密的黑发中线对分，是那种20世纪40年代知识分子的标准发型。

这位贾起舅舅，就像我们无数次在电影中看到过的那些英雄人物——一脸正气。

我与他默默相视。他那坚毅而悲壮的眼神，飞过荒郊野岭，穿过时间隧道，在路上整整走了50年。

妈妈几十年遥望默念的贾起，就在这一瞬间里复活了。

贾起的复活，是因为他从未在他的亲友们心中真正死去过。

妈妈把一个消失的贾起交给了我。于是我用文字盖了一座永久的房子，用以供奉他漂泊无踪的亡魂，以使他的在天之灵安息。但我没有想到，贾起真的会在那些无声的文字中苏醒。

在小说中苏醒的贾起，记起了他50年前被猛然斩断的生命，以及那些还没来得及做的事情。

或者说，贾起就是为那些未能了断的亲情而苏醒的。

事后想起来，这个故事外的故事，确有些不可思议的奇妙和蹊跷之处——

为什么他的小妹妹贾子义的大女婿赵传康先生，去日本出差回国，在上海机场候机厅等候转机飞回青岛候机时，欲购一本杂志消磨时间，偏偏就读到了1995年第二期《小说月报》呢？

赵传康怎么就恰恰注意到了书中人物贾起，与他妻子姜盈的二舅舅经历相似。他回到青岛以后，便急急禀告给岳母大人了呢？

就好像有一双无形的手，在引导着、牵拉着他们，将他们悄悄领到了那本杂志面前。

是谁呢？还会有谁？

唯有贾起的幽灵，知道自从自己失踪之后，父母兄妹多年的焦虑和渴盼。

唯有贾起本人，九泉之下仍然放不下尘世间的亲缘。

但已成为浙西天目山孤魂野鬼的贾起，又能有什么办法，向远在山东的家人，准确地传递自己最后的噩耗呢？

这一等便是50年。

贾起一定曾无数次向妈妈托梦，委托他信赖的女友，去完成这庄严的嘱托。贾起的托付是有前提的，他希望有朝一日，让朱小玲的女儿用笔来写下他们以鲜血奉献的真诚与抗争，也借此能给予他的家人一份文字的凭据。

那是一份没有契约的协议。我尚在少女时代便签下了字，却对事情的原委一无所知。

这便是后来刊登在《收获》杂志，又经《小说月报》转载的《赤彤丹朱》系列之一《非梦》。

于是，贾起的游魂从天目山的莽林里飞出来，一次次徘徊在西子湖畔；又越过崇山峻岭，越过长江黄河，去北方寻找那个女孩儿。他等了一年又一年，耐心地等着她长大。他把一切希望都托付给这个热爱文学的青年女子，却无法对她言明真相。他夜夜倾听着她落笔的沙沙声，他或许隐隐知道自己回家的日子越来越近了……终于有一天，他看到她写出了那个故事，那部书稿很快被印成了一页页铅字。他在青年时代上大学时就读过这本杂志，那本刊载着他下落的杂志。他热爱文学也曾喜欢

《收获》，于是他的游魂停下来，停在了大上海的虹桥机场，把那本杂志亲手交到了自己家族的后人手里……

他只能用这种方式来对自己曾经献身的理想，作出一个迟到的交代。

冥冥之中，其实贾起舅舅一直在试图引领着我。只是我的彻悟来得太晚。

那不是神灵也不是信仰，而是一种不灭的生命信息。

有时候，我凝视着《赤彤丹朱》赭红色的封面，觉得那其中也有贾起的鲜血，一直渗入到华夏大地的深处。可惜，它残留在地表的颜色，已经同红色革命的主题无关，只沉淀下来种种有关人性本质的思考。

雾天目

去西天目，是心里积存已久的一个念想。不是为观光，是为了那些大树。

几十年里，只要说到树，天目山就从父亲的眼神里巍然升起，像一次骤然发生的地壳运动。稀疏的白发在那一刻变成了茂密的森林，落满了雪。那是我一生中见过的最壮观的大树，他一遍遍说，假如你没去过天目山，根本不明白什么叫树。

其实不全是为了树。我知道，是为了一个人，一个已经逝去半个世纪的人。

几十年来，若是提起他的名字，母亲的眼神就会倏然暗淡下去，像是夕阳沉落于山巅的那一刻。苍茫的暮色中，血红的天空映出模糊的山影。你即使哪儿都不去也该去西天目，你会看见他就在那里。她喃喃说，我和你一起去。

去西天目，就这样变成一种夙愿和仪式，无论为了树还是为了人。

只是，我没有想到，登天目山那一日，会遇上那样一场弥天大雾。

冬尽了，山下的树一天天发芽泛青，才刚漾出些许春意。而眼前的天目山，已满眼都是绿，绿得苍郁而沉稳，似乎千年万年就一直那样绿着，没有交替和哀荣，没有落叶和枯枝。那是一种墨汁般深潭样的绿色，把所有草叶的嫩绿都覆盖了。

车从盘山公路上掠过那个叫南庵的拐角时，我感觉到紧挨着我的母亲的身子突然战栗了一下。在牙齿轻微的磕碰声中，我分明听见了那一声尖锐的枪响，雾气就是在那会儿，悄悄地从四面弥漫上来。

像一场突如其来的暴风雪呼啸而过，远山近树忽而望不见了。山中古老的禅源寺，隐匿在苍白的雾气里。下车寻路，林间的青石板小径如雨泼过湿漉漉地腻滑，只几步便消失在浓烟般的水雾中。空气变得潮重，斗篷似的裹在身上，人被悬浮在白茫茫的云层里，每一步都像要迈入万丈深渊。

母亲默默走在前面，像一个游荡的幽灵。白色的纱幕被她的脚步豁开一个缺口，影子穿过去，纱帘瞬间又闭合了。

山路通往林深处。头顶的天空突然变暗变低了，浓白的纱雾忽地织成一张铺天盖地的绿网，悬浮的雾珠在树枝上闪着绿莹莹的光泽，空中飘来松针和树叶清凉的气息。在那深不可测的绿巷中，我隐约看见了一排排巨大的树干，昂然立于路旁，几乎与我迎头相撞。

它们竟是那样的粗壮，每一棵都需几人合围，才能将它抱在怀里；它们竟是那样的高大，浓密的云雾遮去了树梢，树尖伸到望不见尽头的天上去了；最令人惊叹的是树干之直，刀削般笔挺，像一根根气度轩昂的罗马石柱，支撑着绿屋的穹顶。褐色的树皮一片片如鳄鱼的鳞甲，已被千年的风霜锤磨成坚韧的岩石。

他究竟倒在哪一棵树下了呢？鲜血从他年轻的胸膛里流淌下来的时候，他或许就靠在了那棵大树的树干上。他依托了大树，所以他牺牲的那一刻仍像树一样站立。龙爪般的树根上至今还留着他的斑驳血迹，只是被浓浓的雾气遮掩了。

那个无风无雨的春日，那些被父亲无数次赞颂和崇仰的天目山大树，就这样从漫山飘忽的浓雾中，和那个叫贾起的故人一起，若隐若现地走来。我看不清他的面孔，只听见他脚上沉重的铁链，像伐木人锐利的锯，一声声从森林尽头传来。

我不知道他在匆匆离去前，是否还有心情观赏这些西天目的稀世大树。57年前的树叶早已零落成泥，但我清晰地看见他灼热的目光仍在枝条上缠绕。还有他抚摸着树干留下的湿掌印，那手纹一寸寸已嵌入老树的树皮，与树合为一体。他是多么爱这些大山和大树哦，也许正是为了它们，还有他心底里的爱人，他才走向战场。他早已做好了交出自己的一切包括生命的准备。

半个世纪过去，而西天目的树，依然是当年他曾见过的那些树。如今我所见的情景，早已被他熟读过多次了——陡峭的石阶两旁是被称为“仪仗队”的巨大柳杉，活活的武士样雄伟，胸径可达一米，百十棵大柳杉顺坡排列，阵势逼人。据说天目山的大柳杉有1300余棵，像是天下的柳杉精英都来此聚会了。再抬眼，奇高的金钱松破雾而出，穿云摩天，婀娜多姿，模特般窈窕轻盈，目不斜视，傲气十足，人称“冲天树”。若不是弥天大雾遮挡了视线，可望见悬崖峭壁的林莽中，挤挤撞撞拥塞着的那几百棵千年银杏，等到秋天，山谷里定是黄叶灿烂一片金光四射。据说早在宋代，便有人将西天目这片偌大的森林冠以“千秋树”之美称。他一定是生性爱树的，才舍弃了故乡青岛温暖的海滩，将西天目作了自己永久的栖息地。

九里亭、七里亭、五里亭……几十里山路，不是在走，是在仰望，始终是扬着脸，瞻仰那些永远的树。当那一排枪声在冰冷的山谷里响起来的时候，唯有这些树，是沉默的目击者。后来那些离乱梦魇的岁月，仍是这些树，在荒野莽丛中陪伴他。他年轻的生命终止在27岁那个年龄，大树却已千年。

母亲仍是独自走在前面，75岁的高龄，脚步依旧矫健有力。从上山那一刻起，她的双目就被山峦雾气染得湿润。林深处不知名的鸟鸣啁啾，声声如歌，让人想起遥远的青春季节：一群女生欢笑着从禅源寺的临时课堂上跑出来，手拉手围着寺前的老银杏树，雄壮的抗日军歌惊飞了树上的小鸟……待她几年后重回西天目，却是被枪兵押解着，不知要押解到哪一座山坳里去。他就在她的前面，一步步走得坦然稳健。她望着他的背影，踩着他的脚印，有他在，就像有树在，她不再慌张。直到今日，她仍能想起他回头看她的那一道目光，笃信而又充满了怜爱，如阳光下流淌的山涧小溪，从石缝里透出乌亮的光泽。

母亲站住了，站在一棵巨大的柳杉树下。树身奇粗，三人合抱仅围大半圈。奇怪的是那树皮已被剥得精光，露出枯涩的树干，瘢痕累累，深藏的皱褶中写满沧桑。枝条上没有一片绿叶，唯有躯干依然屹立，像一尊古老的石像。

我惊呆、疑惑、叹息。母亲轻声说，这就是那棵真正的大树王，现在它死了，是被游人剥树皮做药，活活弄死的。50多年前，我曾见过它活着的样子，树冠就像一把巨大的伞，整个开山老殿都被它遮住了。

一阵山风袭来，浓重的雾气旋转着，从大树粗糙的枯枝中穿过，如山妖林怪的舞蹈。刹那间，淡绿色的雾气变成了油绿的树叶，又如一树繁花缀满大树坚韧的枝干，青枝摇曳生机盎然，满山坡都是杉叶林涛的哗响——大树王在我的想象中复活，抑或说它从未死去。

雾越发的浓了，下山的路还长。雾气如雨，洇湿了母亲的头发，我挽起她走，身前身后都是大树黑黝黝的剪影。父亲说，近年来他们已是第三次到西天目了，但没有人知道那个57年前被枪杀的革命者，究竟葬在哪里。

我说，你找不到他，因为他已经变成了一棵树。

世事变迁，唯有西天目的森林，是永远的。为着他们那一代人关于自由平等的理想，半个世纪之后我们依旧对他深怀敬意。然而，无数生命和太多的鲜血，使理想的代价变得过于昂贵，缥缈的雾中我们甚至看不见理想的内容。抚摸着西天目的老树，我想也许只有这些大树，才真正拥有自由空气和丰沛的雨露。

我们走在雾里，我们朝大雾弥天的南庵方向走去。我的汗已变成了蒸腾的雾，将我自己团团笼罩。那是一个雾日，在西天目，我穿行在也许可以被称为历史迷雾的情景中，真实变得越发令人疑惑。人说东西天目两峰之巅，各有一池，池水清冽冬夏不涸，颇似双目仰望苍穹，故得名“天目山”。我不能也不敢去山巅，在我的想象中，那泓清澈的池水，定是贾起舅舅不瞑的双目，在日夜诘问苍穹。

若是以那池水洗眼濯足，会有人“开天目”吗?

山林寂静，水气迷茫。雾中影影绰绰的大树无言，没有回声。

辑二

文化之思

汉语魔方

很高兴有机会和大家一起来探讨华文文学。华文文学是华人用汉语写作的文学作品，扩展到国际范畴的一个别称。像我这样来自中国大陆本土的作家，一直生活在汉语的母体社会之中，较少体会华文文学这个概念。但到了海外，尤其在马来西亚这样一个地理、气候、文字、制度和宗教都完全不同的国家，见到这么多尽心竭力弘扬和传承着华文文学传统的朋友，觉得非常亲切。在使用我们习以为常的母语中，突然产生出一种根性的感觉，宏大、清晰又深远，通常那种跨国的语言障碍一下子就消失了。如果说汉语是全世界华人用于语言交流的工具，那么华文文学就是全世界华人精神和心灵上超越国界的共同家园。

先简单介绍一下我自己：我出生在浙江杭州市，在杭州长大。在20世纪60年代中国“文化大革命”中，也就是我19岁的时候，到东北的一个农场去“上山下乡”，在“北大荒”的这个农场劳动、工作了八年时间，直到“文化大革命”结束，我才到哈尔滨去重新读书，后来一直就生活在北方，近十几年来，住在北京。这样看来，我是一个江南和北方文化的混合物，也可以说是一个融合体，但我的祖籍却可以推得比江南更南些，是在广东省江门市。我爷爷一辈的亲戚中，有许多人去了南洋谋生，有一位我父亲童年的伙伴，现在就定居在吉隆坡。所以，我从小就在奶奶的广东方言、邻居同学的杭州土话以及学校里课堂上的普通话（也就是国语或是华语）这样三种语言中交替生活。去了东北后，我生活在东北话的氛围中，到北京后是北京话和普通话。这多种语言后来一直伴随着我，成为我文学语言的基本来源，由于我这样的经历和背景，我的文学作品的语言，可能会丰富一些，也可能变得芜杂。但至少，我因此对于语言有一种天然的敏感和兴趣。

所以，今天我想着重谈谈华文文学中汉语词语的使用和发展。

词语是文学作品最基本的构成，就像一座大厦所使用的原材料，是建筑物最具体最细致的部分。而汉语这种全世界独一无二的方块字，它每一个单字都是有意味的。虽然单字的含义早已成熟固化，还有少量的多义字，但是每个单字在历史文化的嬗变中，始终都在不断地重新拼接组合成新的词组。一个重复几千年的古老汉字，可以组成最现代最时髦的词语，几乎具有变换重组的无限可能性。例如，进入现代工业社会后，产生了录影机、传真机、复印机、航空母舰等高科技产品。但汉语不需要另行创造词汇，它只要把现成的单字拿来重新组合，就可以获得所需要的新词。“航”字古已有之，加一个“空”字就上了天，再加一个“母”字，甲板上就可以停满小飞机了，最后用“舰”字肯定一下，就成了航母，一艘母亲船。这个“母”字用的是绝妙的。

而英语和其他许多语种，每创造一个新的词语，都只能依赖字母这个最原始的语音单位，而字母是中性的、无内涵无感觉的，所以西语的词语大多数只能一次成形孤立使用，没有内在的拆装性和旋转性。于是英语单词就越来越多，并且还得继续“发明创造”下去。

鉴于汉语这种科学的、立体的、可持续发展的绝妙性，我想，也许可以将汉语语词称为汉语魔方。

下面我想先从文学语言学的角度，举一个小小的例子。

有一次我在街上见到一位外国留学生，他大概是刚到北京，学习汉语的时间还不太长，走过街角上的一个瓜摊，被那个卖西瓜老板吆喝的声音所吸引，就在瓜摊边停留下来。那个老板喊道："这西瓜没治了！"留学生好奇地问："没治了是什么意思？"卖瓜的老板回答说："就是没比了！"他又问："什么是没比了？"卖瓜的老板很有耐心地回答："就是盖了帽了！"他越发不懂，再问："盖了帽了是什么意思？"卖瓜人说："就是拔份儿！"留学生简直糊涂了，只好继续问："拔份儿是什么？"卖瓜人给他解释说："就是震了！"留学生还是不明白，锲而不舍地追问："震了是什么意思？"卖瓜人终于不耐烦了，他这才发现自己面对的是一个老外。想了想，很不屑地回答说："震了，就是最好的意思。"留学生恍然大悟说："你早说你的瓜是最好的，不是很容易懂了吗？"

但是卖瓜人一定不会吆喝说他的瓜是最好的。"最好"是一种字儿话，写字用的话，也就是书面语，是千篇一律没有个性特色的，连卖瓜的人都不好意思使用，在文学作品中，应该属于"禁语"，这类没有形象感和生动性的词语，是和文学无缘的。在生活中我们可以常听见突然在大众中流行起来的新词语，细细琢磨，可以发现它们都突破了原有同义词语的表现能指。

一般来说，我们阅读一部文学作品的时候，即使暂把作者的名字和书名隐去，无论是历史小说还是翻译小说，我们大体上都能看出那是一部产生于哪个年代的作品。这不仅是由作品的叙事方式、行文方式、语感语调决定的，更多的时候，其实是由作品中所运用的词语决定的。每个时代特定的文化背景，产生了许多特定的词语，它被一个时代创造并广泛使用，然后又在下一个时代被淘汰。例如：从经文到格律诗到骈文、赋到八股，文体不断演变，而词语也随之或生或死；从文言文到白话文，更是一次根本性的变革，之乎者也这样的语气用字，进入当代文学，几乎绝迹，因为它已无法承载和传递现代人的生活方式了。“五四”倡导白话小说和自由诗，也是基于文化应当回归和属于大众这样一种现代理念。

所以词语实际上是年代的软性刻度，是历史、经济、文化和生活方式等诸多因素的综合配方，是某种物质文明的印记和标签。词语是不可随意取用的，词语一旦用错，不但破坏了作品的真实性，也破坏了作者的个人风格，我们若是看一篇文章，作者描述一个人不把自己的小毛病当回事，说自己不过是“纤芥之疾”，那么这个人差不多应该是半个世纪以前出生的知识分子。同样，如果形容一个人做事很用心很努力，一般会用“废寝忘食”这个词，若是用“夙兴夜寐”，多半是上过私塾的人了。而到了20世纪90年代，先锋和前卫的作家，几乎就不再使用成语写作了，因为成语的规定性太强，对思想的束缚太多，语言表现力很有限，所以就需要重新创造出一些词语来。这个我在后面再谈。又如，《红楼梦》的后四十回，究竟是曹雪芹的原著还是高鹗或其他人所续，一直争论不休，后来采用计算机分析的现代科学方法，其中一个重要参数，就是根据原作者使用的词语概率来检索、鉴别。尽管至今未有定论，但可见词语的运用是文学创作的基本规律和要素。

20世纪以来中国文学的发展，历史的阶段性很强，留下的痕迹也很鲜明。“五四”以来那种蓬蓬勃勃张扬个性的白话文中，方兴未艾的文化自由主义气氛，三四十年代进步文学所受到的苏联文学的影响，那种革命英雄主义和革命浪漫主义精神，都被一些新创造的词语加上外来语的形式表现出来。到了五六十年代，中国文学作品开始如履薄冰，从三四十年代过来的作家，在写新时代的作品时必须小心翼翼地避免使用旧时代的词汇。比如“钞票”应该改称“人民币”，“民国”应该改称“解放前”或“旧社会”，“老板”应该改称“资本家”或是“剥削阶级”。五六十年代是一个汉语词语大规模意识形态化的时期，一切词汇都被置于政治的统领之下，被赋予革命或是不革命的含义。而“文化大革命”开始后，汉语词语自此更被全面强加上政治和阶级的属性，达到新中国成立以来登峰造极的地步。

那个时期，几乎所有的中国人，都会熟练地使用诸如“光芒万丈”“战无不胜”“旭日东升”“波澜壮阔”“高歌猛进”“赤胆忠心”“前赴后继”“千秋万代”这一类歌功颂德的词汇；还会频频使用诸如“树欲静而风不止”“口诛笔伐”“兴风作浪”“是可忍，孰不可忍”“魔高一尺，道高一丈”这样的大批判语言。尤为荒诞的是，所有这些政治词汇，竟被大量地运用在“文化大革命”时期的文学作品之中。文学被观念阉割，而真正导致文学死亡的正是它自身细胞的死亡，一个词语一个句子的腐烂。一旦构成文学的文学词语，被全体置换成为一潭死水中的腐殖质，文学也就不复存在了。“文化大革命”是汉语发展史上的一场大浩劫和大悲剧，它将那些中性的、理性的、生动的词语，统统改造成极端的、非理性的、空洞的言辞。可谓是“化玉帛为干戈”，以词语布阵，唇枪舌剑，字里行间充满了人与人相互残杀的血腥气味。直到现在，我们还能从某些文章中读到似曾相识的“文化大革命”语言，就像一根没有藏好的狐狸尾巴，或是一片干涸的水塘，在泥土和草根的裂缝中残留着险恶的陷阱。所幸今天在座的朋友们，没有经历那么可怕的语言污染。从某个角度讲，没有被政治污染的语言，是优质矿泉水，所以海外的华文文学语言，虽然经常受到所在国外来语的一些影响，但仍然具有一种较为纯净的汉语语言魅力。

“文化大革命”语言在“文化大革命”结束后，逐渐退出了历史舞台，它死亡的速度和国门开放的速度成正比。许多“文化大革命”时期像灰沙一般漫天覆盖，使我们呼吸窒息的词汇，犹如尘埃落定，被无情地删除冲刷，那种驱逐和替代是迅猛而必然的。偶尔间，我还能从自己在20世纪80年代初创作的一些旧作中，发现一些“文化大革命”时期遣词造句的痕迹，如同洪水退后留在残垣断壁上的水印，让人觉着隐隐的悲哀。整个大陆新时期的文学史，可以说是一部分词语消亡、另一部分词语更新的历史。80年代前期与后期，文学作品中出现的词语都有很大差异。平庸的作品一般总是充斥着陈旧的词语，即便用词华丽，仍是俗不可耐，而富有才华的作品，通常会出现一些带有创造性的奇言绝句，乍一看，其实那词语倒也平常，但若是将一个平常的词语安放在地势险峻的要害之处，再加以巧妙的组合，往往会产生奇效。

前面我已经谈到，人类的语言始终处于生长状态，不生不灭，随生随死。除了特殊的政治环境以外，更多的由于受社会进步和经济发展的制约，属于价值观念的转换，是观念的产物。比如我们大家从小熟知的汉语成语，就是最有代表性的例证。成语是汉语在几千年的文明积淀中，逐渐凝固并基本定型的词语，被人们在生活和文学中广泛、重复使用，可以说是“相看两不厌”。

但是近年来的文学作品中，成语的使用率已大大下降了。一方面是由于作家喜欢追求标新立异，不愿躺在前人的树荫下坐享其成；二是因为成语的出典和运用过于程式化，容易限制人的想象力，三呢，确实是因为有一些成语，已经不符合我们当代人的生活方式和价值标准了。

举例说，“人定胜天”这个词，曾经风靡一时，许多人都确信不疑人类的力量是可以战胜自然的。但是随着高科技和工业文明的发展，随着地球环境的急剧恶化，人类开始认识到人只是自然的一部分，人应与自然和谐共处，而不是盲目地企图统治它战胜它，事实上也不可能绝对地战胜。再如“不入虎穴，焉得虎子”这句成语，如今不敢乱用，顶多只是借来作个比喻。从环境保护的角度讲，捕捉老虎是违法的，你想跑到虎穴里抓虎子，那不是找罪犯吗？还有“井水不犯河水”这句成语，也有问题了，被化工厂严重污染的河水，很可能就通过地下水的渗透殃及井水啊！

再说“为富不仁”这个词，在海外华人中应该也是妇孺皆知的。在中国大陆出版的词典里的词条解释是：想发财致富的剥削者绝不会有好心肠。这个成语是农业社会出品的，体现出几千年传统观念对商品经济的偏见，与“无商不奸”这类俗语如出一辙，现代人恐怕很难苟同了。每遇到天灾人祸，慷慨解囊援助灾区的，往往都是那些先富起来的人，能一概而论说他们没有好心肠吗？资本原始积累时期，奸商尚有机可乘，一旦纳入现代经济秩序，商贾和企业家依靠的是实力、智慧和信誉，如若“不仁”，几乎难以“为富”。于是，这个词语在当下社会就死定了。

还有“挑肥拣瘦”这个词，在大陆一向很流行。意思是吃饭的时候，光挑肥肉吃，把瘦的肉拣出来不要。这种情形如今除了贫困地区，在城市已经很少见了。出于健康的因素，大多数人都想把肥肉拣出来不要，挑瘦的肉吃。养猪场还搞科技攻关，专门发展瘦肉型的猪，出售价格高，经济效益好。如果再比喻一个人找工作挑三拣四，恐怕也不适宜用“挑肥拣瘦”这个成语了。同类的词语还有“见异思迁”，意即看见另一个事物就改变原来的主意，意志不坚定，喜好不专一。但是事实上，一个人不能一辈子安于现状，总想不断改变自己的处境；假如有一个人见异而不思迁，只能说明这个人对任何新鲜事物都缺乏好奇心，是一个墨守成规的人。见了异物异人，迁不迁另当别论，“思”一下总是可以的吧，也不是见异必迁嘛。

诸如这类在当下已显得老旧而迂腐的语词，我还可以举出一些，例如“玩物丧志”“短兵相接”“山盟海誓”“盖棺论定”，等等，都具有严重的缺陷或残疾，收藏古董字画是艺术鉴赏，钓鱼陶冶性情，下棋修身养性，电子游戏也非一无是处，玩得适当，可锻炼心智脑力和反应能力。现代战争例如海湾战争，不仅不再“短兵相接”，而是远程导弹、航空母舰，敌我双方连个人影都见不到，几十个小时战争就结束了。在婚姻如此脆弱，随时可能解体、重组的当今社会，“山盟海誓”除了审美的价值，究竟还有多少实现的可能？“盖棺论定”更具有某种欺骗性，我们看到许多正直的人，死后并未得到公正的评价，而有些作恶多端的人，却在葬礼上得到名不副实的谀美之词。所以盖棺并不能论定，因为活着的人需要用他人的碑文为自己立传。论定一个伟人的功过，往往是要到棺木朽烂了的若干年以后，即便到了那时，后人也仍然争论不休。

以上所举例证，只是想说，当我们面对时间不断制造出来的那些语言垃圾，唯有决然将其摒弃抛却。一代又一代人死去了，许多不再具有生命的词语也随之死去，没有人赋予某个词语永生永世的生存权利，它的生死全在于社会进程的自然选择和淘汰。古文中许多生僻的词语早已不再使用，只是出于审美和研究的需要，它们像化石一样封存在词典里；有些词尽管被保留下来，但在文学作品中已不再是它原来的意思，我们经常可以看到当代文学作品中，传统的褒义词和贬义词的用法互相置换，正词反用，反词正用，作为某个具体词语的生命，有时是在否定中得到新生的。

进入20世纪90年代，语言学的状况变得更为复杂。先锋小说和前卫艺术的进一步冲击，几乎在每一个词语的缝隙里，都发生着颠覆性的"革命"。现代主义宣称上帝死了，后现代宣告人也统统地死了。这个世界再也没有任何值得人们崇敬、膜拜、神往的人和事了。

20世纪90年代初，大陆文学中最有代表性的作家是王朔，我们只要读一读他那些与众不同的小说题目，便可以对他的作品有所了解。他的小说是由这样一些篇目组成的："顽主""玩的就是心跳""橡皮人""千万别把我当人""一点正经没有""我是你爸爸""过把瘾就死"。这大概可以算是王朔对自己人生观的系列阐释了。在这些题目中，传统意义上的词语几乎难以辨认，词汇已被京派语气和玩世不恭的句式淹灭。这是王朔个人化的语言风格，却又传递出青年一代对于崇高、神圣和权贵的强烈蔑视，以及对主流话语的消解。在许多60年代以后出生、被称为"新生代"的那些青年作家眼中，什么"爱情""激情""恋爱""正义""高尚"这样的词语，实在是太古老了，简直没有存在的必要。

于是，90年代风行流传的民间新词语，就像春天的毛毛雨、夏日的阵雨、秋天的暴雨，从丘陵和山峦中奔突泉涌，汇流成溪，源源注入于华文文学古老的河道。它们最初是以口语的形式出现，具有实用的品格；继而被作家吸收，作为一个时代、一个民族最灵敏的标识，来为文学作品调整和确定现代文化意识的方位。新词语的发生和创造是无法阻拦的，它是经济作用于文化，最直接最鲜明的反馈。

先以北京为例，有“猫儿腻”“套瓷”“蹦迪”“晕菜”“没治了”“托儿”“做局”这一类的新民间土语，如果不作翻译，差不多像外语一样难懂。“猫儿腻”的原意是像猫一样藏匿起来，简称猫腻，意指某种不便示人的内情，含有舞弊、捣鬼的意思。“套瓷”是千方百计拉关系的意思。“蹦迪”就是跳迪斯科，更简单明了形象上口。“起腻”的“腻”字，源于腻味，不舒服想呕吐的感觉，意即献殷勤让人讨厌，也可泛指被人骚扰。“晕菜”是搞得人晕头转向的意思。“没治了”的“治”字，是治理制伏降伏之意，“没治了”即好得没有办法反对，无可挑剔。“托儿”专指假装成对某伪劣商品感兴趣的人，帮助卖主欺骗顾客。“做局”意指生意场上策划一个假项目，引诱别人来投资，即所谓“空手道”战术。这个词还泛指非法和不义的诈骗活动，相当于设圈套设陷阱。北方话语在大陆一直是作为官方语言——普通话的主导出现的，比如四大古典名著中的《红楼梦》《水浒》，使用的就是北方语言。再如京剧、话剧等主要剧种，也都是北方话。北方话语作为汉语书面语的主导语言，在中国大陆文学作品中覆盖面最大，传播也是最广泛的。比如说南方新词语“生猛海鲜”，一旦被北方人接受，马上就成为一个普遍流行的词汇了。

广州的新方言是各地所有方言中，流传最多最快的。像台风一样四处登陆，北上西进，成了语言的硬通货。比如说“酷”。酷字源于英文的Cool，寒冷的意思，在英文俚语中又指很好、特棒。这个词在港台媒体译成中文的时候，就成了“酷”，既顾及了音译，又有冷酷和厉害的意思。比如年轻人在评价日本影星高仓健一类的冷面小生时，就可以说："哇，他好酷！"再比如说"炒鱿鱼"，是卷铺盖的意思。"搞定"是把一件事情办妥的意思。"搞搞震"是指故意捣乱，把事情弄糟。其实许多新词语的意思，我们原有的词典里都是有的，但新词语更贴近我们现代的生活方式。大陆词语中的"拼搏"，港台叫"打拼"；"作态"叫"作秀"；"盗版"叫"翻版"；"激光"叫"镭射"。意思差不多，但大陆人喜欢使用港台的名词，多半因为港台是经济发达地区，似乎赶上时髦自己也就变得时髦了。还因为人都有追求新鲜感的本能，更喜欢听觉和视觉上的刺激性。

我这次来吉隆坡担任马来西亚"花踪"文学奖的决审评委，在评选"马来西亚华文小说"的甄选奖和推荐奖的过程中，阅读了大量的"马华"小说作品。我感觉中国大陆作家和"马华"作家的小说，除了构思和内容以外，在语言风格上的差异也是很明显的。几位得奖的"马华"小说作品，语言普遍具有一种优美和从容的韵味，少有盲目投靠先锋的躁气，在词语的使用上显得朴素而自然，我以为是非常可贵的。

以上大略介绍了汉语词语的现代发展历程和走向。词语的频繁更替，是全球性都市文化的一大特征，从语言的层面上，展现了当代政治、经济、文化诸多领域的现状和走势，显示了人们当代意识悄然嬗变的轨迹。现代高科技的迅速发展，计算机技术的突飞猛进，使得华文的文字终于被分解成为符号与数据，经过中文软件程序的分析处理，用敲打键盘的数码代替了文字书写。但未来的文字是否还将被图像所代替？我们只能怀着亦喜亦忧的心情，静观这个不断发达而又愈加疯狂的世界。

最后回到我讲演的主题，我想说，汉语词语在现代社会中的嬗变，像一个可以无穷组合的魔方，为我们提供了种种光怪陆离、千姿百态的前景。我们用那些被优秀的民族文化传统千锤百炼保存下来的经典词语，来架构华文文学这座宏伟的大厦；我们还必须使用新型的建筑材料，来完善它充实它。我希望，无论这个汉语的魔方怎样旋转，词语怎样更新，我们都应将它驾驭得更加得心应手，用更生活更文学的语言，描摹人的心灵世界，传递人类的文化精神。

（该文为1998年在马来西亚“花踪”国际文艺营的讲演）

他　人

早在阴冷的冬季，SARS已在悄然行动，只是被人有意地漠视了；温柔的春天，SARS突然袭来，来得凶猛无情；阳光灼热的初夏，SARS似乎该走了，走得慢吞吞一步三回头。SARS被人穷追猛打得累了怕了，便佯装成离开的模样得以喘息，这也许只不过是它玩的一个诡计，说不定哪天一个阴险转身，又会卷土重来。

我们无法知道它的去向——SARS病毒是一个隐身的魔鬼，人的肉眼无法看见它。

那些惊怵的日子，我曾觉得SARS攻击人类致命的武器，就是把自己“最小化”。

是的，平常的日子，我们普通的人，若是不通过医学检测，看不见SARS究竟躲藏在哪一个角落窃笑。暗处的SARS原本没有眼睛，但它对人的袭击却是又准又狠；它根本没有腿脚与翅膀，可它的传播与感染力度，却可迅捷置人于死地。

智慧的人类，在看不见的病毒面前，却终于看见了自己——也许这是“非典”给予我们唯一的“馈赠”。我们终于因此而发现了自己的短处，如果我们真的、真的愿意发现。

20世纪中叶曾被一度极端化了的中国式“集体主义”，自从在世纪末之前，逐渐分解以及还原为对个人和个体的尊重，初步建立起个人的权益保障系统之后，“我们”——这个在计划经济时代使用频率极高的语词，已被更为普遍的“我”所替代。

我喜欢说“我”。也因此欣赏其他的那些“我”。如果没有“我”的确立、没有无数“我”的合作，“我们”必定是空洞、脆弱，空心化以至于不堪一击的。

然而，在“我”和“我们”之间，是以“他人”作为连接点的。

“我”因“他人”而成为“我”；“我们”因“他人”而成为“我们”。当“我们”过度地强化、放大“我”，而舍弃“他人”的时候，“我”便处于四面受敌的孤立无援之中。

SARS的突袭，也许是一场酝酿已久的预谋。或者说，它与我们社会生活中潜在的已知病毒，进行了一场合谋演习。当许多人被不知来自何处的流弹击中之后，当京城四月飘飞的柳絮在没有哀乐的送别中，替代了无法到场的亲友们胸前的白花时，那个关键词犹如从枪膛中退出的一串串弹壳，铿锵落地；如同漫天飞舞的朵朵杨花花絮中心，那一粒极其微小而坚固的种子——他人！

远在SARS到来之前，在我们国民的传统习性中，“他人”这一概念，更多情况下，只是一种被供奉的虚设牌位。我们的成语中曾有“以邻为壑”一词可以佐证。有“只扫自家门前雪，哪管他人瓦上霜”的谚语，可以证言。即便在集体主义理想教育最为鼎盛之时，“他人”不仅未能成为国人的自觉意识，“他人”反而意味着告密、背叛、异己、危险、离间等等。这种专制体制下的集体主义文化，终于导致了“他人即地狱”的严酷后果。闻“他人”而心颤，近“他人”而丧胆。也许正是由于对“他人”的恐惧，“文革”之后，“我们”迅速土崩瓦解，

"我"自仰天长啸——而"他人"却不得不退出公众的视线，淡化为一个可有可无的虚词，成为公民道德的模糊地带。

50年代以来，人口的高速增长，造成生存空间的高密度化；人口压力长期形成经济发展与卫生保健的沉重负担；部分农村以及偏远地区的计划生育仍然阻力重重。"我"生我的娃，关你什么事？在人口问题上，可有"他人"的意识么？

餐馆大肆收购、杀戮、烹煮野生动物为牟取暴利；食客面不改色食用野生动物以饱"口福"或炫耀财富；官吏不惜以野生珍稀动物作为最高规格的宴席，"贿赂"上级领导为自己铺设升官晋级的阶梯——在这个破坏自然生态的"人链"中，可有"他人"的位置么？

长期以来，城市与乡村的公共卫生系统始终没有得到真正重视：办公室的脏乱差、公共场所的日常消毒防护、公共厕所的洗手设备、生活垃圾及污水处理，等等。但公共卫生的管理者与被管理者的心态，却有着惊人的共识：这又不是我一个人的事情——在这些被忽略的公共卫生死角中，可有"他人"的概念？

日积月累的民众生活卫生习惯中，沉淀下多少宁死不改的恶习陋性——随地吐痰、随地大小便、随地抛弃果皮塑料袋、就餐分餐制、自助餐始终难以推行、酒后驾车、公共场所吸烟，等等，"我们"的传统文化是"不患寡，患不均"——在这利益与灾祸均享均沾、"同甘共苦"的行为惯性中，可有愿为"他人"避免灾祸而自控自律的一份责任感？

笔者在青少年时代，也曾干过诸如品尝野味、乱扔垃圾、用水清洗阳台而祸及楼下邻居的蠢事，至今想起来仍羞愧难当。时近中年后略有觉悟，主动打扫公寓楼公共楼道，为外人不解；外出郊游必将垃圾带回，受人嘲笑；每逢开会与不相识的人共同进餐，总是将大盘中的菜，用公筷先夹入自己的小盘而后食之，却每每遭同桌侧目……

忽然想起某城有一句流行百十年的市民习惯用语——你死脱，关我啥事体？在“非典”时期，终于发现这确实是中国国民典型的思维方式。

冰冻三尺非一日之寒。流行病看似横空出世，但病毒流行的条件，却是早就埋伏下了。

SARS之前的许多年中，我们似乎一直在无意中铺设着迎接它到来的无障碍通道。

SARS对此好像是心领神会。它在我们猝不及防之时偷袭登陆了。擅长隐身的SARS一开始几乎没有遭到抵抗，因而长驱直入跃抵京城。在它畅行无阻的最初阶段，它曾窥测方向环顾左右，一时寻不见太多具有“他人”观念之“他人”，却一眼扫尽许多个免疫力低下的“我”——

某些从疫区回原地的潜在病人，不仅不主动自我隔离，依然四处游走与友人交杯换盏“亲密接触”，将病毒传播数人；某些疑似病人坚决拒绝隔离，甚至殴打流调人员，导致多人被感染；某些人发烧咳嗽出现感染征兆，却抱着侥幸心理隐瞒病情继续出没于公共场所，结果害人害己；就在报刊电视台三令五申宣传防病基本常识之后，仍有多人携带SARS病毒紧急逃亡，逃往“没有非典的地区”，然后将病毒扩散传播到其他城市。南方某城的一位医生竟然明知自己在已被感染的情况下，依然赴香港地区参加亲戚的婚礼，终因病情不治客死香港，也因此将病毒传至香港乃至祸及全球——SARS正是借助着“他人”这一载体而横冲直撞，不顾“他人”的行为恰恰是贻害“他人”之元凶。

笔者的亲友有个小保姆，原本无恙，却在极度恐惧中连夜逃出京城，表示死也要死在老家——岂不知她的恐慌与路途传染的概率，也许真会造成她全家人一起感染身亡的悲剧。除了愚昧无知之外，她在临危出走之时，脑子里可曾考虑过“他人”——她亲人们的安危呢？

更有那些趁机大发国难财的趁火打劫者——抗典一线已是水深火热，急需标准防护口罩消毒水隔离服预防药，“后方”却在大肆制造伪劣产品倾销市场。甚至有人竟然用辣椒秆茄子秆粉碎成末后，冒充预防性中药出售；还有用纸巾代替纱布的黑心口罩等等——若是有起码的良心与知识，至少应当知道，SARS病毒一旦在全国失控泛滥，任何“他人”都将无法幸免，连同造假者本人在内。

在SARS原发之初，人命关天，有关方面不仅不充分重视，反而谎报瞒报，继而造成大范围大规模爆发循环感染，成为流行病史上永远难以被饶恕的罪过。在民众的生命与官位职权的天平上，孰轻孰重？世上究竟还有什么比“人民群众的根本利益”更为重要的呢？身为“人民公仆”，究竟是对上级负责还是对民众负责？为了自身的私利与权力，不惜掩盖真相、欺骗公众、玩忽职守、草菅人命——在这些人心目中，且不说“民众”或是“人民”这样冠冕堂皇的词语罢，就连对“他人”负责的这一起码道德良知，恐怕都已丧失殆尽。

如此菲薄或是蔑视“他人”的后果，却需要更多的“他人”——广大民众用惨重的生命代价来偿付！造成SARS对中国经济、文化、精神多方的重创，以及信任、信誉的流失。

幸而在SARS最为猖狂之际，全民紧急动员进入抗击“非典”的这场战役中，我们看到并听到了无数感人至深、催人泪下的事情。我们看到了从中央到地方，各级政府抗击“非典”高效有力的部署与措施；我们看到了无数个揪心焦虑的日日夜夜，白衣战士们勇敢而冷静的抢救行动；在生死交错的临界线上，医护人员的职业道德闪烁着人道主义的光芒；我们看到各个媒体的专业人士，冒着生命危险所进行的不懈而无畏的新闻报道；我们看到社会各界为医护人员以及患者、病人家属送去的援助、关怀和爱心，看到城市服务系统在灾祸面前依然坚持着有序有效的运行；看到大多数普通市民的克制与配合；看到患者的坚强；看到民工的留守；看到国际社会的关注；看到专家学者的坦诚呐喊，为抗击“非典”在医学、心理学、社会学研究建言献策；看到国难当头匹夫有责的民族凝聚力……

这一切都是为了“他人”——他人，即人类的共同利益。

时值6月，SARS看似已经奄奄一息。我们将进入SARS后——一个正在引起更多的人深刻反思的时期。从究竟“对谁负责”的社会体制，直到每一个是否能“对他人负责”的个体；从国家的预警系统、监督机制，到尚待提高的国民素质；从政府处理突发性灾难事件的综合能力，到我们每个人的心理承受力；从全民防疫体系的健全与完善，到改变我们习以为常的种种生活陋习——华夏大地究竟在哪些皱褶里，暗藏着我们经年日久视而不见的漏洞与缝隙，终于使SARS得以乘虚而入并大肆蔓延？

不必一味责怪SARS凶残，还是多多检讨我们自身的过失；不必抱怨天灾横行，人祸总是为天灾开路甚至助纣为虐。

就在前几日，偶尔与一店主闲聊，说起这场重大流行病，给国家经济和国际声誉所造成的巨大损失，他打断我说：那算什么，我个人的经济损失才大呢！

哑然失语。思忖良久，觉得这也许正是SARS后的症结所在。

在人类走向进步的历史上，曾多次爆发大规模的流行瘟疫。病毒与细菌是对人类种种恶习的报复，但也许恰恰是不无善意的提醒与警示。灾难最终一次次被人类的智慧与理性、科学与文明所战胜，所以我们决不会因此放弃对自然和生命奥秘的探索。科学发展过程中产生的问题，仍须用科学的方法来遏制和解决。

但愿自SARS之后，我们能够看见病毒的藏身之处了——人的短处在哪里，SARS就在哪里。它其实附着于人性的弱点与错误，得以繁殖、复制、衍生，甚至不惜与人类同归于尽。

SARS后，生活很快就会恢复以前的喧嚣与热闹。我们能否问一问自己，此后究竟应该怎样选择更为健康的生活方式？在公共领域里，“零距离”是有害的。距离便是“他人”。而“他人”即社会公德。因为在这个世界上，除了“你”和“我”之外，地球上更多存在的是陌生的“他”——他人！还有“它”——与人类共存的动物朋友们。

正是为了“我”的安全与自由，请不要再“唯我独尊”，而多些对

“他人”的关爱吧。

“我”的自由是他人自由的终结。而他人的自由，最终才能成为“我”的自由。

游子文化的现代性

浙江德清是我的外婆家，是一块具有浓厚文化底蕴的土地。这次“中华首届游子文化节”由德清县委发起并举办，体现出中国文化传统的传承与延续。我在19岁那年，曾下乡到德清洛舍公社所属的陆家湾大队，然后又离开这里走向遥远的北方。这个“游子文化论坛”，对于我有一种特别的意义——当年，一条孤独的小船划过烟波浩渺的洛舍漾，载我从这里出发，离开了江南故乡，一去30余年，成为一个名副其实的“游子”（或称“游女”）。而我的母亲，又是一位公认的“慈母”。所以在感情上，我对孟郊那首诗的认同，会更加强烈和亲近。

今天的人们大多都是在路上远行的“游子”。而“慈母”的概念，不仅仅局限于文字意义上的慈母，应该也包括慈父、严母或严父。然而，在不同的历史条件和社会环境下，传统儒家文化中的“孝道”，和当下的现代人所须承担的家庭责任感，已经有了很大的变化。人们的物质欲望增强，情感需求减少。家庭关系、父子关系、朋友关系、亲情关系都不同程度地变得疏离和淡漠。但是这种“破坏”具有一定的进步性，彰显出社会公共空间的增大、人的独立性和个性的加强，原先家庭成员之间生存的依赖性和互助性逐渐递减；子女与父母亲之间，传统伦理中所规定的那种人身依附关系，也必然在消解之中。我们置身于现代语境下，试图寻求传统道德与现代精神之间的连接点：在这个物质时代，究竟有哪些文化应该摒弃清算，哪些传统应该保留延续。我们呼唤的是一种现代社会中人和人之间的真诚、亲情、关怀、尊重和理解。今天我们讲游子文化，已不仅仅局限于道德范畴，它应该比传统文化中的孝道，具有更为丰富和深厚的精神内涵。

但是现实的情状并不令人乐观——事实上，现代社会人与人之间的互相不信任，家庭成员之间的防范与戒备、疏离与冷漠，尤其是子女与父母的精神沟通障碍、子女成人后对父母的赡养责任逃避等方面，越来越多地表现出冷酷与自私的倾向，某些极端的事例，已经引起了全社会的忧虑与关注。

古往今来，人作为一种具有精神与感情需求的高等动物，亲情、友情、爱情，都是我们生活的精神支柱。然而，亲情表面上看来温情脉脉，却蕴含着极大的杀伤力，在某种情况下会成为毁灭自己和毁灭他人的温情杀手，带来恶劣的后果。我们看到一些腐败事例的发生，表面上是为顾及子女、亲友、情人的生活前途，违规批条，甚至不惜挪用公款、贪污受贿。在这里，亲情其实只是一种冠冕堂皇的借口，亲情的背后更多的是腐朽的宗法、血缘、封建残余价值观，比如封妻荫子、衣锦还乡、光宗耀祖等等，直至权色交易。这样的所谓亲情，恰恰是现代社会应当坚决摒弃的，并应以理性与法治加以约束的。

另一种值得研究的现象是，中国在20世纪90年代进入市场经济之后，人群大规模流动，更多的年轻人为了求学、谋生和发展，远走他乡，或进入城市，然后逐步改变了自己的经济状况和命运。其中有一部分“游子”，从此置父母于不顾，对于那些曾为抚育他成长付出极大辛劳的父母兄妹亲友和故乡人，避之不及，羞于认亲；无论在城市和乡村，争夺财产、为逃避赡养责任产生纠纷、虐待老人之类触目惊心的恶性事件也时有发生……究竟是什么样的客观原因，使得亲情这种延续千年的传统中华美德，在现代社会生活中崩溃得如此迅速、脆弱得不堪一击？难道仅仅是道义的指责就能挽回的么？传统文化的老根是否需要重新嫁接新枝，才能萌发健康的新芽呢？

我们怎样才能够找到一个适当的立足点，能够从心灵的本源中寻求帮助？

社会机制和道德体系又该怎样整合，才能创造出有利于健康人性发展的外部条件？

我想以自己为例，来进行一些思考和回顾。

我19岁离开杭州前，曾在德清插过队，我所在的大队当时是非常富裕的。外婆特别疼爱我，经常从镇上给我送菜去。我在德清农村生活了3个月后，“北大荒”农场开始招收知青，我义无反顾地决定离开德清奔向更广阔的天地。外婆知道后很伤心，所以直到现在我都怀有一份对外婆的歉疚之情。后来我从“北大荒”到了哈尔滨读书，在东北生活多年，又到北京定居，30多年一直是个远离家乡的游子。但我父母对我是支持的，从来没有要求我为了照顾他们而选择回杭州生活，不会把他们的意志强加于我，这样的父母是可敬可佩的。因为文学同样也是他们的理想。父母与子女之间彼此的理解，是以精神追求的一致性作为前提的。

当年“北大荒”的生活当然是孤独和寂寞的。记得有一年，在我生日前几天，我收到了一个信封，一看地址就知道是杭州寄来的，信封比通常邮件要鼓些，软软的。我打开一看，是一块白色的手帕，角上用红色的丝线绣了我的名字，是“抗抗”两个字的拼音。这个手帕是我妈妈寄给我的生日礼物，而手帕上两个红丝线绣的名字，是我妈妈亲自绣上去的。我妈妈从小出去读书，不善女红，但她艰难地、极具耐心地绣上了我的名字。我觉得这块手帕沉甸甸的，包含了很多的意思，它像母亲柔软的手掌，替我揩去劳动的汗水和思乡的泪水。20世纪70年代寄远程邮包很慢，所以妈妈选择了一个非常轻巧的礼物送给我；我妈妈不会织毛衣，所以她给我绣了这个手帕，这是我一生中收到过的最珍贵的生日礼物。我曾真真切切地体会过“慈母手中线”的那种情境。我觉得自己和母亲的关系，已经超越了亲情，上升为一种自然的感情交流和互相需求的友谊，甚至同责任无关。

20世纪70年代，知青家长都在找后门、找关系把子女办回城里去，大多数人都采取非常实际的办法来帮助自己的子女改变命运。但是我的父母很不同，在那种情况下他们支持我去学习写作，这是很多父母做不到的。因为写作成功的希望太渺茫了，“投入”和“产出”是不成比例的。即使能发表作品，也很难改变命运。当时我回杭州写初稿、去上海改稿的时候，工资和粮票都没有，我父母却尽全力帮助我克服困难。他们肯定没有想到过自己在经济、感情、精力等方面的投入，是否能够得到应有的回报。由于这种理解和信任，我永远感激他们。直到现在，我有一些问题和困惑，还会同他们讨论。我虽然不能常常回杭州探望他们，但我会经常给他们打电话，他们能够时时刻刻感受到我的关切和思念。所以，亲情只有以信任、理解和交流作为前提，才能成为超越血缘关系和物质利益之上的一种精神寄托和自觉的要求。

基于以上的感性体验，我不太赞同继续沿用传统的“孝文化”这一概念。“孝”是一种被社会规定的伦理道德规范，作为人人所应当遵守服从的道德操守，带有强制性和公共舆论的监督性质。进入21世纪的现代社会，子女与父母的关系，早已破除了“父父子子”长幼尊卑的传统儒家文化的家庭等级观念，以及养儿防老的“投入—回报”关系，而更多地体现出平等、尊重、关怀和理解。“二十四孝”的历史故事中，把肉割下来给父母煲汤，发生在物质极度匮乏和贫困的情况下；“父母在不远游”产生于交通、信息极不便利，疾病频发的时代。而现在，除了献血捐肾等特殊情况，父母亲需要的更多的是我们平平常常的爱心。比如：陪父母说说家常话，关心父母的身体状况，买一些安全实用的老年保健用品；远游在外的儿女，能常常与父母通电话；条件许可的话，把父母接过来同住，与父母一起去旅游。在饮食起居之外，更注重老年人的精神需要，帮他们排遣孤独与寂寞。尊重父母的兴趣爱好，不干涉老人的感情选择，等等。这种关爱，才是老人真正需要的。有的人其实平时对父母非常冷落嫌弃，在父母过世以后，却举办铺张的葬礼，建立豪华的墓地，以此赢得一个孝的名声，或是炫耀自己的权势。这样的孝文化，不是当代社会所应提倡的。

面对无可回避的全球化浪潮，一个国家的强盛与复兴，在根本上取决于这个民族整体的文化教育水准。在传统文化中，我们可以提取例如“责任”“良心”“国事家事天下事”“己所不欲勿施于人”等精华遗粹；在西方文化中，我们可以学到爱心、尊重、理解与人道主义原则。否则“道德重建”仍是空泛而无力的。在急速变化与转型的时代，亲情不断遭遇“代沟”的拦截，于是，沟通与宽容，便成为两代人之间的精神通道。

如果我们有足够的清醒和勇气正视现实，我们会看到，传统意义上的“孝道”，在这个充满激烈竞争、高风险的时代，已经不可能按照传统的样式来复制和粘贴。游子们和虽不远游但身心疲惫压力巨大的儿女们，如何有充裕的时间和精力长久地侍奉在父母身边？一个强大的民族不允许它的主要生产力，陷入老弱病残的拖累之中——由此，症结最后落在一个非亲情的实际问题上：如果没有相应完整的、人性化的社会保障，没有相对完善的社会服务，亲情只是一种虚幻或难以实施的愿望。这将是今天这个论坛所面对的实质性难题：游子们要有爱心，但爱心是以心的方式体现，还是以爱的方式显现？当“爱”（行动）与“心”（愿望）在时间支配上发生冲突的时候，人们应当更多地服从于事业（即实现民族复兴的必要行为）还是服从于情感和道德（即文化传承）的要求？

我们每一个人都希冀着一种两全其美双向兼顾的结局。那么，社会保障和社会服务的介入与完善，将是一个使亲情真正能够到达、迫在眉睫的基础建设工程。

（该文为2004年参加浙江德清首届“游子文化论坛”上的发言）

感恩与愧疚

唐代诗人孟郊的“游子吟”，至今已传诵千年。

而今天的世界，有了更多不停地走来走去、永远在路上的远行人。

也许是求学，也许是谋生；既是拼搏，却也是无奈。我们把年迈的双亲留在家里，然后远走高飞，去寻找自己的一方天地。

在谋生的疲惫与艰辛中，我们盼着千里万里之外，父母慈爱的家书和乡音带来慰藉；然而，在成功的喜悦中，我们可曾记得父母那焦虑与牵念的眼神?

无论我们走得多远、离家多久，无论我们失意失败或是风光得意，总有两双饱含泪水的眼睛，远隔千山万水，始终在默默注视着、追踪着我们。她不会因你一时的荣耀而沾沾自喜，他不会因你的挫败而沮丧懊恼。他和她只关心你是否平安无恙、是否健康快乐、是否能顺利成长。他和她只有一件事藏在心里不说：孩子，你什么时候能回家看看?

那就是我们的父母。严父慈母或是严母慈父——许多年中，你是否能感觉到在那平常琐碎的日子里，父母的仁慈与仁爱、宽容与忍让？在远行的旅途中，你是否能时时想起他们的克制与等待？我们可曾为自己对父母的疏忽大意与冷漠麻木，感到过愧疚？

而现实世界里——茫茫人海中，那些与“慈母”和“游子”有关的身边之事，却也许被我们轻轻掠过甚至置若罔闻。若是翻开报刊或是点击互联网，竟有那么多触目惊心的事实，令人惊骇，发人深思：

——一个极度贫穷的家庭，为了让考上大学的儿子交上学费，父母亲轮流卖血挣钱。几年里父母亲所卖的血量，能以桶装。儿子进城后却迷醉于时髦的生活方式，以父母卖血的钱挥霍摆阔，父母流干了最后一滴血，贫病交加，儿子却离校出走，音信全无。当媒体终于找到这位浪荡“游子”之时，他甩下一句冷冷的话：那是他们应该做的！

——父母从小对女儿疼爱有加但管教甚严，女儿长大，沉迷于物质享受，多次向父母索取钱财，遭拒后竟然杀心顿起，亲手将熟睡中的父母杀死，然后将家中财物席卷一空一走了之。缉捕归案后，对自己的罪行毫无痛心悔改之意。

——边远山乡，一生辛劳的父母年迈，丧失了劳动能力。儿女将其弃于黑屋不顾，而外出“打工”逃避。黑屋无水无暖，多日后被邻居发现，老人已经冻饿而死。

——都市城镇，父母甘愿为生病的儿女捐献出自己的肾脏、献出自己的角膜、献出自己的骨髓，只为能挽救儿女的生命。而父母病危之时，远方的“游子”却因事业正忙一再延误行期，归来时父母却已经永远地闭上了眼睛……

当然，也有更多感人至深的故事，在记忆中挥之不去：

——一位退休的普通工人，家境并不富裕，但为了让母亲在生命最后的日子能看看外面的世界，自制一辆三轮车，将母亲安置妥当，然后蹬车驮母风餐露宿周游全国……

——患有老年痴呆症的父亲走失，变成盲目流动的“游子”，牵动了全社会的关注。为了寻找父亲，全家兄弟姐妹暂时放弃了生意，成为寻找父亲的“游子”，直到父亲回家。

——很多的普通“游子”，奋斗的动力之一，便是报效父母多年的养育之恩。一旦在外事业有成、境遇好转，随即将父母接到自己所在的城市团聚，让父母安度晚年。

——一位年轻人，母亲早逝，由父亲含辛茹苦独自一人把他养大，当他终于考上了省城一所大学之后，父亲却因积劳成疾在老家瘫痪。为了不麻烦亲友，不耽误自己的学业，他毅然决定“背着父亲”去读书，租住在学校附近的小屋，早起晚睡，业余时间打工挣钱，亲自照顾父亲，端茶喂药，精心侍候，使得其父渐渐恢复健康，被传为佳话。

——春节的车船永远爆满永远拥挤，远行的游子在车站广场上苦苦哀求，只希望能得到一张哪怕全程无座的车票，也要在年三十夜赶回家中，与父母一起吃顿团圆饭……

每次看到、听到那样的真实记录，泪水都会溢满我的眼眶。

还有很多很多，我所无法一一记住、一一得知的，隐藏在每个人心底的秘密。那些辛酸而又温馨，叫人想起来心中为之战栗、疼痛的故事。

面对倾其一生心力，节衣缩食培育了我们而不求一丝回报的亲亲父母，我们可有一份真挚的感恩之心?

“慈母手中线，游子身上衣。临行密密缝，意恐迟迟归。谁言寸草心，报得三春晖。”

孟郊，浙江德清人，曾远行江苏、洛阳为官。该诗为“迎母溧上作”。

德清，我的外婆家。童年时的每一个寒暑假，妈妈都会带我乘上小火轮，去那个桑田青青、河港盈盈的洛舍小镇看望外婆。

十九岁那年，我却抛下隔离审查中的父母、离舍外婆，告别杭州去了北大荒，成了一个远行的“游女”。迄今30余年，一直在北方定居。

游女现今已成“北佬”，每年仅有一两次匆匆回杭州短暂探家；而我的父母为了让我安心从事自己喜欢的事情，对此从无怨言。

永远不会忘记在北大荒的日子里，是父母一封又一封厚厚的家书，支撑我度过了寒冷与寂寞；透过弥漫的风雪，我看见遥远的父亲一次次骑车去杭州南星桥铁路货运处，为我托运装满食品的纸箱；探亲的日子，母亲为我借来一本本“违禁”的经典名著；幼稚的写作尝试开始于那个秋天，母亲走了很远的路，带我去九溪观赏刚刚移植来杭州的橄榄树——“不要问我从哪里来，我的故乡在远方。”我初学写作的胆怯融化在母亲温暖的手掌里，从此有了自信和持久的恒力。

我拥有一位真正理解我爱护我的慈母，是我一生最大的幸福；我对这个世界充满感激与感恩之情——为我拥有如此热爱文学、性格坚韧的父母。

然而，亲爱的外婆至今已经离开我们20多年了。在我的长篇小说《赤彤丹朱》中，有过这样的段落：

许多年中，我漂泊四方，浪迹天涯，但无论在何处，我都会梦见外婆。外婆从不说话，外婆只是一次又一次地出现，像一只无声的舢板，从我的脑海里轻轻划过，消失在海的深处。醒来后我长久地回想梦中的情形，总是怅然……一片白云飘过，小草在微风中瑟瑟摇动。我看见外婆手里拿着一张浅绿色的汇款单，笑容满面地从镇上的小街走过。她似乎有意将手中那张纸片，任风把它吹得哗哗作响——春谷嫂，做啥去呢？路边的熟人问。——去邮局，我外孙女从东北寄钱来给我了，喏，你看这汇单……外婆逢人便说，她喜气洋洋地穿过热闹的街市，走向镇西头的邮局。那是一张15元的汇款单，我仅仅只寄过一次。但那天却成为外婆一生中的一个重要节日。外孙女的赠予是一个意外的惊喜，因为外婆从未这样要求和盼望过……

远方的游子，我不相识的读者朋友们：相信你们每个人都深藏着自己一份未了的心思——关于思念、追忆、恍悟、自审、忏悔，还有真诚的感恩之情。

千年的孟郊在那个美丽的江南水乡德清，以他不朽的诗作，呼唤着人类的爱心——慈母之爱，游子之爱。即便是父母的错爱也该原谅；父母偶尔的失误，也能用真诚的爱来化解。在这个充满欲望的物质时代，还有什么比人类的良知与爱心更为宝贵的财富呢？风高浪急路途凶险，孤独的游子只有这一份最可靠的护身符了。

新世纪文学与社会“互动”之新

——在哈佛大学中美作家论坛上的讲演

一、中美作家不同的历史背景与当下的共同境遇

新世纪以来，在中国乃至全世界范围内，我们曾经热衷的文学与社会的“互动”，出现了断裂或衰微的迹象。就像一座上游水源孱弱、容量不足的水库，由于缺乏水流的强力冲击，发电机组难以向下游输出足量的强电。

鲁迅先生曾说：“文艺是国民精神所发的光，同时也是引导国民精神前进的灯火。”在我们的认识中，文学与社会的关系，大致可在这个比喻的框架内——水象征着文学所依赖的社会生活，电即文学作品，灯即读者群。被点亮的灯，又反过来照亮写作者，如此循环互动。

中国在近20年的时间里逐渐与国际接轨，相当于被并入了“全球化”的高压电网。中国当下的文学状态，已与美国以及其他国家相差无几。我们今天讨论的“互动”这个题目，可谓中国近十年内“新

生”的一个汉语单词，意即“相互作用”。在中文语境下，互动这个“动名词”的后半个“动”字，类似英文中的词根，具有无限重组的功能。比如20世纪的中国，“动”字通常与革命事物相连，比如“政治运动”“体育运动”“军事行动”“阶级斗争新动向”“集体活动”“劳动人民”“反动派”等等。

进入商品经济和消费时代之后，汉语原有的语词，无论是所指还是能指，都随之发生了变化。有的词汇逐渐弃之不用、有的词汇悄然隐退、有的语词即便侥幸存活，亦被置换成了与原意大相径庭的内容，还有一些字词正被重译、移植或改造。就以我们日常频繁接触和使用的“动”字为例，无论是写作还是阅读，“动”字已被更多地安装在商业行动的齿轮中，被赋予了更时尚更实用的意味——比如，“自动挡”“自动选项”“卡通动漫”、铁路提速的“动车”、电视广告的“滚动播出”，“股市异动”以及尚未出生的更多新语词。

由于今日世界的资本之动、欲望之动、利益之动的加剧、由于文学和社会的互动正在弱化、由于我们和你们——中国作家和美国作家们之间，彼此仍然处于单边单向、一知半解的状态，互相都缺乏深入的沟通。所以，这样的“互动”对于我们双方都是十分必要的。

二、西方文学史上“文学与社会互动”的悠长蜜月

文学与社会之间默契而有机的互动关系，在东西方历史上，都曾有过黄金般的蜜月期。以美国文学为例，19世纪中期斯托夫人的《汤姆叔叔的小屋》，被林肯总统誉为一部“影响了一场伟大战争的书”。它如海啸一般冲垮了拉丁美洲顽固的蓄奴制，唤起了美国白人与黑人共同的爱国热情，更像风暴一样席卷欧洲，在全世界掀起了黑人解放和争取自由的浪潮。20世纪70年代，艾丽斯·沃克描述并探讨黑人生活命运的《紫色》、亚历克斯·哈利的《根》，出版后风靡一时并对那个时代产

生了奇迹般的冲击。20世纪中期，海明威的《告别了，武器》《丧钟为谁而鸣》等著作，表现了对战争的厌倦与彷徨，作者简约刚硬的语言文风带来的“文体革命”，改变了整整一代欧美作家。斯坦贝克的《愤怒的葡萄》问世后，在已经走出大萧条阴影的美国社会，重新引起了对于“美国梦”的恐慌感与疼痛感。赛林格的《麦田的守望者》、杰克·凯鲁雅克的《在路上》，都是刚一出版就在青少年中引起了强烈共鸣，小说主人公消极反抗、玩世不恭的叛逆姿态，不仅风靡了美国，对全世界青年读者都发生了巨大影响。不必重提19世纪的美国作家马克·吐温、欧·亨利以及20世纪的德莱塞、诺曼·梅勒、福克纳、苏珊·桑塔格这些如雷贯耳的名字，就是当代用英文写作的华裔女作家玛克西恩·洪·金斯顿（汤婷婷）和来自大陆的作家哈金等人的作品，也成为美国文学的重要组成部分。我们可以列出一串长长的清单，来印证文学与社会有过何等亲密的辉煌岁月。

然而，以上例证很容易使人误认为，那些曾经引发强烈社会关注的文学作品，大抵属于左翼文学。无论是作家的思想立场还是作品的故事内容，都代表着广大“被压迫者”的批判诉求，所以能够迅速点燃读者情感，引发社会反响。其实，这只是现象的一个方面。也有相反的例证：霍桑的《红字》无论是道德倾向还是宗教观，都是模棱两可、复杂难辨的，他对恢复秩序的偏好，体现了作者对社会革命持有保守怀疑的态度。出版于20世纪30年代的美国小说《飘》，作者以其个人视角，表达了对南北战争的憎恶、对南方奴隶制的留恋与维护。我们的目光若是越过大西洋，重新审视巴尔扎克的《人间喜剧》，无论作者怎样执着地表现自己对皇权贵胄的崇仰、对新兴资产阶级的鄙视，他仍然留下了一部行将逝去的封建时代悲壮的挽歌。还有美国的博尔赫斯、中国的张爱玲，在当时并非都代表“进步”力量，但他们的作品仍然获得了极高的文学声誉和读者的喜爱……富有个性的人物、独特的细节语言情感，才是文学不可抗拒的魅力。令读者“心动”的优秀作品，无论是正向地

“顺动”，还是反向地“逆动”，都可超越阶级、国界、民族与性别的沟壑。

三、中国文学史上20世纪的互动异像及21世纪的裂变

在中国源远流长的历史上，作品与读者的“互动”，几乎和汉语古典文学的存在同样悠久。《诗经》原本就来自民间乡野的传唱；汉赋以及唐诗宋词，逐渐成为各朝代文人雅士进行交流交往，或仕途升迁的“硬通货币”；其中的经典佳句，更是雅俗共赏，无论达官贵人还是市井小民，均可在截然不同的场景中吟哦传诵；元代的戏曲杂剧，成为宫廷与民间精神文化娱乐的重要方式，也是道德观价值观普及与传播的舞台。到了明清时代，弹词开篇和话本小说开始流行，《红楼梦》《三国演义》的小说艺术达到了古典文学的高峰。这些经典小说中的人物与故事，在中国几乎家喻户晓，成为民众生活中的模仿对象。

中国近代以来，从辛亥革命到五四新文化运动；从抗日战争到建立新民主主义的新中国，文学一直担任着启迪民智的精神导师之职。几乎每个历史阶段，进步作家和狂热的读者，共同成为左翼文学配合默契的共谋者。新中国成立后，一部歌颂革命的长篇小说，发行量可达几百万册。从20世纪50年代至70年代末，长达30年的时间里，革命文学的沸腾喧嚣，遮蔽了沉寂的纯文学。在那个表面轰轰烈烈“假互动”（动嘴），而实际上“不许（民众）动脑”的文化专制时代，作家们逐渐丧失了自我的“主动性”而陷入“盲动”和“被动”，其中一部分人沦为意识形态的宣传工具。在被革命文学鼓舞与煽动的生活假象中，作家和读者互相愚弄，使文学与作家一起走进了死胡同。

20世纪70年代末至80年代，中国改革开放初期，是当代文学风光无限的一段好日子。文学毅然担当了社会进步的先驱与前锋，诉说苦难、清理历史、反思人性，文学承载着真理与希望，文学成为阅读者唯一的

情感出口与精神出路。作家承袭了“社会良心”的传统使命，试图以文学“干预生活”。西方人恐怕难以象，那时候刊物每有一部思想激进、构思新颖的作品发表，在这个十亿人口的国度，竟是城乡呼应、众相传阅、一时“洛阳纸贵”。新时期十年，是一次罕见的文学狂欢，也是中国“百年孤独”的近代史上，文学与社会成功“互动”的巅峰期，或可成为世界文学史上“互动”的典范。然而时过境迁，风停雨过，那个时期的特殊使命一旦结束，“互动”便开始动摇并消退。自20世纪90年代始，中国逐渐步入商业时代，由于信息社会外部条件的改变、中国体制的种种局限、作家自身“动力”的不足、读者兴趣的多样化——文学与社会的“互动”终是风光不再，呈现出另一番扑朔迷离、陌生新奇的景象。

四、互联网时代正在逐渐成型的全新互动模式

20世纪60年代以来，美国早已有先锋批评家发出“文学死了”的哀叹。21世纪以来，同样的警告也在中国频频响起。在这里，我们暂且不作文学是死是活的判决，先来梳理一番当代文学的现状。

从表象看，中国当代文学并没有在数量和规模上整体缩减，尽管电子书正以无可阻挡的态势置换着传统图书，但每年仍然有上千部纸质长篇小说正式出版，畅销小说排行榜受人关注，各种书展上的作家签名活动，读者排成长队；各类官方与民间的文学评奖活动、作品研讨会，从年初到年尾持续不断；中国作家协会会员的队伍每年都在扩大，新锐作者的文学水准起点颇高。中国作家的作品被翻译成外文并在海外出版及获奖的概率也在加大，文坛依然众说纷纭、众声喧哗。

但与20世纪80年代的文学状况形成鲜明对比的是：作家们的积极“行动”，大多是作家的“自我运动”；纸质图书进入流通渠道之后，流速大大缓慢甚至停滞“不动”，引发读者强烈共鸣的几率大大减低；一般的读者根本不关心作家在写什么或写了什么；即便是那些销路较好

的书，作者本人也不清楚该书对于阅读者发生了什么样的作用。在这个时代，再没有人会愚蠢地指望一部文学作品引发战争，一部作品若是能激起读者内心的一丝涟漪，都显得异常珍贵。

也就是说，文学与社会“互动”的环节，似乎在此开裂、脱扣了。

我们再来看看“社会”那方面的情形：

在官方正统的文学主流之外，青春文学刊物例如《最小说》《独唱团》，每期上市发行，一周的销量即可达到百十万册。这些刊物拥有数量巨多的读者FANS，他们痴迷于小说中的人物和细节，为其欢笑哭泣寝食难安。阅读者就像纸页上的标点符号，与作品同生共死。他们排斥父母拒绝老师及教科书上的说教，渴望从同代人的作品中获取理解。每一本刊物或是新书出版，都像是举办一场盛大的PARTY，作者或是写手，大多是潮流的追随者，不再有居高临下引领大众的野心，因此，青春的“互动”带有更多的平等意味。

北京大学陈晓明教授在他的《不死的纯文学》一书的自序中认为：消费时代的文学特征，在于文学的功能变得更为隐蔽、更为内在，文学隐藏于四处扩张的图像之后，隐匿于生活的缝隙之间，以其更加灵活自由的方式，影响着日常语言和交往方式——比如铺天盖地的广告、幽默的手机短信、千奇百怪的网络回帖、颇具个人风格的博客……语言充满文学灵感。而报刊的新闻报道，电视专题片的解说文字、科技论文等，也越来越追求文字的修辞性，刻意使用那些带有抒情色彩、直击人心的文学语言。尽管商业在本质上抵牾文学，但各种商业推广方案，却多以具有文学煽情意味的广告词来吸引征服客户。

还有网络文学。

中国也许是世界上互联网扩散速度最快的国家，也是网络文学最发达最火爆、写手与受众的数量最大的国家。2000年10月，我在纽约的一个文学讲座上，曾讲述了网络文学初期的发展状况，听众非常吃惊。又是十年过去，以盛大文学公司为标志的各大文学网站，创造了规模化经营的成熟商业模式。文学网站各类悬疑、奇幻、穿越、推理，或是历史、职场、爱情小说，以每天上亿个汉字的总量上传刷新。网上写作的人数如此之多，中国几乎已经成为一个“全民写作”的国度。只要作品获得相当的点击量，网友们的感言与反馈、褒扬或贬斥——巨量的跟帖随之而来。尽管大多数作品带有取悦大众的娱乐性，它们在被读者贪婪地吞噬之后，又原封不动地被“排泄”出去。然而，网络上人所拥有的言说自由，正在逐渐消解职业作家以往的权威性。最新的电子书产品，相当于一座规模宏大的图书馆，文本阅读均可借助网络下载完成。一部新作诞生后，可在第一时间里在网上被公开评论或讨论、读者用手指和文字行动，每个人既是阅读者也是写作者。博客兴起之后，很多著名的网络作家，都有自己固定的读者群，她们在博客上适时发布自己的新作消息和个人生活图片、更新日记并回答网友的问题……互联网时代，只要你愿意，作者和读者几乎好像同室而居或是比邻而居。读者发现了自己喜爱的作品，会主动在网上转帖；读者甚至会建议作者，故事情节应当怎样发展或改写……

互联网时代无情而彻底地打破了“文学”与“社会”之间的传统沟壑，一个疆界模糊、相互融合的读写空间，已被整体“位移”。在汉语中，互联网的“互”字，恰恰和“互动”的“互”是同一个字。这意味着，互联网的普及，已经创造出一种全新的“互动”读写模式，它超越了我们以往的经验，彻底更新了文学与社会原有的“互动”方式，形成了参与、质疑、解构、修正的新“气场”。

五、新世纪的互动运行机制与内在特征

综上所述，这个全新的互动时代，大体以如下步骤运行：

1\. 作品与媒体的互动——商品经济时代，报刊网络的全媒体集结运作是互动的宽大平台。出版机构以媒体的强力推介作为先头部队，控制

话语权。谁率先占领媒体的制高点，谁就能赢得读者的眼球。

2. 作品与市场的互动——媒体的预热之后，文化市场以其敏锐的嗅觉迅速行动，建立在商业利益上的市场运作，以各种促销手段推波助澜，迎合并率领大众口味，刺激读者的购买欲望。

3. 作品与读者的互动——在媒体与市场之外，真正起决定性作用的是读者的口碑，那些口口相传、不胫而走的新作，大多是被读者所推动的。反馈通常以持续不断的争论出现，那些越是具有挑战性的作品，读者的意见越是趋于两个极端。对作品的思想观念和艺术审美价值，不同的读者可持有截然对立的意见，这一点在网上表现得尤其激烈。一部书若是不能引发争论，单向的躁动无法构成“互动”。

4. 作品与批评界的互动——这其实是“互动”最核心最关键的组成部分。在大多数情况下，学界对那些有创意的新作品，往往反应迟缓犹疑不决。它排斥、鄙视读者的趣味，漠视市场的动态。因而学界的褒贬常常引起适得其反的效果，引发读者对批评的“反动”、对学者的反批评。一旦进入到这个层面，“互动”便“自动”发生震感。

5. 已有越来越多的中国当代文学作品，被译成各种外文，开始向世界各地移动，进入国际图书市场。

因此，新世纪文学与社会的互动之新，具有以下特征：（1）由纸面的显性反应，转为网络的匿名交流和隐性反馈。（2）由习惯性的集体思维和集体意志，变为个体的、深层的思考独立。（3）各个不同的社会群体与个人，选择各自钟情的文学作品，各行其是，各有各的互动对象与互动方式。（4）作家由高高在上的“导师”，变为平起平坐的“同学”，读写关系变得平等。

在今天这个时代，若是偶有一部作品，受到了中国各阶层读者的强烈关注，多半是因为作品切中了当下中国现实的“命脉”，它表现个人尊严、价值、权利、梦想、创造力、爱与责任……可惜，这种具有独立精神的作品，在中国的文学土壤中，生长得极其艰难。米兰·昆德拉说过：小说是欧洲公民社会的基石。令人欣慰的是，在中国当代文学越来越多样的“互动”形式中，在更多的读者擅长独立思考、自由表达的参与行为中，我们看到了中国走向公民社会的希望。

六、作家的个人体验及选择

哈金先生在昨天的演讲中谈到，他在写作时，会为自己设置某些“理想中的读者”，我愿意接着这个话题，谈一点自己的认识。就我本人来说，写作首先是为了解决自己的精神问题，通过写作来克服内心的困惑。写作本身就是一种动态：观察事物是眼转鼻吸、搜集素材是脚动耳动、敲打键盘是手动；思考看似静止无声，思维却在脑中激烈地活动；新书出版，还需要接受媒体采访，是嘴动。所以我们其实一直处于剧烈的“自动运动”之中。然而，当你的作品出版后最终到达读者手中，人们发现，原来你的痛苦也是他的痛苦，你的欢愉也是他的欢愉，你们有着共同的需求——此时，阅读的互动就发生了。

我这大半生30多年的写作经历，恰好可以印证中国社会与文学“互动”的历史。我们曾是80年代全社会阅读热潮的宠儿，那时候雪片似的读者来信要用麻袋来盛装。到了90年代，图书市场开始形成，全国各地的书店举办作家签名售书活动，读者排队购书场面十分壮观，1996年我在深圳签售新书时，拥挤到书店不得不请来保安维持秩序。直到现在，还常常会有同龄的读者提到，她（他）就是我作品中的某个人物，我的书曾经怎样伴随了她们的成长。2002年我出版的长篇小说《作女》，英文书名译为《WOMANEDGE》，许多现代女性把“作女”作为自己的别称和代词。就在近期《解放日报》的一篇短文中，被冠以“作女”这个“名号”的女人们仍然鲜活地存在……互联网普及以后，即便我从未刻意经营或培养自己的网络读者群，但随意点击一些读书网站，仍然可以发现上面有很多热心读者的留言。

不太谦虚地说，在今天庞杂浩瀚的社会生活中，我常常能感觉到，自己当年那些尖锐犀利的作品，那些飞扬的新人物和新思想，从空气中渐渐沉落，就像一粒粒埋入土地的种子，长大、开花结果，果实又长成新的树木，如此轮回。我们看不见种子的形状，但能闻到草叶和花朵的气味，听见风雨摇撼树叶的声音……这就是文学对社会发生的影响，犹如中国古诗中“润物细无声”的意境。

然而，在这个通信与交流越来越便捷的信息时代，我却时常感到迷茫和无奈。有人说，当下的文学现状是：“有文学没社会，有社会不文学”——意即文学作品的艺术审美价值，与社会影响力不可兼得。那么，“互动”在当下究竟还有什么样的现实意义？那些引起强烈社会共鸣的作品，是否必然以损伤文学品质为代价？我们究竟如何选择并坚持个人的文学理想？尽管，如今我早已跨越了热衷于“互动”的年龄段，折返到超然物外，听其自然的状态。然而，一个写作者，是否真能对读者的“不动”无动于衷？面对这个天灾频发、人祸潜行的时代，我们是否真能沉醉于编织美妙的文学词句，而对复杂的社会转型“我心岿然不动”？这也许是今天的中外写作者，所共同面临的尴尬境遇。

在这个意义上，我愿意呼应哈金的理念：一个写作者，若是能够获得更多的“理想读者”，那是我们的福分。

其实，在东西方的历史和版图上，文学从未有过固定的领地。在不断漂移和重组的大陆板块挤压下，如今只剩下最后一块栖息地——它藏身于人的心灵深处，仅占据一个很小的角落。问题在于，我们这些写作者，还有没有为他者“动心”“动情”的动力和能力。

（2010年9月在哈佛大学东亚系“中美作家论坛”上的发言全文，讲演时有压缩）

东北文化中的俄罗斯情结

现在我们所面对的这座城市，原名阿勒锦，清代称哈拉宾，至今仅有100多年历史。它的城市建筑、商业和贸易的兴盛，与一个多世纪之前直至20世纪上半叶，大量俄籍犹太人、波兰人与白俄贵族的到来有着密切的关联。1896年，俄国获取了在中国修筑铁路的许可，哈尔滨逐渐成为东清铁路的中心。20世纪初，俄、英、日和捷克等国，在哈尔滨设立了总领事馆，德、法、意等国设立了领事馆，使得哈尔滨在后来的50年间，迅速发展成为独具特色的国际化大都市。由于多国移民的聚集，带来了文化的多样性。然而，在欧洲、俄罗斯与韩日等多种文明，与东北本土文化（黑龙江省本地的少数民族、关内的移民以及明清被贬斥流放的关内知识分子所共同创建的边地文化）的混合、交融与碰撞中；在一个世纪以后所收获的如此纷繁、杂糅、丰富的东北文化结晶与果实中，“俄罗斯文化”始终从中呈现出一条清晰而鲜明的脉络，为中国这个古老的母体，移植并输入了斯拉夫民族强壮的新鲜血液。俄罗斯文化对东北地区，其中主要是哈尔滨这个城市，从城市街道、建筑风格、市民的生活方式、家庭装饰、家具餐具、餐饮习惯一直到艺术审美情趣等各个方面，都产生了极其重要而深远的影响。

我们也许可以认为，哈尔滨是一个有着鲜明异国血统的文化混血儿。直到今天，我们仍然能够清楚地辨认岁月与时间，在这座城市的许多角落所留下的俄罗斯文明烙刻的印痕。

20世纪90年代初，苏联解体之后，中俄边贸进一步发展。在21世纪全球化的背景下，中俄历史上进入了文化交流最为频繁、热烈、广泛的时期。在哈尔滨与其他东北城市的街头，随处可见的俄国商人，为我国带来了大量商机，带来了对于信息时代高科技文明的渴望，也带来了俄国商人的诚信与粗放。近年来的中俄文化交流，更多的是借助商贸之舟，例如服装、电器、音像制品，并以中国对俄国输出的形式得以流通。

1993年我曾访问俄罗斯，我对莫斯科城的第一印象，竟然觉得如此熟悉，似曾相识。可以说，莫斯科是一个面积被放大了多倍的哈尔滨，只是更为华丽。我曾经十分迷恋与热爱的，具有浓郁的俄罗斯建筑风格的哈尔滨城，在我亲临莫斯科的时候，忽然觉得哈尔滨很像是莫斯科的复制品，甚至像一部巨大的印刷精良的盗版图书。

东正教大教堂拜占廷风格的大圆顶与拱型穹顶、市区各种公共建筑物米黄色的墙体、建筑物外墙上的浮雕装饰，郊外别墅赭红色或深绿色的铁皮斜屋顶、阿尔巴特街的花岗石路……以至于我回到哈尔滨以后，常常发生幻觉，走在哈尔滨南岗与道里的某些街区，我不知自己身在何处，好像是莫斯科城被整体或局部地搬迁过来了。

城市建筑是哈尔滨这个混血儿的外形。历经百年风雨，我们仍能欣赏到文艺复兴时期、新艺术运动、浪漫主义、折衷主义风格、巴洛克艺术、古典主义复兴时期的各种代表作品的建筑实体。比如毁于“文革”的精美绝伦的尼古拉大教堂、圣母守护教堂和圣母安息教堂、具有巴洛克艺术风格的秋林公司、艾尔诺贝新艺术风格的莫斯科商场（现黑龙江省博物馆）及马迭尔饭店；极具俄罗斯建筑风格的标志性建筑，如苏联领事馆、典型的俄罗斯式木结构建筑群的松花江江上俱乐部，等等。在那座曾是远东地区最大的索非亚大教堂，90年代被命名为“哈尔滨建筑艺术博物馆”里，我们能完整地阅读到哈尔滨的城市建设百年兴盛的历史图片。

俄罗斯的建筑艺术文化，在时间的流逝中，将哈尔滨这个“混血城市”的体魄、肤色、五官与习性，逐一加以塑形，并潜移默化地改变了哈尔滨市民的居住与生活方式。直到80年代，走进哈尔滨市民的家庭，仍能看到被粉刷成各种颜色的墙壁，并在墙壁与天花板的连结处，刷有图案优雅的装饰腰线。这种从二三十年代延续下来的房屋内装饰，在当时完全缺乏房屋装修概念的中国，无论在中原与江南，都是鲜见的。哈尔滨市民有较多家庭使用镶有铜柱的欧式古典席梦思床，八九十年代，曾流行腿柱粗大、结实笨重的俄式家具，颜色以黑色与深咖啡色为主，配有酒柜与衣帽架，而餐桌通常是长方形与椭圆形的。由于寒冷的气候与漫长的冬季，俄式的门斗、牛皮铜钉的厚重包门，也被哈尔滨人以各种方式接受、仿制或略加改造。较为富有或略有知识的家庭，以十字绣或白色钩线的窗帘作为装饰，室内的陈设与摆件，也几乎与俄国侨民之家大同小异。90年代中俄通商以后，哈尔滨很多普通市民家庭，都拥有俄罗斯的铜质茶炊、木质彩绘套娃等俄罗斯工艺品。而那些具有俄罗斯古典风格或近代巡回画派的油画作品，也较多地被哈尔滨人喜爱并作为教科书学习临摹。

东北这个“文化混血儿”，由于生长在多语种的环境里，使用两种或多种语言，但仍以俄语的覆盖面为最大、普及力度最强。1969年我从杭州到北大荒上山下乡，在佳木斯附近的鹤立火车站下火车，最早接触的一个外来语词就是“热特”。是“热特”把我们南方知青从颠簸的公路上拉回连队去的。“热特”是胶轮拖拉机的俄语发音，被直接引用过来。后来，逐渐知道了还有“畏德罗”（铁皮桶）、“布拉吉”（连衣裙）、列巴（大面包）等俄语词汇，都被东北人熟练运用在日常生活之中。哈尔滨的大学至今拥有全国师资力量最强的俄语专业，俄国侨民的俄文出版物，已成为哈尔滨出版业不可缺少的组成部分。从40年代开始，苏联歌曲开始在中国悄悄流行，到50年代达到顶峰。1977年我到哈尔滨上学读书，了解到哈尔滨是一座热爱音乐的城市，但不知道是否与苏俄文化的影响有关。然而俄国音乐与苏联歌曲却是被哈尔滨人熟知的，50年代出生的整整一代人，在至今记忆犹新的“老歌”中，其中苏联歌曲占去了很大一部分。凡在哈尔滨出生长大的人，许多人都能用俄汉两种语言演唱。1993年我去俄罗斯访问，在与俄国作家的交谈联欢中，同去的几位东北作家大唱苏联歌曲，使俄国作家大为惊讶与兴奋。他们说其中那些50年代的流行歌曲，连他们自己都已经不会唱了。50年代中苏关系蜜月期内，中国城市的许多中学都设有俄语班，我亦有幸学过3年俄语，虽然多年不用，至今仍有许多单词朗朗上口。

至于这位“混血儿”的口味呢？自然是俄汉兼收并蓄的。哈尔滨的饮食文化，受白俄的影响甚深。古典情调的马迭尔酒店、金碧辉煌的华梅西餐厅，仍是哈尔滨建筑风格与俄式美食的浓缩，近年来更有“波特曼”等后起之秀，将俄式美餐继续发扬光大。中央大街上的一些不引人注意的街角，留存着正宗的俄式咖啡屋与冰激凌店，装饰与口味都别具风情。我刚到这座城市的时候，曾对哈尔滨人在春夏的星期天，背着啤酒红肠面包酸黄瓜，到太阳岛晒太阳、在树林里跳舞唱歌的场景大为吃惊。后来渐渐知道，此类非中国式的休闲娱乐，亦与俄国人喜爱的度假方式有关。啤酒红肠面包，如今已成为哈尔滨人日常饮食习惯的重要组成部分。我们常常可以看到，在一个家庭的餐桌上，有一盘切成薄片的红肠，偶尔还有一碟黄油或是鱼子酱，然后，一边是稀饭与咸菜——它们被混淆在一起，在同一时间内，被人津津有味地交替享用。哈尔滨人十分善于将这两类完全不同的食物混合食用，将中餐与西餐巧妙地合二而一。尽管如此，当我在哈尔滨生活过数年，吃下了无数哈尔滨的俄式红肠之后，我不得不公正地评价说：在中国，我走过那么多地方，也算尝试过不少美食，但哈尔滨肉联厂生产的正宗俄式红肠，确实是国内目前自产的西式火腿冷食中，最最好吃的一种。

我们将谈到这位“混血儿”的着装风格。大家知道旗袍来自于“旗人”即满族的服装，但随着满族入关、300年后清朝皇室最终退位之后，作为旗袍发源地的东北，尤其是哈尔滨，旗袍已逐渐退出日常生活，只是某些社交和吉庆场合女士们偶尔使用的礼服。从20世纪20年代起，中间隔过了中苏交恶的六七十年代，跳到80年代之后直至21世纪，市民的着装风格与审美趣味，越来越巧妙地吸收了俄式服饰的某些特点。从男士的呢子大衣、船形毛皮帽及高腰靴子、男式小立领的衬衫，到女士夏季五彩缤纷的连衣裙和秋冬的大围脖与大披肩，包括头巾的系法与前额盘卷的发型，在许多细微之处，都能见到俄罗斯服饰文化的悄然渗透。在某个大雪纷飞的冬天，走在黄昏的街头从积雪被清扫干净的台阶上，走来一位戴着俄式宽檐礼帽的中年男子，他黑色的呢子大衣上飘落着白色的雪片，鼻子被冻得通红，身上微微散发着酒气。或者在夏季，一扇绿色的木栅栏门鲜花盛开，樱桃树上熟透的果子落在草地上，院子里的晾衣绳上挂满了白色的被单床单，在风中轻轻飘舞……此情此景，你会怀疑自己走进了俄罗斯小说中的某个场景。

但我却无法准确地表述俄罗斯文学对哈尔滨这个城市的影响。因为相比以上所述的那些有形的工业商业与建筑业等物质因素，文学的作用却是无形甚至虚无的。中国从20世纪三四十年代开始大量翻译出版俄罗斯以及苏联的文学作品，还有大量优秀的经典电影作品。我本人就是读着苏俄文学长大的。在我整个少年青年的成长时期，几乎读遍了俄罗斯和苏联最有影响的小说、戏剧与散文。我们熟知苏联以及俄国最优秀的作家与作品，这些作家与作品，滋养了整整两代中国人。从列夫·托尔斯泰、普希金、果戈里、契诃夫一直到高尔基、肖洛霍夫、巴乌斯托夫斯基……他们提供的思想与艺术养料，曾经那样强烈地唤起过我的激情与良知。我相信哈尔滨的读者也同样如此。哈尔滨曾是一个热爱诗歌的城市，抗战前后以及和平建设时期，哈尔滨都曾产生过许多宏大叙事的文学作品，东北文学始终是中国文学重要组成部分。我只是希望在此提醒诸位，作为西方现代主义的重要鼻祖之一的陀思妥耶夫斯基，他的作品中复杂的人性深度，对苍凉人世的恐惧以及对人的心理解析，是在80年代以后才逐渐受到中国读者重视的。然后是艾特玛托夫、茨维塔耶娃、索尔仁尼琴等现当代文学巨匠的伟大作品，在中俄两国一脉相承的社会体制和文化背景下，那些文学作品有如茫茫大海中微弱而温暖的灯塔，引领着我们在黑暗中寻找光明之岸与灵魂的栖息地。

我已经谈到了俄罗斯文化在历史上对东北以及哈尔滨人的日常生活与文化形态所产生的种种影响。但我最后想表达一点粗浅的个人看法：无论东北文化中具有怎样浓烈的俄罗斯情结，无论啤酒、烈性酒和面包等表象事物给予我们多少文化的假象，东北人依然是中国本土的产物，它貌似混血儿，而在骨子里依然以农耕文明与儒家文化作为自己的精神支柱。当俄罗斯文学丰厚的乳汁注入这片黑土地的时候，黑土地并不会轻易改变它的颜色。宗教作为一道精神的分界，划开了民族间根本的文化差异。哈尔滨随处可见的东正教、天主教教堂，以及大量基督教徒所信奉的基督教文化，从来没有从根本上改变过东北移民族群的性格特征与文化属性。俄罗斯情结更多的仅仅体现在人们的日常生活方式上，那是物质的、感性的，几乎从未真正进入过思想与精神领域。乐天知命、安于现状的东北人，几乎与斯拉夫民族的忧郁、感伤、孤独的精神气质和苦难意识毫无共同之处。很难想象在哈尔滨的车站上，会像莫斯科地铁里那样，有很多人利用上下班时间在阅读文学书籍；很难想象在哈尔滨会有人饿着肚子去听音乐会；很难想象会有哈尔滨人好意思拿着一枝玫瑰花去送给自己心爱的人。中国是一个信奉实用主义的国度，是一个历史悠久得几近衰老的国度。当年轻而雄心勃勃的彼得大帝，下决心在暴风雪肆虐、寒冷的芬兰湾附近洪水泛滥的沼泽地边上，建立起新的帝国之都，为俄罗斯开拓未来的出海口时，斯拉夫民族证明了自己梦想的能力。今天的俄罗斯，正在追求民主自由以及物质文明的道路上，艰难而勇敢地前进。因此，今天的中国人、东北人、哈尔滨人，仍需要谦虚地向俄罗斯学习，去发现那些隐藏在俄罗斯音乐、绘画与文学中，为我们所忽视、所不屑的对于真诚、崇高、神圣、激情的渴求，那是比俄罗斯银狐领大衣、矿产森林和其他物品都更珍贵的精神资源。

（2003年8月，在哈尔滨“中俄文化：凝视与对话”主题论坛上的发言）

长城·公社·凯宾斯基

长城：

那原本仅仅只是一堵墙，世界上最长的超级围墙，因弱小恐惧而堆砌，因故步自封而蹲守。经历朝历代腥风血雨，漫长的岁月里，围墙越来越高越来越长，那个民族却趴在墙内，日渐萎靡孱弱下去。终由一个实在的建筑物体，演化为华夏民族的文化象征。延续千年，变成一个抽象的符号。

长城是否曾经真正有效地抵御了外族的入侵？长城下的战事留下了多少可传诵的胜绩？至今有人质疑。然而，这座千年中不断加固延长的城墙，最后把华夏民族自身，乖乖地圈在了中原大地的母体之内，却是不争的事实。

所以，在汉民族的民间传说中，长城即便轰然坍塌800里，也不是被臂膀和战车推倒，而是被女人悲哀的眼泪哭倒的。

有人做过极其精妙的比喻："长城很像一条奇长的拉链，由西向东，横缀在中国北部的土地上，当它闭合的时候，就把两边的人（注：

农耕民族和游牧民族）连接在一起；当它拉开的时候，就把两边的人撕裂开来。”

诗人周涛在20世纪90年代中期书写的散文名篇《游牧长城》一文中，对长城有过大段精辟的描述，其中有这样的绝句：

“长城是祖先们痛苦的纪念碑。长城有多长，我的祖先的痛苦就有多漫长；长城有多重，我的祖先的痛苦就有多重。”“如果说，地球引力是人类的第一引力，那么在中国，可以把长城引力称作第二引力。”“长城可以什么都是，但它不是诗。”“长城这象征着守护农业文明的裤腰带，一次次，被粗硬的手强行解开了。”……

这本是一个可供想象和推理的比喻，一个可由此豁开缺口的通道。但我们思路在此拐弯，我们发现墙砖上的血迹早已褪色，烽火台的硝烟归于沉寂；长城已经终结了往昔的防御功能，沉默地立于群山之巅，无法再激起人们对于狼烟的惊惧。它只是两千年来多种文明冲突、和解的见证、一座令世界惊叹的历史建筑奇迹、一道雄阔壮伟奇特的东方风景。

如今的长城，已是审美的长城、游客的长城、消费的长城。

长城就是这样变成了一个没有所指的文化符号，其意含混模糊。所有刻意的追问，都被坚实的城墙有力地反弹回来。

公社：

在我们的记忆中，公社等同于提前到来的乡村共产主义。人民公社即一大二公、大跃进、大会战、大锅饭食堂、红旗飘飘、标语、干部、社员等等。

“公社是朵向阳花，社员都是藤上的瓜……”

这是一个属于昨天的概念，疲惫残损地在旧教科书里苟延残喘。

果真如此么？“公社”——这个如此熟悉的语词，读来为何竟有双重的叠音？

人民公社？还是巴黎公社？

1871年发生在法国的巴黎公社革命，同1958年诞生于中国的人民公社（Paris Commune与People Commune之间），“com”这一英文词根，意为“公共”的意思。如今已被广泛使用于互联网。时间相隔百余年。从公社到公社，Commune还是那个Commune，可究竟是巴黎还是人民呢？前置词被替换后，符号的语义天差地别。

符号往往是靠不住的。符号可以是抽象的文化品格，也可以是一种简化、固化的图像、商标，它随时可以被偷换被覆盖被侵犯被滥用。

公社？究竟是谁的公社和什么样的公社？然而，未等我们这样思索和提问，一种被假名为“公社”的另一种“公社”形式，已在长城脚下悄然生长。

长城脚下的公社：

几年前一个秋日的下午，我应邀参加了“长城脚下的公社”的开业典礼。穿过水关长城的城门往山里去，长城渐退于身后，苍山叠翠，群峰环绕的山谷里，11栋由各国建筑师设计的别墅，因地制宜依山傍势而立。像是11座从世界各地漂来的风格迥异的浮岛，水退后长留于此，与燕山山脉合为一体。至今还记得沟口的那栋车厢式悬空房子、日式竹屋里的竹墙水榭、山崖下树林间的四合院……沿着山路寻去，房前屋后的柿子树板栗树松树柏树，都保留得完好熨帖；在一处宽敞的阳台上眺望远山，蓝天敞阔，群山似水墨层层洇染，目光所及，望穿双眼，而雄健逶迤的长城，却羞涩地藏于山后，不见峥嵘（真容）。

那是“长城公社”真正的妙处——你明明知道长城就在那里，却看不见它。

据说，“公社”有一条幽秘的私家小径，从林间山道登上山巅，长城赫然就在眼前。

那一刻我松了口气，为长城，也为公社。长城看不见公社、公社看不见长城；但长城就在公社的山上，公社就在长城脚下，这也许契合了禅宗的神秘与中国文化的含蓄。从环保生态的角度，我亦不希望这些现代建筑，冒犯了古老的长城。尽管在特定的语境下，它们之间似乎有着某种内在关联，比如，“长城”与“公社”都已是过去时；比如，“长城”与“公社”都有一种大众性。我们究竟怎样为眼前这个“公社”定义？只有那个SOHO公司赠送的小小红五星徽章，为“公社”盖上了一粒鲜明的印章，可作为“公社”最直观的注解。（当年象征荣誉的徽章，变成当下象征利润的商标——又成为两个时代的强烈反差。）

但我们愿意选择和接受的“长城脚下的公社”，却是一个具有美学意义的自我安慰的符号新物体。那也是长城的宿命，不再会有任何风险和难言之隐。从审美的眼光看，“长城脚下的公社”，每一栋建筑的设计构想和建成的实体，都是环境美学融于文化意象的经典样板，每一个方案都富于个性和创意。因而2002年，“长城脚下的公社”应邀在威尼斯双年展第八届国际建筑展上展出，SOHO中国联席总裁张欣作为这个项目的策划人和投资人，荣获威尼斯双年展“建筑艺术推动大奖”。对于急欲摆脱旧日千篇一律的“公社”式住宅的中国，正需要这样姿态性情各异的个性化建筑，在这里，建筑师的奇思异想，得到了充满激情的自由发挥；在这里，每一块山石、每一棵树木、每一片云彩和每一只飞鸟，都是“公社”具有灵性的成员。“公社”得名之初，SOHO的策划者，也许正是取com之意，寄予其和睦、友好、更多的公共性、交流与共享的期望。在古老的“长城”与更为古老的“公社”（原始村社）之间，是否因此而找到了一个极为细小脆弱的连接点？

惊讶与感慨之中，我的目光渐渐散乱迷惘：那个源于西方原始共产主义理想的遥远的公有制社团实验的“公社”，同眼前这个产生于私有股份制集团的“长城公社”之间，似乎生出一种巨大的反讽和落差。这个“公社”不再是我们记忆中的那个肮脏破烂贫困的公社，在这个“长城脚下的公社”的小楼前停着豪华汽车，幽静小径上飘来香水和美酒的气息，露台上晃动着衣着时尚的靓女俊男的身影……昔日的长城与公社——这历史悠久、耳熟能详的符号，在被供奉被展示的过程中，已超出了它的表象，原有的内涵被商业的运作悄然置换和篡改。

那一日苍茫的暮色中，我混沌的思维，在长城脚下忽然开窍：历史前行之“脚”，常常喜欢换一双修补过的旧鞋子，趿拉而行。在某种特定的情境下，是可以借助符号作为鞋子的，大步向前。

凯宾斯基：

如今的都市人，也许很少有人不知道凯宾斯基饭店——这一来自德国的全球著名酒店品牌。凯宾斯基集团管理公司具有耐力的扩张性，使它终于在20世纪80年代，在北京建立了第一家中国连锁分店，捷足先登，占据了东三环黄金地段的一角。

但在中国，也许很少有人知道这一世界上最古老的豪华酒店的“家史”——Berthold Kempinski于1843年10月10日出生于Posen（先前是普鲁士的一个省，即现在的波兰）Raschkow。他是家中的两个男孩之一。1862年，他的兄弟在Breslau和Posen开了一家专门的酒家，叫做M.Kempinski&Co，Berthold于两年后加盟。他们努力共同开创事业，10年后，即1872年，Berthold和他的妻子Helene移居到柏林并开了一家同名酒家，不久就发展成带客房的餐厅。Berthold野心勃勃，1889年，他在Leipziger Strasse开了家有几间餐厅的餐馆——当时柏林最大的一家餐馆。由于Berthold和Helena没有儿子，他们的女儿Frida的丈夫Richard Unger加入了这个小公司。事实证明Richard为人精明，对公司持续的成功起到了重要作用。1897年，Hotelbetriebs-Aktiengesellschaft酒店管理公司成立，这是现今的凯宾斯基酒店的历史性起点。Berthold Kempinski于1910年3月14日去世，从而退出了历史的舞台。“一战”前，拥有公司的Richard围绕其美食业成功创建了巨大的产业联合体。“一战”期间业务运营平稳，战后，Richard还买下了自己的生产中心。后来，因为Kurf ü rstendamm大街越来越有名，Richard就在Ku’damm27的位置购买并经营一家餐馆（直到今天，“凯宾斯基布里斯托尔酒店”依然傲然屹立于此）。1928年，M.Kempinski&Co.公司还接管了Potsdamer广场的Haus Vaterland，并提出了在当年的柏林闻所未闻，故而引起轰动的新理念——娱乐美食。但成功之后，悲剧随之发生。1937年，Richard Unger和他的家人为逃避战乱移居到美国。不幸的是，Kurf ü rstendamm27的餐馆在战后不久的一场大火中付之一炬，Richard Unger的其他财产也被全部炸毁。战争结束后，凯宾斯基家族顽强的后人Friedrich W.Unger博士——Berthold的孙子和Richard Unger的儿子，返回德国。1951年，他们开始直接在原餐厅损毁的遗址Kurf ü rstendamm27修建酒店。一年后，凯宾斯基酒店开业并成为当时最现代和最受欢迎的大酒店。凯宾斯基酒店修建了室内游泳池，是柏林的第一家五星级酒店，并因为其一系列的创新而举世闻名。

1957年，汉堡的大西洋酒店——也称作“白色城堡”，落成于阿尔斯特湖畔。（此时，中国的“人民公社”即将诞生——这一共时性中的历时性差异，发人深思）从1977年起，公司开始更名为Kempinski A.G.。（中国的“文革”结束）多年以来，公司在全德国取得了其他显著的里程碑式的成功。1985年，汉莎航空公司购买了凯宾斯基的股份，使传统的德国酒店集团得以在海外经营酒店。（中国进入改革开放时期）

如今，凯宾斯基酒店已是欧洲最古老的豪华酒店管理公司。凯宾斯基酒店颇具声望的投资中有55处以上的豪华酒店，遍布欧洲、中东、非洲、亚洲和南美。每家酒店和度假胜地都提供优良的服务，保留历史悠久或极其新式的酒店特色，并将能够反映酒店个性的当地独特风格融入其中。凯宾斯基集团管理经验成为全球服务业的经典模式之一。

古老的凯宾斯基、富有生命活力的凯宾斯基、百年新生的现代凯宾斯基。

它踏上中国的那一刻，也许已经预料到，它将同另一种渴望新生的古老，邂逅相遇。

长城·公社·凯宾斯基：

2006年初秋，这三个“古老”的符号，终于连缀成了一条并列的直线、一个抑扬顿挫的句子、一个中西合璧的新奇品牌。

9月23日，“长城脚下的公社凯宾斯基饭店”二期，举行隆重的开业庆典，SOHO中国的联席总裁张欣、潘石屹、凯宾斯基饭店管理集团董事长兼总裁Reto Wittwer，长城脚下的公社凯宾斯基饭店总经理Yves Wencker，韩国建筑设计师承孝相等人共同点燃了公社广场烽火台上象征酒店开业的火炬。至此，公社已经由原来的11栋别墅扩展为42栋别墅，“长城脚下的公社”也正式更名为“长城脚下的公社凯宾斯基饭店”，标志着“公社”正式跨入世界级特色酒店的行列。也意味着强强联手跨入顶级。据悉，公社的定位似乎是超级奢侈，自开业以来，长城脚下的公社凯宾斯基饭店曾经接待过的贵宾包括好莱坞影星杨紫琼，Rene Zellweger、《冷山》的导演Anthony Minghella、香港富豪李泽楷，Tod’s的创始人Delle Valle，美国网球明星小威廉姆斯、F1赛车手蒙托亚和著名足球教练阿里汉。而这里也是世界500强公司商务活动的首选场所，包括宝马、奥迪、LV、IBM、可口可乐、微软、索尼、Hermes、保时捷、轩尼诗在内的数百家世界著名品牌曾来此举办过活动。“长城脚下的公社”与凯宾斯基饭店管理集团合作，不仅引进了国际水准的超五星级管理和服务，也迈出了向世界级特色酒店和专业管理转变的第一步。目前“长城脚下的公社凯宾斯基饭店”已被美国Cond é Nast Traveler杂志评为全球100家热门酒店，并入围英国《Tatler旅行指南》“全球101家最好酒店”之列的特色酒店，是中国唯一获此殊荣的酒店。

历史开了一个多么严肃的玩笑——长城的烽火台依旧巍然不动，公社的红星依然闪闪发光，但雄心勃勃的跨国公司，已经一步跃过厚重的城墙，从天而降悠然着陆。长城之外早已不是塞外荒漠，而是一片激烈竞争中的开放天地。

这座曾经坚实的屏障，却无法封住天空，宇宙风终是长驱直入。因城墙再长再厚，却无法挪移，世上一切固定的物体，都难以阻挡那些行进、奔突的事物。比如：尘暴、飓风、海啸……还有，流动资金。

新时代的精英们轻松地使得“公社”这个符号语词具有了时尚性与可使用性。

长城、公社、凯宾斯基——可谓是当下中国被高度符号化、颇具象征性的关键词。“长城”是一个历史文化符号；“公社”是一个带有浓重革命色彩、涉及政体的符号；而“凯宾斯基”则是当代一个全球性的商业符号。当这三种符号连结成句子的时候，中国与世界的过去、现在与未来，均藏匿隐身于其中。这个看上去似乎有点累赘错杂的句式，包含了全球化时代东西方经济文化的冲突、妥协、沟通、合作以及历史发展的必然趋势；还有我们今天的尴尬处境和未竟的雄心。也许，三是个吉祥的数字，面对这三个词组的叠加，我的脑中竟然紧随着跳出三个成语：三三得九、三位一体、三生万物！

在夜色中穿过昔日的“公社”残留的乡村公路和农舍，回头，可见凯宾斯基饭店上空辉煌灿烂的焰火喷溅；前方延绵的山脉轮廓模糊，隐没于黑暗中的长城，如同一条时断时续的虚线，将“划分”或是“连缀”这多种功能一并承载。

汉语的创新表达

今天的议题是有关“一带一路”的文化交融和创新表达。汉语创新表达及可拓展的内容极为丰富。正如德国地理学家费迪南·冯·李希霍芬于19世纪出版的《中国——我的旅行成果》一书中创造了“丝绸之路”这一名词，在后来100多年时间里，逐渐被中国及周边国家延伸充实，最终固化为一个充满美感和想象空间的汉语词语。丝路的源起、承继、发展、成熟，是不同族裔交换经济成果的贸易史，也是异质文化交流融合的历史。在遥远的秦汉时期，山高水远路途艰险，没人知道沙漠的尽头是什么，大海的彼岸在哪里。欧亚大陆的草原绿洲和城市，中间隔着茫茫沙漠戈壁海洋，驼队与商船不仅是探路者、输送者，而是意味着道路本身，每一天每一步都是向死而生的冒险。柔美的丝绸与干旱的沙漠、香醇的茶叶与荒凉的草原、精美的瓷器与粗砺的戈壁——以上这些词组，在“前丝路”时期，它们几乎毫不相干：丝绸与大漠、茶叶与戈壁，如同冰火两重反差之大。但经过两千多年岁月的剧烈碰撞与磨合，广义上丝路的东段已经到达了朝鲜、日本，西段至法国，将中原、西域与阿拉伯、波斯湾、地中海紧密联系在一起，通过海路还可达意大利和埃及。北京大学邓小南教授曾经提出“草原文化带”这一理念，意即“丝路”已由最初的商贸动机，生成为一种高于经济利益之上的文明形态，例如宗教、建筑、音乐、雕像、服饰和语言，相互影响最终彼此依存直至水乳交融。所以“草原文化带”不仅是一种地理概念，而是丝路沿线的“非物质文化遗产”。在那一条条看不见路基的无路之路上，我们看到了不同民族几千年求新求变的探索精神。

我在20世纪50年代出生于杭州，我的外婆家德清县，是江南“丝绸之乡”的原点之一。作为一个当代文学的写作者，也作为中国曾经那个封闭僵化年代的亲历者，对于开放包容的“丝绸之路”，怀有天然的亲近感。千年的丝路通衢，是真正意义上时间与空间的交叉“穿越”。尽管，古代文明与现代文化“两河”的交汇点已然模糊，但我们仍然可以辨析出那些曲曲弯弯的河道，如何生生不息地朝着太平洋大西洋或北冰洋奔腾。文化的渗透必定是双向的，中国古老的文明之所以保持了生机勃勃的活力，是在传播中国优秀传统文化的同时，大量吸收了外来文明。全世界所有的文字系统几乎全都是拼音文字，唯有中国的汉语是表意文字，字形字意千古不变，但重新组合之后就可以产生出新的词汇。例如“葡萄”，这是汉代从西域引进的新物种。后来以葡萄为词素，逐渐构成了“葡萄酒”“葡萄干”“葡萄糖”等新的语词。汉语在成长过程中，对汉字影响最大的是佛教，印度文明东传到中国之后，汉语对应佛学的那些专有名词，例如罗汉、菩萨、佛陀、菩提、皈依、净土等，在翻译的过程中逐渐被创造出来。有趣的是，汉语中的新语词无须重新创造单词更无需重新造字，而只是重新组字，例如“手机”，是手掌与机器的组合、“电脑”是接上电源后会自动工作的“大脑”。在这个全球化时代，所有的翻译文字，几乎都充满了语词的创新，新语词极大地丰富了中国文化的相度。

汉语文学的创新表达，除了新颖的故事构思、新型的人物塑造之外，其中重要的元素之一，便是语词的更新。古老的汉字通过语词的重组，淘汰业已消亡的旧词，不断激活汉语的生命力。近年来，那些使用频率较高的热词，例如“给力”“雷人”“众筹”“颜值”“爆棚”“创客”等，有些来自港台日韩语等外来渠道，还有很多是由中国本土民众自创的社会方言、民间语文组成，其中有些新句型和时髦语的“梦幻组合”一夜走红。现代信息社会的跨地域、跨时空属性，决定了互联网传播的快速便捷，已成为新语词、新语句的重要语源基地，各种新语词的流行令人目不暇接，使汉语成为一个充满活力的创新系统。例如“表情包”“卖萌”“酸爽”“秒杀”“灌水”“弱爆”等，具有形象、幽默、简洁、生动传神的表现力、反讽的趣味性和模糊性、夸张的新鲜感，其中有些新词被当代文学作品吸收、运用。所以，我们对于那些健康的网络词语，应持有兼收并蓄的胸怀。

20世纪末互联网传播之初，海外汉语界便重组了“网路”这个新语词，网路意指网上的路径与通道，与大陆的“网络”有异曲同工之妙，可谓生动形象，故而一直沿用至今。“网路”时代的“新丝路”，除了航空、铁路及海上运输的物流，更重要的是用卫星和光纤输送的数字信息和图片。不同民族的文化需要互相学习、借鉴，更需要深层沟通和相互理解。语言的发展变化，正是人类文明的演进过程。也成为21世纪的“新丝路”，译介传播汉语的新课题。

（2017年9月19日在《人民日报》“一带一路敦煌文化论坛”上的发言）

边缘与跳脱

——有关 HAYA 的传说

有关HAYA的传说，以音乐的形式，已在年轻人中流传了很久。

鲜花在盛开，故事在风中流淌——这是“HAYA传说”的开篇歌词。狂风旋风台风微风、风雪风暴风物风情，草原马头琴与风马牛不相及的爵士乐架子鼓……精灵般的主唱歌手黛青塔娜，从遥远的故乡青海湖走来，一架通红的篝火，在晚风中闪烁飘忽，照亮了周围的黑暗……

我与HAYA专场音乐会相遇的那一刻，整个世界倏然沉寂。偌大的北展剧场，顷刻安静得没有任何一种可以被称为声音的声音了。HAYA自创的乐曲骤然而起，从天穹如瀑布倾泻而下，由脚底如暖泉喷涌。它们拥抱我亲吻我撞击我淹没我，泵入我的胸膛，穿透我的血管。空气被HAYA的音乐一寸寸挤走，呼吸被HAYA的乐曲掌控，我陷入了无边的皑皑雪原，又从绿色的山谷中升起。

这个北风呼啸的冬夜，是我第二次听HAYA。上一次，那个无风的秋夜，在黄勇持续举办了十年的“北京九门国际爵士音乐节”上初识

HAYA，它钻入我耳膜的那一刻，也袭击了我的心灵。

HAYA的音乐呈现，以苍凉深沉的传统蒙古乐曲为基调，散发着浓郁的草原气息，充满了大自然蓬勃的生命力。美丽的蒙藏女歌手黛青塔娜，醇厚高昂透明的嗓音、优美丰富的肢体语言，展现了蒙古族艺术家极致的情韵。然而，乱云狂风、雄鹰盘旋——在HAYA的音乐中，我听见了西班牙吉他、电吉他、手鼓、康佳鼓、爵士鼓、贝斯……那些用于现代摇滚乐演奏的乐器，昂然介入了古老的蒙古乐曲。短促有力的鼓乐、吉他强劲的拨弦、贝斯宏阔的低音，呼应着烘托着悠扬的马头琴声，低沉而又剽悍的“呼麦”时断时续，分明仍是蒙古的底色。如此大幅度的两极跳跃，带来了新奇鲜活的乐感——古老的草原，正伸开着它健硕的双臂拥抱世界……

爱上HAYA，不仅仅由于HAYA音乐源自蒙古，而因为HAYA已经跳脱了蒙古。

黛青塔娜在HAYA最新的专辑《疯马》，也是HAYA最具代表性的极品“疯马”中唱道：……你的良知如胚芽般大小。但我相信这坠落的泪水，会灌溉他、灌溉他长大……“长大”一词的音高如异峰陡然拔地而起，直入云霄。紧接着进入最关键的曲段：你将我刻在红色山脉，去崇拜飞翔的鹰奔跑的马，在那片荒芜的原野上，鼓声阵阵，鼓声阵阵鼓声阵阵……乐队的鼓点越来越急促，她的歌声越来越激昂，犹如高空霹雳闪电，声声叩击人心。小黛在险峻的高音区徘徊回旋长达一分多钟，那是绝望的呐喊与灵魂的呼唤，高亢宛若来自苍穹，飞扬在纯净的冰山绝顶，歌者似已灵魂出窍，听众亦身心俱裂。那一段淋漓尽致的高音之后，忽而一个柔美的滑音，好似从高山雪场的滑道飞速俯冲，流畅得连一丝雪沫的都没有溅起，她已平缓滑入一片宁静的山谷，我们听见了清泉飞瀑、风之叹息、鸟之呢喃，催人思索世间万物的生息与共。歌声渐渐低下去，低至难以分辨的丝丝细微气息，沉入大地深处……

“疯马”以如此高难度的唱奏水准，成功炫酷黛青塔娜与HAYA乐队的完美技艺。

HAYA著名的“迁徙”，野性奔放的另类构思。乐曲开场，静默中传来黛青塔娜哭泣般的呻吟与挣扎，诉说如今的草原，游牧人与动物迁徙中断、人和动物再也无处可迁的悲哀与无奈。至乐曲高潮处，黛青塔娜发出了愤怒的吼叫与痛苦的哀嚎，如同一声声刺耳的警钟，在“嘎达梅林”忧伤的旋律中久久哀鸣。“寂静的天空”用蒙语演唱，旋律带有蒙藏俄杂糅的抒情风格，天生一个返璞归真的黛青塔娜，浅吟不忸怩、低唱不做作，声音结实通透而又放松自如。“飞翔的鹰”充分展示了黛青塔娜宽广的音域，她用蒙语反复诵唱的歌词，像是藏传佛教的六字真言，具有喇嘛教诵经的节奏。“真言”一曲中，小黛席地而坐，捧拥并敲击洁白的玉钵，鼓乐中的神秘氛围亦含有虔诚的佛教意味。“啦哩”中的小黛变得轻快潇洒，曲调的节奏频率、舒展的舞姿、蒙语男声小合唱、隆重质朴的呼麦，纯正的蒙古气息扑面而来。“莽古斯”一曲，打击乐与呼麦都极为出色，小黛的多才多艺更是“原形毕露”，灵巧娴熟的蒙古族抖肩膀舞蹈动作，令人心生欢喜。“风的足迹”中，开场即小黛的一段印第安笛，腔膛粗重而笛声幽柔，犹似秋风驰于原野……

就这样，HAYA将华夏民族以单音为主的传统音乐，与西方音乐的和声复调与配器相融合；把蒙古音乐宽广悠扬的音乐元素，与来自黑人民间音乐的爵士乐率性激越的特性，进行了神奇的重组，有一种超然世外的辽阔与纯净。HAYA的音乐理想，是让歌声直指心灵、指引心的方向，以此开启人与自然的省思与祝祷。在HAYA所有的原创乐曲中，蒙古马头琴、长调、呼麦、萨满舞、非洲打击乐、印度鼓、印第安笛等世界各地美妙神秘的声音，以先锋音乐的表现手法、大胆的实验性诠释，完成了传统蒙古文化精髓与现代艺术精神的互相渗透。

HAYA——汉译“哈雅”。在舞台的背景天幕上，HAYA四个英文字母中的Y，被略加修饰，设计为成吉思汗当年征战的长矛“苏鲁定”的简洁图形。这一象征勇气与胜利的草原符号嵌入了英语，意味着对西方世界的参与。HAYA取自蒙语“边缘”之意，亦即“跳脱”规则的束缚，摒弃传统的抑制，具有包容、开放的特性，由边缘走向泛主流，使蒙古音乐跳脱为世界音乐。

何为“世界音乐”？

世界音乐的含义为“跨界”与“融合”。

不再是单纯以民族音乐取悦西方听众，不再仅仅是展示“民族艺术”供人欣赏，而是寻找国际化的音乐语言。只有那些能够引发人类共鸣的音乐，才能从此与世界平等对话。

早在2006年，主唱黛青塔娜与马头琴手张全胜、吉他手陈希博、呼麦手兼鼓手宝音，组成了HAYA——哈雅乐团。2011年，来自法国的贝斯手Eric Lattanzio加盟HAYA。

10年过去，那盆篝火始终暖暖地亮着，照亮着人类也照亮了HAYA自身。

五位视音乐为生命的年轻人，HAYA五人小乐团，就像一只饱满的手掌，每一根手指都不可缺。

HAYA的创始人、英俊持重的音乐制作人全胜，一个吉祥如意的名字，乐团的灵魂人物，兼任乐团的词曲创作及马头琴演奏。托“全胜”的才情与福分，HAYA建团以来，每一张专辑发行、每一场演出，几乎每每“全胜”。女神一般聪慧沉静的黛青塔娜，长发如飘逸的青草、长辫如缠绕的青藤，无论默立行走舞蹈静思，都是一首无声的歌。她用无所不能的音乐技艺，传递出美善的内涵与空灵的意境。她曾说：“我们每个人内心都是有灵性的，我们用音乐唤醒灵性，让它和我们的天地、家园做一个链接。不管走到哪里，音乐传递的都是和万物相连的感觉。”

HAYA乐团的吉他手陈希博，毕业于中央民族学院。其父为蒙古族，母亲是锡伯族，故起名“希博”？他出生于艺术之家，在马头琴声中长大，那双专注凝神的眼睛，沉浸于对音乐的痴迷；希博由马头琴转而成为吉他高手，吉他好像长在他的手上，没有他完不成的高难度技巧，

“重生”一曲中，一把吉他几乎可比一个乐队。HAYA的呼麦手兼鼓手宝音，生于赤峰，自幼学习打击乐。曾赴日本深造音乐演奏技巧，目前已成为国内最顶级的鼓手之一。宝音宝音，一个天生献身音乐的人，看起来有些憨厚羞涩，然而世上各式各样奇怪的鼓，都能在他手下发出不同凡响的节奏；宝石宝马宝藏宝塔宝瓶般宝贵的音乐，成为HAYA与听众的宝贝儿。来自法国的贝斯手Eric Lattanzio，七岁学习音乐，2001年以贝司演奏第一名的成绩毕业于法国国际现代音乐学院。2011年因志趣相投而加盟HAYA，可谓“洋为中用”“中西合璧”。当他穿上华丽的蒙古袍子，在舞台上抱着大贝斯淡定演奏时，看上去就像一位真正的蒙古王爷，沉稳而高贵……

在某次音乐节上，全胜曾深情诵读海子的诗歌《九月》：

……远在远方的风比远方更远/我的琴声呜咽泪水全无/我把这远方的远归还草原/一个叫马头一个叫马尾/……明月如镜高悬草原映照千年岁月/我的琴声呜咽泪水全无……

HAYA的音乐理念与海子的诗歌精神相通——虽然草原万物还在为我所用，可人类终究无法逾越世界的极限——远方只能被涉足，却无法被占有；远方的风甚至挣脱了远方的边界，吹向了更远的永恒。草原上斑斓的鲜花，好似破损的“伤口”，撕开了沉睡的大地，因而“琴声呜咽，泪水全无”。HAYA和海子都想把远方的远归还草原，音乐与诗歌携手成为“黑暗中的舞者”。

在当代多元文化的背景下，HAYA在传承和弘扬本民族音乐的同时，以探寻心灵的方式去发现人类音乐的共性。建团10年来，HAYA自由行走于世界各地，唱遍日本、法国、瑞典、加拿大等国家，横扫金曲、金钟、华语音乐传媒大奖等诸多奖项。每每一曲未落，已被热烈的掌声、起立致意的欢呼淹没。曾多次应中国文化部邀请，代表中国在国外举行专场音乐会。2012年6月，HAYA专辑《迁徙》获得第23届台湾金曲奖最佳跨界音乐专辑奖。2015年8月，HAYA第五张专辑《疯马》再次获得第26届台湾金曲奖最佳跨界音乐专辑奖。HAYA乐团始终坚持自己独有的音乐风格，从不受传统作曲法的约束，自觉挣脱传统音乐的边界，在一次次突围中升入新的艺术境界。HAYA发行新的音乐专辑，每一张都是原创精品，总是给人以出乎意料的惊喜。其国际名望和业内声誉远盛于在国内的知名度，成为当代世界音乐艺术精神的标志。

10年了，HAYA蓬勃红旺的篝火燃遍了东西方音乐节。

我爱HAYA，爱它的走心与创新。就以“风的足迹”的歌词，作为本文的尾句：

我消失在旷野的尽头，追寻着风的足迹……

辑三

历史之思

选择的疑问

上海一家出版社，要出版一本关于老三届人生道路的书，叫做《苦难与风流》。

书名起得浪漫。一实一虚一反一正概括出了老三届的命运。不过再仔细想想，苦难是实，风流倒未必。至少，大部分“老三届”30岁之前的日子，是没有多少风流可言的。20世纪70年代末期，总算开始有了些许风流的欲望与可能，年龄却已是下午两三点钟的太阳，弧度上可见落势，包含“抢救”的意味，就风流得比较勉强。

其实到底何谓风流，老三届人茫然也陌生。那时曾说：数风流人物还看今朝，似乎风流即英雄即领袖，非英雄非领袖不可随便风流。可又有人在会上说：此人太风流，不要重用。听着明明就是贬义。此风流与彼风流间相去甚远，以后对“风流”便生出敬而远之的警惕。

但关于苦难的体会就很瓷实。谁的哥谁的姐谁的叔谁的姨来给当代青年侃老三届，都能倒出一肚子苦水，谈论往事的艰辛时充满对自己的戏谑和嘲弄。而我却似乎健忘，多年以前风里雨里雪里水里的情形，写过一回两回便罢了；窝头土豆麦地耗子什么的，有时想起来还觉挺生动。苦难因此在四十年的岁月中淡去远去最终化作一幅背景。

真正的苦难在于它根本无法倾诉无法言说。它的创伤甚至没有烙印没有痕迹，在心的深处在生命的每个转角……

曾与分别二十几年的中学同学重新相聚，几乎每个人现今的职业，都与少年时代的兴趣性格和志愿大相径庭。而老同学心平气和地概括总结说：那当然，本来就不是由你选择职业，而是职业选择你——

那瞬间就闪过关于职业学业户口住房配偶等等的一连串关于选择的疑问。这些对于国家民族似乎无足轻重的个人问题，在心里无从消解地蔓延开去，打成个没头没绪的死结，从来到人世至此，一回首，四十年惶惑……

出生的时间和家庭无从选择，是宇宙的自然法则暂且不论。悲哀的却是降生之后依然别无选择——一个物质极度匮乏短缺的社会，衣食住行一切的基本需求，都被限制在统一标准之下。我们吃定量的粮食长大，按规定的布票置衣，住在分配的房屋里，到指定的医院看病。我们从小不知选择为何物——你不可能挑选食物，因为你如果不吃这一种就没有别的可吃；你不可能依照自己的设想去穿衣，因为整个社会常常都只有一种服装式样；你更不可能随意搬家，因为还有许多人连这样的房子也住不上。选择的前提是“唯物主义”的，一旦无物可选，选择便不成立。

幼儿园和小学校都是按地区划分入学，由不得你挑挑拣拣；中学更如同军校般严格，从教科书到课外读物、从学英语还是俄语到课外兴趣小组，都包办在老师或校长头脑里；就连“一帮一一对红”的“对象”，也是团组织分配给你；你不能理直气壮地说出自己的“理想”，因为只有为人民服务才是你唯一应有的理想；你不敢不把家里的铁锅拿到学校的小高炉去炼钢，你也不可能拒绝和同学去食堂捡饭米粒学雷锋。中学临近毕业时，你像所有的人一样表示“一颗红心，多种准备”——很多年以后你恍然大悟：自己原来像一件东西，处处只有被挑选的份儿而绝对没有选择的权利，你隐隐觉得什么地方有些不对头，你发现自己的信仰和精神，早已被一种绝对的原则所包办所代替，总是不断有人在替你作出选择，垄断和监控了你的大脑和思维。当然也可说实际有两种选择存在：除了服从和投靠，仅剩下死亡方式选择的自由，例如“文革”。

许多老三届人就是在这种扼制和压抑想象力的社会环境中，度过了童年少年和青年时期。我们中间的一些人因此失去了选择的能力。没有选择便没有自由，更没有创造。真正苦难的深渊由此而始，萎缩的挣扎离风流倜傥的风度更为遥远。

生命诞生对于生命自身的盲目无法抗拒，这种“上帝”的专制在人的一生中只能有一次。当生命赋予人意识之后，他便同时具有了选择的权利。所谓天赋人权，物竞天择——由选择而竞争、由竞争而发展，是人类社会的客观规律。如果有人要来替别人作出选择，那么他必须应该能够代表大多数人的选择意向。

老三届人常在无意中和父辈相比，觉得自己活得还不算太惨。改革开放已经十年过去，关于选择的补救虽然不尽如人意，总有了起码的人道和安慰。如今的青年，即便兜里有钱，走进自选商场之后却生出一堆不知如何选择和究竟选择什么的烦恼。那么，老三届人也许会对你说：选什么都行，只要是“自选”，你就真当了一回人。

这话其实已经说了几百年，而人依然在选择与被选择中徘徊。

无法抚慰的岁月

老三届人不喜欢说“我”，总是说“我们”“我们的”，因为那个时代没有“我”，只有“我们”。我们缺少个性，崇尚集体精神。这种老三届人固有的群体意识，是长期高度集权国家遗留下来的文化心理。

既然是“我们”，那么我们的过失甚至罪孽，都让“我们”一起承担吧!

我们这一代人经历的苦难，已被我们反复倾诉和宣泄；我们这一代人内心的伤痛和愤懑，已激起世人的广泛关注；我们这一代人对于历史的质问，已一次次公之于众。然而，临近20世纪末，我们这一代人，是不是能够低头回首，审视我们的自身，也对我们自己说几句真话呢?

不要再用“知识青年”这样自欺欺人的词语了吧。能不能平心静气地扪心自问：我们这一代中的大多数人，可曾真正拥有过文化和知识?

如果我们敢于正视自己，我们应当承认，老三届这代人中高中生的比重只占很少的一部分，大都是初中文化程度，而“文革”前的初中教材，过分强调意识形态的灌输，在知识结构上具有极大的缺陷。我们知识沉淀最“厚”、烙印最深的那部分，并非人类优秀的经典文化，而是“阶级斗争”“知识无用”“革命的螺丝钉”等教条主义，是红宝书的语录，是样板戏的歌词，是大串联中抄写的大批判文章。我们的大部分知识，都是在“文革”结束后，依靠顽强的自学，支离破碎地拼凑起来的。所以也可以说，这是严重贫血的一代人。

不要再仅仅说我们这一代人是“文革”的牺牲品，是政治的殉葬物。不要忘记“文革”中抄家、破坏文物的红卫兵是这一代人；不要忘记“文革”中打死老师的革命小将是这一代人；不要忘记疯狂地鼓吹并推行血统论的也是这一代人。红卫兵的法西斯暴行和血淋淋的犯罪事实，已是昨天的噩梦，但有多少人真诚地忏悔过，用心灵去追问我们当年为什么受骗上当，为什么如此愚昧无知?

老三届是曾受极左意识形态毒害最深的一代，然而许多老三届人至今还不敢正视自己曾误入的歧途，而把所有的责任都推给了社会，便轻易让自己解脱。就像第二次世界大战结束以后，有的人永远无法原谅自己，并用后半生善行去赎罪和赔偿；但是有的人，只是怪罪于领袖的鼓噪使他们暂时失去了理性。

不要再仅仅说我们这一代人曾无私奉献、改天换地；不要再仅仅说我们那年代的人与人之间是多么真诚和纯洁。如果你真诚，你应该承认在那个年代里，我们老三届人中也有出卖和告密——为了入党、升学、招工、提干的极其有限的名额，为了渺茫的前途，我们被人伤害也伤害别人——那所谓的纯真掺杂了多少虚伪和丑陋。我们一腔热血战天斗地，为了那些美好而可笑的宏伟目标，大肆砍树烧荒打猎，那时候我们义无反顾地破坏着自然环境，却面不改色心不跳。还有多少在我们的严厉批斗和打击下丧生的“落后分子”和“地富反坏右”分子……

不要再仅仅说我们这一代人吃苦耐劳、克己奉公，是中国各个社会阶层中的支柱力量，是最“优秀的一代”了吧。尽管老三届中涌现出了许多人才，从车间主任到经理到学者到市长，各界都能幸会我们的同学和“战友”。但老三届中，从事高科技、高级经贸活动的人才和高级管理人员，比例极小。那是一个人才的断层，是老三届难以攀登的高峰。这一代人几乎都未能熟练地掌握一门外语，本人即是一例。大多数人只能从事普通的熟练劳动，成为这个社会金字塔的底座，如今已面临着下岗和退休。

由于共和国十七年教育和“文革”十年的经历局限，我们这一代人正在不知不觉地退出社会，离社会的主动脉越来越远。我们的知识结构和意识形态在本质上同市场经济难以相容；我们已经习惯了计划经济的思维模式，适应了“大锅饭”的劳动报酬和生活方式，于是同今天的自由竞争原则产生了剧烈的抵触和冲突。我们已经或即将被有知识有文化的年轻人从头顶上无情地跨越，已在一天天陷入被淘汰的尴尬处境。我们是一只蚕蛹，被困于黑暗中，但我们已无力咬破茧子。我们失落，我们抱怨，而我们却无可奈何，因而我们的痛苦是双重的。

所以，不要再仅仅说我们这一代人是“最后的理想主义者”，我们已担负不起这样崇高而光荣的使命，况且那只是一顶虚妄的桂冠。

事实上，我们这一代中的大多数人，在这颠沛流离、动荡不安的几十年间，当务之急是吃饭，是工作，是住房，是病痛，是养育子女，是侍奉父母——我们始终在为生存而拼搏，我们早已丧失了选择职业和爱好的自由、机会和能力。“理想”成为一种遥不可及的幻影，所谓的“精神”寄托，只能寄托于我们的子女……

说什么“青春无悔”——一个、一代人所牺牲和浪费的整整一生的时间和生命，竟然能用如此空洞而虚假的豪言壮语，强颜欢笑地一笔抹去的吗？

这才是属于我们这一代人真正的悲哀。

老三届人的老三届化，这一代人固执的“老三届情结”，是近年来深深困扰着我的一种忧虑。我写下这些也许触痛老三届人伤痕的文字，正是因为许多人尚在违心地用“无怨无悔”的妄语，逃避对自身的清理和整合。我愿我们这一代人能走出老三届的阴影，融入改革进步的大潮，从容地迈向21世纪。

我们还能为社会做些什么？我们怎样才能对得起剩下的岁月？

我们不再是“我们”，我们将是每一个独立的个体。

我将与老三届一生同行。

风过无痕

七月，内蒙古锡林郭勒大草原。那是一片绿色的海洋，凉风卷起一层层起伏的草浪，从海的深处一直涌到脚面；无垠的潮汐中弥漫着牧草和野花的气息，溅湿了衣衫和眼睛。

缓缓的草坡往天的尽头延绵开去，绿草细短而密集；坡下有湖，三条银亮的小河蜿蜒注入湖内，湖上常有大雁和天鹅飞来。若顺着坡下的小河往山里走，藏着一条韭菜沟，一春一夏，整条山沟里都弥漫着野韭菜浓烈的气息。

“这里就是我们的夏季草场。”他说，“那时候，知青的蒙古包就搭在这片草地上。”

二十年过去了，重回草原一直是他悉心珍藏的梦。

他在离开草原后漫长的日子里，曾无数次地为我描述过上述情景。草原早已被我在想象中熟读，成为一幅幅虽远犹近的油画。

然而，视线之内的草坡上并没有蒙古包，更没有门前飘扬的红旗和语录牌；远处那如同白蘑菇一般星散又聚合的蒙古包，不再是知青的。

草原就这样突然变得陌生，那曾经被知青们以为是知青的草原。

那条韭菜沟还会在吗？年复一年，无人采摘的野韭菜已枯荣多少回？

“你看，那是我们的冬季草场。”他指着远处蓝色的山影，仍是难以抑制的兴奋。

巨大的冬季草场，却已被分割成若干片方圆几公里的小草场，承包给牧民经营。各家各户的草场四周，用铁丝网围起了规整的“草库仑”，作为彼此的地界。千年游牧的蒙古民族已在自家草场的中心，建起了定居的砖瓦房，房子里的彩色电视播放着美国电视剧，陌生的孩子们嬉戏着，风力发电机正在房后转得呼呼作响。这还是当年的原始草原吗？我从他眼里读出了疑惑。

同行的友人笑着对一位青年牧民说：“你还认得我不？那时你一年级，刚桌子那么高，我教过你，算是你的老师呢。”牧民茫然地摇头，又恍然大悟地点头。

没有知青了！当白灾黑灾都过去，草原就恢复成它原来的样子。

驱车欲往团部走，人说如今那不叫团部，是“苏木”，蒙语“乡”的意思。“苏木”的一条街，挤满商店旅社饭馆，一座银色的微波发射塔冲天而立，电话直通世界任何一个地方。当年的团部门前挂着乡政府的牌子，院里的房屋已被翻建重盖……

“那就去六连吧。”他说。沮丧中仍抱定最后一线希望——六连是知青们生活过多年的连部。

草渐渐地高了，通往六连的土路，被淹没在汹涌的草浪中，唯有干涸枯瘦的车辙依稀可辨。这条当年被知青深深浅浅的脚印和牛车蹚出来的土路，如今已很少有人走了，除了放牧的马倌儿羊倌儿，也许根本没有人会到那个叫做六连的地方去了。但这是知青的六连，从北京回来的六连知青，怎么能不到六连去呢？

黄褐色的土路在荒野上断断续续地延伸，在绿草中时隐时现。地平线始终遥远，蓝天下迟迟没有出现六连的踪影——它们在我熟知的画面上，是一大片赭红色的砖房和黄泥土圈，被白云衬托着，从浓绿色的草地上浮升上来。

车子在草原上转了一个圈又一个圈，会不会迷路了呢？像当年刚来这里时那样。但太阳高悬，方向并没有错。何况，曾经闭着眼睛也能走到的地方。

然而，还是没有，六连踪迹全无。莫非六连真是沉到地底下去了吗？即便没有了六连的名称和人，也该有六连留下的房屋和圈舍什么的，那毕竟是几十个北京知青生活过十几年的地方啊？！

六连终于以遗址的形状，从一片杂乱的草丛中被偶尔发现，已是夕阳西下时分。它们像是被蚀空的朽屋，终于在某一个风暴的夜晚整体坍倒，大雨浇塌了土墙，草根揉碎了土块，大风吹散了土末，断裂的梁柱和破碎的砖瓦已被人捡拾殆尽，在后来没有知青的岁月中，运往别处派上了别的用场，只留下一截截仅至脚背的黄土屋基。残垣断壁之间，尚能寻见当年方块似的知青宿舍隐约的痕迹……

还有水井呢？锅台呢？马棚和牛粪堆呢？

唯有遥远的歌声，在荒芜中低低回荡。

再不用去寻访大漠中的古城遗址。离开草原仅仅二十年，创造过那段历史的人，就已面对自己创造的历史遗迹——像是在活着的时候，着手整理自己青春的遗骨残骸。

知青的六连和六连的知青，无言相对。

六连就这样被甩在身后，走出几步远去，那模糊的土堆便消失在草丛中，再也看不见了。回望六连，六连就像从来没有过的一样。

从车窗前掠过一座小山，山顶上隆起尖尖的石堆，彩色的布幡在风中翻卷。他说那是敖包，敖包是牧民心中的圣地。知青时代，敖包曾被夷平，人们只有在歌声中与敖包相会。

归途中经过一家蒙古包进去歇脚，案台上供奉着一尊佛像，一个佩戴佛珠的老人靠墙坐在地毡上，正在专心诵经。有人告诉我们，那是一个喇嘛。

知青走了，老牧民大多故去，留在这里守望草原的，是重新回来的喇嘛，还有永远的敖包。

风过无痕，但有痕的伤痛却留在心里。

在怀旧中新生

——知青下乡四十七周年有感

2016年——时距上山下乡高峰期的1969年，已经过去了整整47周年，近半个世纪了。有关知青下乡40余年的种种纪念活动正在热烈进行之中。那些与共和国“同龄”的“老三届”们，正在陆续迈入花甲之年。面对无法更改的人生时刻表，无论老知青曾经有过何等意气风发的情怀，都意味着“广阔天地”正在渐行渐远，直至退出世人的视线。

仍是忍不住问自己：为什么而纪念？纪念什么？近半个世纪之后，究竟还有哪些沉淀在记忆深处的东西，值得我们重新打捞并反复咀嚼？

有一位知青曾经告诉我，1979年前他从农场返城，下了火车出了站台，广场上的日历钟响了。他抬头看见那个日期，忽然记起来，今天恰好是他下乡十周年的日子——几乎同一天同一时刻，他重新回到了当初出发的原点。这种无意的巧合，却给了他强烈的宿命感。

数字无情地提醒我们时间的流逝。一些已被我们淡忘的数字，也许本该从记忆中抹去？一些被我们牢牢铭记的数字，除了我们自己所赋予的某些意义之外，没有人知道它所承载和证明的往事。那些在岁月中叠加增添变得越来越烦琐的数字，烙刻了一代人逝去的青春，在数字的缝隙里，残留着种种不可再生的生命信息。

知青上山下乡已近半个世纪——一段由含混不清的数字构成的历史。数字在某些特定的情境下，会彰显出另一种抽象的品相，令人惊骇而茫然。

时间无论怎样残酷和不可通融，终究还有仁慈的一面。它给我们留下一些散碎的财富，仅够我们在惶惑中聊以自慰。

这不幸的一代，在亟需知识文化养料的年龄，被剥夺了继续求学的权利。几十年后，他们回顾曾经的知青生涯，竟也寻得了因祸得福之果：他们在乡村风霜雨雪的磨砺中，练就了劳动生存的能力、强健的筋骨和体魄（当然也可能是满身伤痛的病残之躯）。其中最重要的，也许当属老知青们几乎无一例外的坚韧顽强的性格。我们可以毫不惭愧地说，老知青是最能吃苦的一代，最能忍辱负重的一代、最俯首帖耳的一代、最具承受力的一代、最有韧性的一代。甚至，我们以浅陋的知识，为乡村带去了文化与文明。尽管，这是以牺牲大多数知青受教育的权利、丢失个人的文化作为代价的。对于老知青来说，下乡那些年经历的所有屈辱与挫折，意味着在他们日后的人生路途上，从此不再有无法挨熬、无法克服的苦难。

岁月消逝，而这笔隐形的财富，沉积在我们体内。我们看不见它的存在，但它却总是在我们需要它的时候，呼之即出。面对返城后陌生的城市和急剧变化的新时代，每一步都是从零开始，无论求学、谋职、下岗后再就业、远赴海外留学深造、驰骋商海创业——那种唯独老三届知青才能拥有的顽韧性格和坚强意志，几乎是我们唯一的资本金。我们倾其所有地投入，然后，收获后半生微不足道的几分薄利。

但如果我们内心还存有一份正视自我的坦诚，是否有勇气承认：在“老三届”六十年的人生旅途、下乡40余年的门槛处，我们内心尚有一处茫昧的空白——“生在新社会，长在红旗下”的这一代人，既拒斥优秀的传统文化熏陶，又缺乏西方自由精神的滋养。我们生命中最具活力的年龄，是在“文革”前与“文革”中度过。“老知青”对那个年代意识形态体系的高度认同、顺从与配合，与“文革”形成了一定的同构关系。旧体制遗留的种种毒素——例如盲从、例如愚昧以及对人权和物权的麻木、对市场经济时代自由竞争的恐惧，还有“窝里斗”“平均主义”等种种陋习……它们像潜伏的病毒，至今依然残存在我们体内。由于“文革”的罪孽至今未能彻底清算，致使那些病毒得以在暗角苟且深藏，与我们和谐相处并逍遥悠哉。从某种意义上说，“老三届”都是带菌的人。

虽然世上所有的人，体内都携带着不同的病菌。但是，老知青的病菌之不可救药，在于我们至今视而不见或自欺欺人。

那是一个永远的负数。是我们的人生难以填补的赤字。

如今，在各地“老知青们”伤感的记忆回收站里，越来越多的人，写下了自己40多年前亲历的真实。“我们”把自己交给笔和键盘。把笔下的文字还给时间，把逝去的时间留给历史——每个人都是历史的见证人。如果每一位老知青都有能力和胆魄追问往事，历史将会向我们呈现出更为残酷的真相。

即便，在那个特殊的年代，每一位知青各自均有不同的人生收获，却无法消解一个国家和民族，在那场劫难中所遭受的所有损失。没有谁能阻止历史的悲剧不再发生。但至少，当我们即将步入“老年”之时，不要把这一生亏负的赤字，当成遗产留给下一代。

真诚地祝愿我的老知青朋友们，能在怀旧中新生。

冰河回望

1998年6月中旬到8月上旬，将近两个月的时间，我几乎每天都坐在电脑前工作，一口气写完了20多万字的“知青回忆录”《大荒冰河》。

2006年8月，我坐在电脑前，逐字逐句补充修订这部写于8年前的“回忆录”。

“回忆录”竟然都已开始修订了。一边工作着，种种生命的悲哀和苍凉，时时从心底袭来。

也许正是出于这个原因，我在最初接受了这套丛书的约稿之后不久，又变得十分犹豫，丛书的第一批5本书已经出版，我仍然迟迟没有动笔。负责这套丛书的责任编辑包兰英女士，一次次打电话催促我，直至1998年5月我才告诉她，我同意写这部“自传”了。

进入1998年，时值知青上山下乡30周年。知青话题已经重新成为一个热点，各种出版物（照片、实录文章集、知青史研究等等）纷纷面世，一时热闹非常。我本不是一个喜欢凑趣的人，更不擅长人云亦云地随大流，所以，我希望自己还是距“中心话语”远些为好。30年的时间，对于一个人来说，几乎就是整整的一生；但对于历史，却是一个太短的瞬间。这30年的后半段——改革开放至今的20年，从政治到经济到文化领域的全面“拨乱反正”，使中国逐步摆脱贫穷落后，开始与世界接轨。但历史似乎还没有来得及腾出手，来彻底扫荡和驱除“文化大革命”渗透至“老三届”人骨髓中的病毒，知青上山下乡运动至今被笼罩在一片自欺欺人的迷雾之中。因而使得我对于在30周年这一“里程碑”举办的纪念活动，并不寄予太高的期望。我不知道我们这些“当事人”，对于这段历史，究竟能够认识到什么程度？到底能说多少真话？

最后促使我接受这套丛书的，竟是一个很小的起因。

1998年4月，我应上海《文汇报》副刊“我们这一代”栏目之约，写了一篇短文《无法抚慰的岁月》。这是我存于心头、骨鲠在喉已久的一些肺腑之言。文章发表后不久，我接到许多朋友的来电来信，表示了强烈的认同和共鸣。但与此同时，《文汇报》也发表了两封读者来信，对我文中的一些看法表示了异议和质疑。这两封信的作者，都是“老三届”人。再后来，《杂文选刊》《读者》等几家杂志均转载了这篇短文，一时间，我感觉到周围的人们都在关注着知青和“老三届”。俗话说：当事者迷——许多并非是“老三届”的人，似乎比“老三届”人更公正清醒些。

于是我决定，应该把那篇文章中的观点，说得更为透彻一些。它需要借用当年知青经历中的事实，来加以印证、旁证和论证，并进行相对客观的诠释。所以，凡是书中涉及某些个人的行为，并非是贬抑或批评他或她个人，而是为了提供可信的参照实例。

有些话，即便大家都讳莫如深，迟早也总是会有人来说的。

事实上，今天来回望30年前的北大荒，许多往事已经变得遥远、依稀、模糊；写作的过程中，我常常为当年一个小小的细节是否准确而苦恼。

我曾对责任编辑包兰英说：“我难以动笔，是因为我实在没有准备好。创作前的准备，往往比创作更重要。我真想抽出几个月的时间，再回农场去一次，或在城里寻访当年的知青‘战友’，重新做一次翔实的调查。”我一直想这样做却一直没有做成。

就这样匆匆地“提笔”了。

在我动笔之前，我甚至没有可能同任何一位原农场的朋友交谈核对事实。下乡以后我就不再写日记了，除了当年留下来的极少的一部分文学笔记，我手头也没有任何文字资料可供参考。它们完全是凭着我的记忆，加以我的个人感受写成。在初稿大体完成之后，我才设法向当年的老同学和农场的老同事，核对一些事实的关键部分。我相信，能够留在记忆中的那一部分，必定曾经是最为强烈地触动过我心灵的。

但我仍然为“记忆”留下的难以弥补的遗憾、为这本在短短两个月中一稿而就的应急之作中的粗糙粗陋之处——久久忐忑不安。书中凡是涉及他人的部分，我已是慎之又慎。若是与事实仍有小小的出入，只好请读者谅解了。好在这并不是一份知青的写真报告，甚至也不是严格意义上的个人“回忆录”，只是从我个人的视角，来对“我们”这一代人进行由表及里的历史回顾。

在这本书中，我暂且略去了个人生活的“隐私”部分——我曾在20岁那年，与同去北大荒的一个杭州知青在农场结婚，生有一子，两年后双方协议离婚。在经历了11年单身生活以后，在33岁那年，同现在的丈夫结婚。但有关这些私人生活的内容，在这本仅仅20来万字的书里，我已没有合适的篇章、没有余墨、更没有心情来讲述它了。任何一种纯粹的个人经历和经验，若是不具备特定时空的特征和深度，不具备普遍的经验和意义，这种“真实”的披露对他人又有多少价值可言呢？我不愿意人们用猎奇的眼光，来完成这一本应是沉重而苦涩的阅读。

由于本书的篇幅、内容构成所限，我也无法记述在北大荒知青生活的最初4年中，那一段我人生中最黯淡的日子里，我本人的感情经历和内心生活。事实上，支撑我度过这寂寞荒凉的8年，大多来自我父母、家人和朋友的关爱，以及书籍和文学作品给予我的精神力量。我永远不会忘记，在二分场瓦厂的那一年夏天，我22岁生日即将到来之际，我收到了一封来自杭州的家信，牛皮纸的信封鼓鼓囊囊——里面是一条洁白的丝绸手绢，轻盈，却又分明沉甸甸的。那是妈妈送给我的生日礼物，她在手绢的一角，亲手绣上了我的名字的汉语拼音。当时我惊讶地捧着手绢，愣了一会儿，眼泪就涌出来了。要知道我的妈妈从小外出读书，不擅家务和女红，刺绣这样细致的手工劳动，对于她来说，实在是勉为其难；我难以想象她究竟花费了多少时间和力气，才能做成这样一件“大事”。但在当时，没有电话更不可能有鲜花和蛋糕，除了可以到达的信件，她还能用什么方式为我祝贺生日呢？她一定是辗转难眠思虑多日，才选择了这块能够放在信封里邮寄的手绢，选择了用刺绣表达妈妈的祝福，选择了在那个时候她所能够给予我的哪怕最微不足道的一点点温暖……

后来我开始萌生了写作的欲望，最早得到的就是妈妈的支持。1972年我回杭州探亲的日子，她陪着我坐了很远的汽车，去九溪那边寻找那时刚刚引进杭州种植的一片橄榄树林。只是为了让我亲眼看看这种来自远方的橄榄树……

还有我严厉的父亲。在我那时的记忆中，他似乎永远在批评教导我。但我知道，我在农场收到的每一个鼓鼓的邮包，里面装满了香肠皮蛋咸鱼虾皮的邮包，都是他亲手一件件装进去，然后细心打包。再蹬着自行车，冒着酷暑或严寒，骑很远的路，到艮山门或是南星桥火车站货运场去办理小件零担托运。我探亲回家，当我离开杭州回农场去，每次都是他帮我用绳子捆好行李，再亲自送到拥挤的火车上。如今一闭眼，都能看见父亲瘦小的身体，弯着腰，紧紧地勒着绳子的双手。长绳一道一道地缠绕，在他手里一点点变短，最后出现了一个方正规整的纸箱或是包裹。他那双曾经握笔的手，已经在多年的体力劳动“改造”中变得强劲有力。我就是在父亲的“言传身教”下学会了打行李。在农场的日子，我常常会收到父亲寄来的剪报，豆腐块大小或是书本大小，在信封里叠得整整齐齐，上面用圆珠笔划满了记号；还有用细绳包扎严实的印刷品，越过万水千山，递送到我孤单冰凉的掌心……

在那个年代，我们每个人几乎都一无所有，但我拥有温暖的亲情，我就是富有的。在那样艰涩的岁月里，我知道自己仍然幸运。

时至今日，人们仍然常常为我们冠以“知青作家”的头衔。

这是一个令人啼笑皆非的称呼。因为，“知青生活”仅仅是我们曾经有过的一段人生经历。“知青”只是我们曾经拥有的一种身份，至20世纪70年代末期，“知青”已经不再是“知青”，而开始逐渐融入城市和社会生活的各个阶层中去了。我也早已不再是“知青作家”，而是一个以人性关注为终极关怀的写作人。

说来惭愧，新时期之初，我那几篇引起普遍关注的作品——《夏》《淡淡的晨雾》《北极光》等，都不是“知青题材”。与其他同年龄的作家相比，我的“知青小说”在我的全部作品中，并不占有重要位置。

但在我为数不多的知青作品中，我在本书中表达的反思知青自身的上述观点，实在已是由来已久。至2003年，华艺出版社出版了我近年的中短篇新作集《请带我走》，其中的部分知青小说，无论是透视的深度还是叙述方法，都与早年的作品有了较多的改变。

我最早涉及知青生活的作品，是《白罂粟》和《火的精灵》，后来有《在丘陵和湖畔，有一个人》和《塔》。如果说这些早期的作品，在倾诉苦难的同时，已表露出追溯苦难来源的愿望，并对知青中受极左毒害甚深的另一类人，做出了最初的表层剖析；那么，到了1986年出版的长篇小说《隐形伴侣》，便试图从我们这一代人内心自审的视角，来表现“知青”扭曲的人生轨迹及其思想意识根源，并探讨人的理性与非理性的关系。80年代后期，我发表了中篇小说《永不忏悔》；至90年代，是《沙暴》和《残忍》。这几部作品几乎无一例外地揭示了“知青”自身的弱点和缺陷，检讨“知青”上山下乡的盲目性和破坏性。我曾热切地期望我的同代人，能从这些逆耳的忠言中，有所触动有所领悟。我抱着与这代人同病相怜的心情，为我们自身诊病疗伤。我想“老三届”人若是真对自己的过去和未来负责，他们不应需要廉价的赞颂，不需要一味地苦难宣泄，更不需要回避隐痛和粉饰太平。尽管正视自己是痛苦的。

曾有一种论调说，上山下乡运动培养了造就了这一代“知青”作家——可是，能不能统计出来，上山下乡运动究竟毁坏了多少“知青”人才？损伤了多少普通的“老三届”人呢？尽管知青的每一个个体，在漫长而艰辛的农村（农场）生活中，都曾有各自不同的收获，但这种局部的得益却无法抵消整体的锈蚀。我决不会因为如今自己成了“作家”，而感谢“文化大革命”和上山下乡运动。

如今已是近四十年过去了，我们的视野，早已穿越“知青”生涯，投向人类更为艰险莫测的未来。我们有更多值得关注的事物，文学具有自己越来越独特的功能。如果说我的作品中还会再次涉猎有关“知青”的故事，那应该是由于获得了一种新的体验、发现和超越，还有对于历史、文化、人类精神更深的开掘。

回望20世纪60年代中期至70年代中期，这一段可以堪称中国历史上“冰河期”的岁月，人们也许至今仍然不寒而栗。如今三十余年过去，冰河逐渐消融，大地春回日暖。但是，在某些“高寒地带”的暗角和崖缝，我们仍然能见到残存的冰凌和雪碴。

所以，常常回望我们青年时代所经历的那年轻而又古老的冰河，是大有裨益的。

而对于那些在我人生最艰难最黯淡的岁月里，曾经关心过、爱护过、帮助过我的人，我将永远抱着深深的感念之情！那是冰河期的严寒中，微弱而温暖的火种。

1998年8月4日初稿

2006年9月12日修订

乌托邦臆想的隐蔽动因

——读潘鸣啸《失落的一代》

法国社会科学高等研究院教授、汉学家潘鸣啸（Michel Bonnin）先生，用30年时间，完成了一部有关中国知青上山下乡的论著《失落的一代》。2009年1月，香港中文大学出版了中文译本（繁体字版）。2010年1月，中国大百科全书出版社出版了中文简体字版。两个版本，均使用了同一个封面图样：红宝书、大红花、女知青、老队长、麦穗、扁担、行李、草帽、阳光、笑容……那些已经淡出今人视线的“文革”符号，在国画工笔的细致描摹下，清晰还原了当年的场景。

一个人和一代人、一代人和一本书——对于老潘来说，终于是完成了一件大事。一个人一生能做成几件大事呢？一部需要用30年时间著述的书，可见不是小事情。

一个身在巴黎的“老外”，隔着万水千山，追寻中国知青上山下乡的历史印记，以43万字的篇幅，深入剖析研究其动因与后果。作者若是没有足够充分的理由、没有内心的强大动力、没有探究与发现的能力，难以想象，他愿意为一部书，耗去自己的大半生。

两年前，一个寒风凛冽的冬夜，老潘穿过北京的街市，把一块砖头重的样书送到我手里。那晚的狂风几乎要把人刮飞，大风呛得人说不出话——这番酷似北大荒雪沙横飞的大烟泡，倒像是为老潘特地设置的背景。我抱着书，长长松了口气——仿佛作者不是老潘，而是老知青们，或是我自己。

我等待这部书，用了近20年。在与老潘断断续续的见面对话、数次书信问答中，我曾暗中怀疑，老潘的书稿是否会同知青一起老去。

那天晚上，我抱着书瑟瑟缩在风口，答应老潘我会认真读书，或许会写下一个老知青的读后感。话音逆风飞散，瞬间，被黑暗吞没。

《失落的一代》中文简体版在北京出版后，至今已有为数不少的媒体采访见诸报端网络。老潘本人以及大陆学界的知青历史研究者，已对该书作出了广义解读与深度阐释。

而于我而言，值得发挥的话题，首先与时间有关——《失落的一代》成书前后历时30年，当年的“知青”如今已经步入了老年。如此漫长的时间跨度，对于学者本人、对于中国学界、对于中国社会来说，究竟意味着什么?

《失落的一代》的书稿雏形，原出自老潘完成于1988年的博士论文。当时，他自己写了一篇题为《改造一代人战略的兴亡》的内容概要，中文译稿刊登于1989年4月的《海南纪事》。这是在中国第一次公开发表、具有独立见解的有关知青研究的论述。六年后，在刘小萌等人主编的《中国知青事典》中，曾提到这篇文章“产生了很大反响”。老潘在20多年后成书的《失落的一代》引言中，以两小节的篇幅，详细介绍过该书写作的缘起以及研究资料的直接与间接来源——20世纪70年代中期，由于中国长期实行严密的新闻封锁，西方世界所了解的中国，无论是经济政治状况还是知青运动，基本都来自僵化虚假的官方宣传。那一年，正在香港学习中文的老潘，偶然遇到几位来自大陆的“偷渡者”，他们讲述了知青的亲身经历和悲惨遭遇，使得这位1949年出生于法国的“知青同龄人”，大为震惊并深受感动。老潘自此对知青运动发生了浓厚的兴趣，他与那些老红卫兵谈论1968年自己亲历的法国“五月风暴”，中法同代人相似的“革命理想”与后期的“失落反思”，使彼此找到了太多的共同话题。他们试着合编了一本记录知青经历的书，以集体访谈形式出版，老潘因此接触并采访了大量当事人——那些知青口述的具体、生动、感性、真实的故事，是他开始这项知青研究工作最初的资料来源。与西方那些专事系统收集“文革”资料的职业学者相比，老潘当初的这一选择，更多源自内心的激情和道义。

也许，老潘当时并不知道，自己已在那面庞大的“竹幕”上划开了一个小口，细微的裂隙中透出更为隐蔽的真相。他朝着竹幕幽暗的纵深处掘进，从此欲罢不能。此后的岁月，他往来于法国与香港、大陆之间，开始了漫长的追踪与探究。期间，他曾阅读过几百篇发表在准许外国人查阅的报纸杂志上关于下乡运动的文章，读遍了70年代末私下流传的民间小报。80年代初期，中国官方发表了多种回顾统计材料，老潘特别查阅了1949年后人口就业及教育的统计数据。1981年，国务院知青办公室将1962年以来知青上山下乡的相关重要文件辑成“内部选编”，这些官方发布的书面资料，成为他研究的重要依据。改革开放后蓬勃发展的新时期文学，其中大量的知青题材小说、报告文学，以及知青作家们的自传和创作谈，都为他提供了可信的间接参考资料。至20世纪80年代中期，中国开始出现了一些脱离官方宣传范围的回忆录、对谈录……那些公开发表的见证文字，进一步启发了他的思路。1987年，老潘偶然在一本有关就业问题的统计册里发现两张图表，这些新获得的数据，更为精确地证实了他对知青运动起因的初步分析。同年，台湾杂志《议题和研究》，发表了一篇介绍下乡运动历史总结的15页长文，如果说，那是一座知青研究成果的小山，那么，此时的老潘，已经暗中为自己设定了另一座难以攀越的高峰。

作为老潘30多年的老友，那些年间，我大略知道他正在开始一项纯属他本人兴趣使然的浩大知青“工程”（借用当下流行的热词）。要把一篇几万字的博士论文，扩展充实为一部具有独特创建的理论专著——人近中年的法国人老潘，其路漫漫而其修远兮。

在我们翘首等待着老潘的论稿成书的日子，时间却不等老潘。它始终在急促地行走，循着自身的节奏，分分秒秒，年年月月。时间在消逝衰减的过程中，不断沉积为历史的固化物，衍生出多样的释义。资讯由直线扩展为网状。那个已成为“过去时”的知青史，犹如太空中失重的卫星残片，在漫无边际的漂浮中释放出未知的物质……

老潘的书稿完成过程中，面临最大的难题，在于一年年不断增量的“文革”信息解密，使得他对原有的论据，不得不多次进行补充与修改；对于自己原有的论点，必须反复进行质疑和论证。从20世纪90年代到新世纪十年这长长的20年间，随着社会自由度的进一步拓展，言论空间逐渐加大，有关“文革”历史的真实史料揭秘、各种新的研究成果面世——那些曾经被刻意遮蔽的数字、证据、文献、事实，从尘埃总也落不定的漫天迷雾中，悄然显影，披露出更为严酷的真相。20世纪90年代，政府开始容许部分有关下乡运动的集体回忆活动，到了1998年知青下乡30周年前后，纪念活动达到顶峰：电影、诗歌、日记、书信集、县志省志、学者专著……除了那些成名的老知青作家出版的知青文学新作，有关知青历史的话语权，已逐渐扩展延伸到民间——由知青本人撰写的种种回忆录、访谈录，老知青聚会、知青社团、留守知青、知青回访、知青学者与知青官员有关“文革”的分歧与隐性论战，众声喧哗众说纷纭，令人应接不暇。

除此之外，还有西方学界的“文革”研究者，例如美国学者伯恩斯坦、德国学者史查平，先期出版的那些知青研究论著，在给予老潘启发的同时，也如一座座大山横亘在前。老潘须在如此的喧嚣迷乱中，建立起一个使自己稳稳立足的跨学科“空间站”，需要超凡的定力。

时间在慷慨地为他补充给养的同时，也一次次提升了标尺的高度。这位来自巴黎的潘鸣啸博士，在30年间，无意中被知青们改造成了新时代的愚公——他埋头于那座持续升高的大山下，挖下一锹土，却又多了一坡土，大山似乎总在不断增高，子子孙孙没有穷尽。

记得有一次我曾经问过，你的书稿什么时候能写完啊？

他伸开两条修长的胳膊，一摊手，说：我也不知道。

我钦佩老潘的耐性、韧性、锲而不舍。我知道，他的这部书不是耸人听闻的史料堆砌，而是一次寻根究底的解剖术。他不会满足于“是什么”，他要追问的是“为什么”。

30年过去，时间证明了老潘是一个思维缜密、学风严谨的人。

在他最后完成出版的论著里，他终于告诉了我们“为什么”——我作为一个北大荒老知青，一直渴望求解、求证的那个最深处的问号。

《失落的一代》中文简体字版，全书43万字，除了引言之外，共分为五部分：一、动机；二、上山下乡运动的始与终：下放知青政策的演变；三、上山下乡生活实录；四、社会上的抵制；五、总结：历史上的“运动”。

纵览全书，从书中引述的那些浩如烟海的“文革”史料、有关全国各地知青下乡始末的精准数据以及作者本人对此作出的全面而精辟的解析中，较之先前西方学界对知青运动的研究成果，我以为其中最能体现老潘个人思考特色的分析结论，大致为以下几点：

一、知青运动的根本动因，源自新中国成立后长期处于紧张状态的政治关系。

二、在“文革”刚刚结束，政治经济文化各种社会矛盾积重难返的状态下，知青返城的大门依然紧闭。至20世纪70年代末，在各地知青大规模的激烈反抗下，当局才被迫做出了让步。

三、改革30年的历史证明，以经济发展为中心、清除僵化的意识形态，是促进中国社会进步，避免再次发生政治运动的有效方法。

该书第一部分有关“动机”的论述，是潘鸣啸先生最为看重的部分，也是全书最具思想光泽的篇章。此前西方学者有关知青研究的专著，大多将下乡运动归结为“文革”三年动乱后，国民经济停滞不前，无法为滞留于城市的青年提供就业岗位；由于大学停办，应届中学毕业生无处可去；知青下乡是20世纪60年代中国人口问题陷入困境之后，官方不得不采取的临时应急策略和权宜之计，等等。多年来，从事知青研究的中外学者，大体都承袭并沿用了以上这一思路。

而在《失落的一代》中，老潘以充实的论据和深入的分析，提出了自己的观点。若是由于“文革”中政府无法解决知青就业问题，因而造成1968—1969年间“老三届”毕业生全体上山下乡，那么，何以解释当年在校的“老五届”大学生，也全部被赶往军垦农场？何以解释知青下乡后的第二年，大中小城市均开始大量招工？等等。

老潘认为，20世纪60年代末知青大规模下乡运动，源起于政府高层的四种动机。这四种动机，基本上属于以下三大类型：意识形态动机（改造青年的思想及消除社会分工）；政治动机（恢复社会秩序并强化最高领袖的魅力）；社会经济动机：一是积极的（发展农村和边疆地区建设），另一是消极的（限制城市人口增长和解决失业问题）。在老潘的研究结论中，他认为用简单的经济利益来解释这种反文化反教育的政策，肯定是本末倒置的。一个建立在社会主义意识形态之上的国家，知青运动的发生绝不可能由单纯的经济因素决定。1968年以后，由经济困境造成的驱赶知青下乡自食其力的动机虽然继续存在，但下乡并不是唯一可以解决那些经济问题的途径。只有在某种基本由政治思想因素决定的发展逻辑内，才能解释这唯一途径的合理性。越来越多的史实揭示，这次运动是领袖个人魅力权威长期以来反知识主义及民粹主义的一次极端演绎。在几十年的革命斗争历史上，乌托邦臆想的制造者，从来就没有真正信任过表现出某种独立思考精神的知识阶层。仇视知识分子的潜意识，曾造成新中国当代史上多次对知识分子的挞伐。发动“文化大革命”便是这一内心焦虑的极端体现，下乡运动不过是其中一部分。有关“知识青年接受再教育”的口号，是施行愚民政策冠冕堂皇的借口，目的是防止在新一代中滋生知识分子的批判精神。于是，“父亲”将儿女当作祭品，供奉在权力意愿以及与现代世界背道而驰的意识形态祭坛上……

老潘的论述，不仅揭示了发起运动的领导人公开或隐蔽的动机，同时也展现了由此在整个社会上引致的严重后果。他以大量亲自采访的知青事例，论证了“文革”十年导致的伪善犬儒主义，人与人之间盛行的告密、行贿、虚假行为，毁坏了整个民族的精神，催生了新的利益阶层。中国知青下乡运动提供的独特历史经验，为魅力威权的局限性作出了极好的诠释。而历史的吊诡与反讽在于，恰恰是上山下乡运动，促使知青开始自觉思考自身与国家的命运。正如书中引述的一段李银河的原话：理想主义造就了我们的现实主义；教条主义造就了我们的自由思想；愚民政策造就了我们的独立思考。老潘指出：就像历史上经常出现的事件那样，失败本身会带来正面的后果。这场运动也不例外……

《失落的一代》的令人信服之处，还在于老潘以1968年自己在巴黎参加左翼学生运动的亲身经历，以及1967年秋法国“知青”的“插入运动”作为对照，描述了“知识分子与群众相结合”的理论与实践，怎样演化为知识分子对“思想恐怖主义”的抵制，进而对虚妄的思想改造进行反抗，从而导致“插入运动”无疾而终——在相异的历史条件和国家体制下，“知识青年”的命运何其相似。

法国的“老红卫兵”，身上同样留着时代的伤口与历史教训。

我注意到在这部书的自序左侧，有这样一行小字：谨以此书献给中国所有的上山下乡知识青年

三十年，大半生，为了中国知青和中国的未来，老潘舍得。

翻阅这部厚重的大书，我的目光多次停留在以下这段话上：

……在中共发起的历次运动中，下乡属于最具专制之列……表面上是

自愿性质的，这场难以定性的运动根本就是糅合了动员与强制的合二为一的创新。

20世纪60年代末，当政治意识形态被知青们以“自愿”的姿态服从，意气风发义无反顾地踏上征程，奔赴偏僻的山地荒漠试图拯救世界，回过头，却发现没有人能够拯救自己，更没有人能够保护自身的利益——当年的老知青终于幡然醒悟：以革命的名义所推行的强大思想操控、使个体在集体意志下彻底丧失自我，是知青一生中最恐怖的记忆，那是比付出荒废学业、奉献青春、牺牲个人前途的惨重代价更为巨大的精神损失。

老潘在该书的结尾处，借用了白吉尔博士的一个比喻：“虽然旧人没有死去，虽然旧人没有成为新人，但他所经历的一切却以各种方式影响了他，也改变了他。”老潘欣喜地补正：从这个意义上说，那些“失落的一代”，同时也是“思考的一代”。

该书第五部分“结论”的“乌托邦思想的告终：社会力量的再生”一节，在全书列举的种种沉重的往事之后，多少为我们带来了新时代的些许亮色。无论是20世纪70年代老知青以偷渡、怠工、自残、离婚、行贿等手段为返城所进行的消极反抗，还是“文革”结束后老知青的大规模静坐示威、集体游行，都是久受压抑的社会潜意识的回归。而在知青所进行的一系列艰难的集体抗争与叛逆之后，时间走到20世纪70年代末，政府终于对知青政策作出了大幅度的调整。

当一个改革开放的新时代开始后，政府与社会的关系出现了微妙的变化和改善。1977年恢复了高考，那些曾经被剥夺了受教育权利的知青，一部分人得以重返大学。尽管，知青群体的命运变化，只是历史变革的因果之一，但至少在一定程度上，体现出高层领导正在逐渐走出乌托邦的臆想王国、转而把经济目标放在最主要的地位的战略转换。政府开始关注个人及不同社会群体的利益，并为社会各成员提供了相应宽松的言论表达空间。历史事实证明，中共这三十年不再醉心于政治运动，摈弃乌托邦臆想的极端意识形态，由务虚转为务实，积极推进经济发展，带来了社会的巨大进步。如今，中国社会已经和世界经济格局连成一体，在这个基础上讨论经济因素对政治体制改革的影响，将会具备更多的可能性。

《失落的一代》可谓是迄今为止，史料最为全面丰富、最具思想深度的知青历史研究专著。若是老知青们能有兴趣读一读老潘的这部书，伤痛的心灵或许会得到慰藉和补偿。

属牛的老潘，不吃草而吃法式长棍面包，但勤于耕作乐于负重。这三十年间，他在欧洲与亚洲的空中不断飞去飞来，成为中国当代史的见证人；也正是中国风云激荡的改革，为老潘的探秘不断打开了新的通道。他以三十年时间，完成了对中国知青史的探析，如此严肃审慎的学风与治学态度，是中西学界之幸，也为中国学人留下了可借鉴的经验。时间对于这部书的特殊意义，在于它最终有资格对这部书的“完成态”，作出严格的历史验证。时间在流逝中沉淀、时间在飘散中积聚，那些被时间反复检验、锤炼、校正的研究成果，将和历史一起留存。

（《失落的一代》潘鸣啸（Michel Bonnin）著

中国大百科全书出版社2010年1月第1版）

辑四

写作之思

“写什么”与“怎么写”之我见

这部集子收录的，是我2000年以来，陆续写下的中短篇小说。

小说写到21世纪，究竟还能怎么写？

谁也不敢怀疑：怎么写，比写什么更重要。

问题在于，什么叫作“怎么写”？

某一种奇特的叙述方式？无人使用过的小说结构？绝对陌生或新鲜的人物？繁冗累赘到无限重复、复制的语言？

如此等等，曾经，几乎让我困惑到无法动笔。

但我们必须不断给自己出难题，必须挑战，必须创造，创造出前无古人后无来者的小说奇迹。然而，世界上究竟是否真会有这样的奇迹？

就像“鸟善走还是善飞”这个命题——听起来，这好像是一个伪命题，怎么会有不善飞的鸟呢？既不善飞，为什么还要叫作鸟呢？但事实上，偏偏就有不善飞的鸟。它从远古进化至今，变成了不必飞行、以步行代飞的鸟。这是没有办法的。不善飞而善走的鸟，仍是一种鸟。这就是鸟与鸟的不同之处。

这种鸟擅长在地面疾走，而与天空无缘。

怎么写——写到最后，如果变成了一只不善飞的鸟，那么，在鸟类中，它肯定具有了与众不同的品性。同时，它也忘记（或是回避）了自己作为鸟的特性。

当然，在我的那篇小说中，讲的不是这个内容。我的故事本来想说，如果鸟不会飞，快走也能到达目的地。于是我把这只不会飞的鸟借来用一用，不小心就用成了另一个意思。

通常，我们写小说的人，就面临如上的困境和悖论。

所以，我只能牢牢记住这一点：我无论"怎么写"，最终都是为了把我心里那个"什么什么"写出来，写到位，让人看完以后，至少会掩卷想一想。我在任何时候，都不会忘记自己究竟要写什么，写的是什么。如果写小说的时候，一心想的是在地上走来走去地炫耀冠翅上的羽毛，展示跳跃的姿态，发出婉转的鸟鸣，而最终不能展翅飞到天上去，那么，这只善走的鸟，只能作为一种独特的观赏动物，终究难以让我们实现飞翔之梦。

无论怎么写，前方都有天空在召唤。那是超拔于地面之上的气流，也是我们为什么要写"这一个"而不是"那一个"的原因。

有了这个心理依据，我才会知道，怎样才能最贴切地表达出那个"什么"。

若是我们吸引读者在小说中穿过了故事和语言的华丽、曲折的长廊，走到尽头，最后却被他们发现廊内外均空无一物，那么，怎么"说"，也都是白说了。

我仍然老老实实地滑翔，让风渐渐托起羽翼，然后起飞。

2007年

（本文系小说集《鸟善走还是善飞》序，上海文艺出版社）

历史与现实之间的通道

请带我走——是一个悬疑句。谁将带我走？要去哪里？我为什么希望被人带走？我难道需要被别人带走吗？我是否真的会跟那个人走？最后究竟是谁带走了谁？

这个过程中，有可能发生的一切，其实就连我自己，也不完全明白。

是故事，或者说是生活本身，引领着我的思维与笔，在行走。他和她，究竟要去哪里呢？

或者说，去哪里都无所谓，重要的是——不能停留。

我们一直在试图往前走。前方或尽头，究竟是什么在等待，我们并不真正清楚。那是人类难以把握的未来，我们只是希望和期待，它也许或者至少能比昨天好些。

所以时不时需要回头看看。阳光若从前面来，只有回头才能清楚地看见自己的影子。

许多年过去，多少往事都被淹没了，我却始终无法忘记那些故事。

岁月像是一条被荒草掩埋的小径，直觉告诉我，拨开那些荆条杂草走下去，前面一定曾有废墟与人迹。尽管那个年代已然十分遥远，却又分明就在眼前。回忆往事不都是为了怀旧，而是因为往事仍在继续，从未在根本上结束。所谓的知青题材小说，不仅没有穷尽，也许才刚刚开始——那是由于我们对自己和历史的认识，始终在寻找新的起点。

近年来，晨起晚练的人们，流行一种“倒着走”的运动方式，就像后退那样的倒走，以增强腿力和躯体的平衡能力，据说对身体十分有益。说是倒走，其实只有走路的人知道，自己只是以脊背对着目标前行罢了，方向却没有改变。也可以理解为用眼睛查看自己走过的路——倒走反走与正着前行，明明同一条路，眼中的景观感觉确实是不大一样的。

有时候，我觉得那些零散的故事，像东一块西一块的石头一般横在路上，或者是像榫子一样，卯在我们生活的夹缝里，让你无法绕过去。它们不具备长篇小说的连贯性和起伏性，甚至连相关的逻辑性都差不多被磨灭殆尽。虽然它们已被岁月切割成一截一截的，散失或躲藏在城市街道的缝隙。我仍试图寻找在历史与现实之间，那一条条隐蔽的通道。每个生命个体都无法重活一次，就像火箭助进器，在空中燃烧产生巨大的能量，然后分离、融化，变成灰烬。但呼啸挺进的卫星，已被送上太空，在天际遨游。

也许还有一种可能：最终谁也没有能带走谁，“我”和“他”都在自己的轨道上孤独而固执地运行，然后狭路相逢，殊途同归。

这部小说集收录的作品，是我在2003年年初至春天所写。我不想也不可能带走我的读者，我只希望同你们一起走。

2003年

（本文系小说集《请带我走》序，华艺出版社）

红色变奏曲

在汉语丰富奇绝的文字中，红色不单纯表现为绝对或笼统的“红”。“红”的色性、色素、色调、色感，须用另一些单独的汉字，来加以区别。例如：赤——略带暗色的红；彤——红中透出亮丽光泽；丹——艳红，色泽略略浅淡，蓬勃而热烈；朱——大红、正红，是皇权与豪贵的象征。

这几种不同程度、不同风格、不同性质的红色，组合在一起，构成了一幅强烈、浓郁、绚烂、辉煌的立体景观。

或者说，是一个封闭而变态的同类颜色板块。

远看，那红色遮天蔽日，如云如雾如河流如海洋，覆盖了天空和大地；英国皇室与中国历代帝王均推崇红色，红色承袭了帝制的传统，被赋予革命的内容，然后吞没了其他所有颜色，荣升为理想的全权代表。理想的乌托邦被至高无上地膜拜时，红色成为一切颜色的统治与主宰。它具有不可抗拒的排他性，不允许兼容与并存。

近看，红色板块呈现出复杂而多变的纹路走向，各种异类异形异源的红色互相纠缠与厮杀；亮的暗下去、暗的亮起来；红极而发紫、红透而生疑、红衰而变黑、红褪而无色，在那块似红非红的底版上，留下的是辨不清颜色的血迹与泪痕。

作为一个本世纪的中国人，恐怕没有比对红色更熟悉更敏感的颜色了。从红色理想至红色风暴最后演化为一个现代的红色神话。

变异的红色究竟因何而来？缘何而生？由何而去？

红色本没有罪过。我们都曾迷恋过崇仰过红色。当它染红鲜花、洇湿彩霞之时，红色何其壮丽，红颜红粉何等诱人，而赤胆丹心更令人神往。

然而，假如人世只有红色这一种色彩、假如铺天盖地的红色笼罩了独霸了整个缤纷的地球，那么世界会是什么情形呢？

那四个红色的汉字垂叠交错，相互勾连又彼此挤压，从红字的缝隙中，产生出多少无声无色无形状的故事，故事被历史沉重地驮起，化作了一首哀婉悲凉的红色变奏曲。

音符的聚合中，我们都曾发出过虔诚而怪诞的和声，尽管善意而无意。如今演奏虽然已经结束，刺耳的余音依旧让人心悸。那个年代虽然已离我们远去，风暴与神话都已被时间消解，然而烙刻在红色背景上的血迹和血痕，却与历史同在。

只不过是想一层层、一缕缕、一丝丝、一片片，从很久以前开始，对红色作一次重访、一次还原、一次剥离、一次解构。由于红色已成为今人无法否认、无从逃避的胎记，我只能将自己与母亲合为一体，以求得更为真切的同步体验。这种叙述与叙述人一体化的写法，是我在设计这部由三个中篇一个长篇结构而成的长篇小说《赤彤丹朱》时，自然而然地产生的。它甚至很难说是方法或手段，而是一个整体构思。试图在作者的参与介入中，传递出一种对于红色更为立体、更具现代意味的感觉。

情爱的审美意识

距1996年春风文艺出版社“布老虎丛书”出版我的长篇小说《情爱画廊》，至今已经过去了二十年。目前将由当代中国出版社推出该书的第六种再版（精装）本，我颇感欣慰。

时间往往使生活中的爱情破碎或是变得麻木，但时间会留下那些关于爱情的美好文字。

因为爱情原本就活在我们的梦想中。

梦想，是激发人类去创造生活、改变生活的一种基本动力。在一个物欲横流的商业时代，残存的爱情理想主义，多多少少能唤起人们对物质、财富、功利的质疑，填补人们的精神空白。也许能够抵御或是拒绝低俗与污浊，使心灵和情感得到些许净化。没有梦想的人生，即便富裕阔绰，也会显现出苍白的底色。

不同的阶层会有不同的理想。《情爱画廊》表达了一部分知识分子、一部分白领阶层、一部分艺术家，还有一部分向往高尚生活的普通人，心灵深处对爱情的向往与渴求。人类文明发展的历史，本身就是一个不断追求完美的过程。人性的天性是憧憬完美的。艺术的真实不能简单等同于生活真实。文学作品若是在“梦”的语境中表现、表达爱与美，会发现读者潜在的心理和审美需求，并将其内涵与外延得到拓展。

千百年来，爱与死是文学永恒的主题。进入21世纪，种种刻骨铭心、凄美决绝的爱情故事，仍然会打动并征服读者。尽管文学世界中的爱情版本永无穷尽之时，但作品中叙述与表达爱情的语言，似乎已一日日枯竭与衰退。在这部小说中，我试图用艺术家的绘画语言，来替代小说中通常的文学叙述。当读者穿过这道长长的画廊，用眼睛欣赏那些被爱情催生、同时又催生着爱情，诉说着爱情、同时又被爱情诉说的画面时，在那些绚丽的色彩、奇异的光线、怪诞的构图面前，你们是否同时能感觉到书中人物内心激情的震荡，喃喃絮语中的温情，深沉的苦痛，以及最终战胜自我的理性光芒？

《情爱画廊》以女性的审美眼光，表达了“性”意识。在人类文明史上，“爱”与“性”始终是难舍难分又若即若离的，它们时时呈分裂状态，又常常重叠与聚合。有爱的性与有性的爱、被爱所激发所驱动的情欲和“性”行为；两情相悦所创造的欢娱和快感，是超然于实利和世俗之上，生命中最美好最壮丽的时刻之一。爱与性的同步，正是为了抵抗流行文化企图将“爱”与“性”拆解的浊流。书中的女主人公的身体之美，只有在成为自己精神象征的前提下才是有价值的。为了彻底摈弃父权历史强加给女性的文化遗传，女主人公舍弃了原有的家庭，离开了女儿，传统的“母性”和女人的“自我”发生了猛烈的冲突，亲密无间的母女关系不再构成文化意义上的承继关系，而是背离、中断，还原成生命独立的个体。如我的女主人公秦水虹那样具有现代精神的“女性美”，不再是被男性本位文化所掌控的女性形象，而是在今天开放的社会背景与生活形态中，重新苏醒的女性自我。

小说的故事发生在烟雨朦胧的江南小城与粗犷的北方都市之间。这也许隐伏着某些文化观念上的碰撞与交融。也许更为含蓄地表达了在今天这个变幻莫测的人世间，固守与行走、喧嚣与宁静、排斥与宽容、沉潜与浮漾的矛盾。

文化被历史和人塑造。20世纪持续至21世纪的“爱情”观大震荡，有助于社会的细胞更新和基因修复。我相信，两性关系平等和谐的理想，也将在这一过程中得到提升。更为人性化的书写，一定同人类灵魂深处的梦想有关。只是，它需要时时刷新。

《情爱画廊》在经历了二十年时间的淘洗与验证后，能够再次与读者见面，我很高兴。世界的变化太快，但书中的故事，依旧与我们心里的梦想悄然合辙。

2016年6月

（本文系长篇小说《情爱画廊》二十年再版序，当代中国出版社）

我为什么写作

一次想象中的自我问答：

你为什么写作？

当然，是因为喜欢。

除了写作，你从未喜欢过别的吗？

不，小时候我有许多爱好，比如曾经很想当医生或是演员什么的，后来发现，我既不擅长与人打交道，也没有表演才能，长大后终于明白了，唯一适合我的是写作。

为什么唯有写作适合你？

写作是一种个体劳动，生活在自己的内心世界里，不需要每时每刻都去违心地与人周旋；而且写作这件事情总是做不完的，可以让我有耐心地度过一生；再说，也没有其他任何一种事情，能为我提供这样一种相对自由的心理空间。

什么叫心理空间？

就是有这样一个地方，能把你的情感和灵魂安放进去，并且任凭它们在里面震荡翻滚、战栗挤压，收缩或舒展，然后酿造成思想的汁液，从笔端流出。

那为什么只是相对自由的呢？

他人以及自身的局限，都是自由中止的疆界。严酷和混乱的外部世界，逼迫你走向内心去寻求自由。写作促使你发问，任由你想象，这对于一个缺少自由精神的民族来说，至少是一条呼吸的通道，让人不至于太窒息。

为什么是发问呢？

因为我总是不明白。对人、对己、对过去、对以后，我常常处在疑惑和焦虑之中，只好通过发问来梳理和慰藉自己。

为什么还要想象呢？

因为一再追问下去，答案是不妙的，人就坚持不住了。人需要解脱，需要逃避，还需要有力气挣扎。何况，人类的想象原本就是艺术之母，艺术由想象而繁衍。

你认为写作是挣扎和解脱吗？

作一个不很恰当的比喻，这有点像自我救赎。我从来不相信一个连自己的灵魂都不能拯救的人，有资格去拯救别人。如果一个人戴着沉重的精神桎梏和锁链，却总是想着要去解放全人类，实在有点滑稽。

这么说，你是把写作当作自救来看的吗？

至少首先是自救。所以我的写作更多的是来自我亲历的苦难和欢乐，然后是我周围的人和事。这种种生命体验与思考中产生个人意志和思想，最终在某个具体的文学作品的完成过程中逐步实现。于是写作就成为人生和生命的一种依赖，一种别无选择的存在方式。

你认为个人意志很重要吗？

不，如果仅仅作为我个人的意志，它并不重要。重要的是因为它同时表达出另一些人的愿望和想法。我在作品中表现的那些人生痛苦，不完全是我个人的，而是属于一部分人的。写作是一种个人行为，但作品却会得到公众和读者的呼应。

如果没有得到预期的呼应呢？

我感谢在许多年里，那么多读者对我真诚的支持，也已习惯了误解和隔阂。一种真正具有个性的写作，有力量拒绝平庸和流俗。我依然会按照自己对生活的理解去写作。我活着，我爱我恨我想我写，这就足够了。

你为什么没有谈到小说艺术对于你的吸引力呢？

文学不是蜡像，外表栩栩如生而内里空洞无物。艺术之博大精深，常让我觉得文学之奥妙不可妄谈。写作让我们入迷，正因为它永远处于一种变幻无定的奇思异想和创造之中。如果把写作当作手艺来做，我宁可放弃。如果仅仅为了美文本身，我不知道自己是否还能写作。

2003年

做一条流动的河

流动的河，指的是“跨地域写作”，意即我的作品中，中国南方和北方不同文化的交叉与碰撞。

我在19岁那年从杭州到北大荒上山下乡，几十年来，我一直是一个生活在北方的南方人，也是一个故乡在远方的“无根”作家，我始终无法在写作中界定自己的地缘身份。我写过一些取材于东北乡村及城市生活的小说和散文（例如《北极光》和《淡淡的晨雾》），也写过很多取材于江南城市生活的小说（例如《赤彤丹朱》和《情爱画廊》）。当我在北京生活了三十多年后，《作女》中的都市女性形象，对于如何表现“北京气质”有了自觉的追求。在我的新长篇中，对北京如何在历史上“跨地域”而形成这座“移民城市”也多有描述。但我绝不是一个“新京味小说家”，也不是一个纯粹的南方作家，更不是一个地道的东北作家。我游移于这三者之间，超越了“雌雄同体”，渐渐形成了独属自己的“三体”。大多数情况下，我用普通话思维，用规范的汉语写作，我极少或基本不使用方言，从那些已完成的作品看来，它们的语言风格大致相似。但我知道，当我面对不同地域的故事或人物时，语言系统会自动进行切换，切换到它所在的那个位置。我的脑子里总是有另一个声音，就像一个温柔的提示音，提醒自己的“存在”：我不是一口井，我是一条河。一条从广东发源、流经江南、一直流向了东北平原，最后又辗转回到北京的“京杭大运河”。流水载物，活水自洁，我这条载着各式人物、载着自己载不动的忧思的“运河”，几十年缓缓流过很多地方，水流经过之处，船头冲开的浪头、船桨划开的水迹，水线其实都嵌留在岸上。河水继续兜兜转转往前，岸边四时不同的风光景色总是吸引我的视线，使我无法停下来成为一个湖泊、一汪池塘或一口井。由于运河一路补充汇入的水源，水质有点浑浊，就像我的口音。南方人说我已经是个北佬，而北方人总是很快就发现我不是“永定河”“潮白河”，而是运河之尾的杭州。那么，既然我已无法成为一口取之不竭的深井、一座富藏喷油的矿井，就只好定下心来做一条宽阔平缓、贯通南北的运河了。

中国当代文学历经风雨，直到20世纪80年代中期“寻根文学”那个阶段，才开始重新重视并探讨“地域性”的地缘文化因素对作家性格及作品的生成和影响，以及其中所潜藏的民族性格。20世纪五六十年代，曾有过语言“大一统”时期，千人一面、万人同腔，求其共性，灭其个性。那个地域模糊、南北不分的年代，就像“男女都一样”，压抑或取消了个体生命活力和文化背景的差异。改革开放40年来，南北文学的地域差别逐渐凸显，有了更多“只能属于那个地方”的作品，比如莫言笔下的东北高密乡、贾平凹的陕南、刘震云的延津、张炜的大海与果园、苏童的枫杨树故乡等，成为一座座彼此不可替代的高峰。

不同的地理和气候环境下产生的文学作品，通常需要具备“语言、语感、气质、方言”等几方面要素。除了故事发生的独特性、人物以及方言俚语之外，真正的差异，在于语言所提供的东西南北文化不同的内在气韵。文学作品的语言应当流畅生动简洁凝练可视可感可思。但我们常常容易把“语言”和“文字”混为一谈。文字是固定不变的，中性的，是基础材料，带有工具性质。而语言，并非是文字的机械组合，而是可变幻无穷的“文字魔方”。就是说，文字在成为“语言”的过程中，所传递的信息开始转换，它携带了文学语言所要求的内容、情感、思想等，使文字变成“有机物”。气韵的运行不仅通过故事和人物，更是通过文字语言来体现。气质是一种“语感”，无形无状，从字里行间散发出来。南方温暖富足，没有酷烈的气候压力和季节紧迫感，情感细腻温婉，语言也因此甜润而琐碎。而北方的旷达与寒冷，使得人们渴望热切的交流，痛快淋漓的宣泄，故语言粗犷豪放，具有天然的幽默品格。南方的精细品格，在名词使用上达到极致，比如“绫罗绸缎”，其中每一个字都对应着不同质地的丝绸成品；但在动词使用上是一个例外，比如把做饭统称为“烧饭烧菜”或是“煮饭炒菜”，用词如此吝啬一直为我所不解。而北方语言极其重视动词，每一个字都不含糊，例如“烙饼”“擀面条”“蒸包子”“包饺子”“贴饼子”“焖米饭”，炸、煎、炖、熘，分工明确，功能性很强。仅从作家使用什么样的动词，即可分辨出作家的成长地及他笔下的文化地场。

我的语言大致属于知识分子写作的常规书面语，大多数情况下，它们并不显示出地域文化的鲜明特色。“跨地域”指的是既能写出甲地和乙地的差异，又能写出甲地与乙地的内在关联。所谓“跨”便是处理不同选题的“跳跃”姿态。如果写江南故事，我会使用带有江浙意味的句式，比如《赤彤丹朱》，这部小说故事背景在20世纪20年代的江南水乡——上海——浙西天目山——杭州等地展开，直至1979年结束。这些南方叙事中，绝对不可以出现“你咋的了？”这类北方句式。例如中篇小说《把灯光调亮》，书店窗外的广玉兰树和栀子花香，构成了南方生活氛围和意趣。而书写东北生活的短篇《面果子树》——“面果子”是一个北方名词，“面”这个词在南方语言谱系中不是形容词，而只是指称粮食的名词。短篇小说《干涸》中的“畏得罗”，是中俄语中铁皮小桶的谐音，在东北这种白铁水桶很常见。再如长篇小说《作女》、短篇小说《在北京的金山上》，我并没有刻意描写北京的风物和风俗，而是以“京腔”的句式口吻，传递出北京生活的意韵。长篇小说《情爱画廊》这个发生于北京和苏州的“双城故事”，则是用南北两种语言的气韵交替完成，温柔与泼辣、精致与粗放、柔软与刚硬，时而冲突抵牾，时而交替渗透。《隐形伴侣》也是同样。南方人的温婉细腻善解人意与北方人的爽直豪迈，交融通汇，达成和谐。

几十年的写作，我一直不自觉地在南北文化的次生屏障中“穿越”，但我并不是一个世俗文化的爱好者。在南北方不同的语言情致中，我更在意语言的“载重量”，使它们变得“有感觉”“有内容”“有质地”，而不是矫饰与唯美。句子一旦形成，就成为故事人物和读者之间最直接的介质。它们由于思绪纷扰而变得灵动，由于游走于不同地域而变得鲜活，由于“善思”及“叩问”而感动或打动读者。

跨地域看似“无根”，却蕴含着一个无限大的空间。如同竹子，在地下藏有会行走的根，繁衍成林缠结成山。然而，随着现代化城市化进程的加快，甲地与乙地、丙地的地理及人文环境变得越来越相似，风光风俗风物在快速消失。地域不再，“跨地域”何为？这将给写作者带来更大的挑战。

时间的证人

大半生的岁月，在写作中流逝。留下的文字，是时间的证人。

寻常日子，回忆常常猝不及防袭来，丝缕状或条索状或碎片，无规则地发生蔓延。回忆是一个陷阱，将人诱入昏暗的隧道，徒劳地究根寻底。

而“文学回忆录”应该是理性和节制的，它是个人与文学关系的回顾与表述，意味着一次冷静的自我评判。

迄今为止，我已出版了100种以上的各类文学著作，总计发表短中长篇小说和散文近800万字。若是从1979年我正式调入黑龙江省作家协会从事专业写作起算，那么我的“从业”年龄已近40年了。

经年累月，看似硕果累累，真正能够留下来的作品，却少而又少。无论怎样小心翼翼地倒计时，翻动的日历却令人心惊。半个世纪的文学梦，有如沙上筑塔，起步于愚昧年代的泥淖。30岁以前的文字，如今几乎不忍卒读。渐醒渐悟的后半生，依然在一次次艰难的蝉蜕中挣扎，每一部新作品，都是精神与文学的极地重生。

细细梳理下来，我的文学五十年，大体可分成四个阶段：1972—1979年的习作期；1979—1989年的成长期；1990—2002年的探索期；2002年至今，成熟期。再往下，或许就该进入晚霜期了。

从这部书中可以看到，本人的作品以及文学观，晚至2000年以后，才算基本定型。

这部书中收录本人的文学随笔、创作谈、访谈录，都是过往历史的真实产物，尽管，个人的回忆录，于历史、文学史而言，是如此轻微而渺小。但因它所印证的时代刻度，或许尚有一点文学史料的价值。

奔七的年龄，趁着头脑还算清醒，记下那些该记住的思和事。检审自己几十年的写作，于自己而言，应当是一次无忌无碍的剖析和矫正。

我幼年最早接触的是儿童文学和西方童话，阅读依年龄循序渐进，以至于“文革”时期我的情感思维依然滞留于童年的天真和少年的幼稚。十六七岁第一次阅读《红楼梦》和鲁迅，这些作品的“复杂性”令我颇感无趣。我的父母属于20世纪40年代的典型“文青”，把他们未能实现的文学梦想，嫁接到我的身上。母亲出生于江南小镇富裕开明人家，天性自由，拥有丰富的文学感觉和优美的文字，我父亲慨叹说她本可以成为一个优秀的儿童文学作家，却在新中国成立后“被迫夭折”。我和母亲血脉相通，植入了她的部分文学基因，但在20世纪60年代社会环境的严厉制约下，减持了多半。较之国内几位十几岁才读到第一本小说、成年后却一举写出了惊天杰作的乡村作家而言，我在人生的任何一个阶段都没有显示出超天赋的文学才华。发表于1962年第12期《少年文艺》杂志“少年习作”栏目的“我们学做小医生”及中学时代发表的几篇习作，仅仅是不算太差的作文，“早慧”是绝对没有的。在父母的影响下，我从小养成了阅读的习惯以及对文字的兴趣。（“文革”中我躲在家里读《静静的顿河》与屠格涅夫的系列小说）觉得书籍总是慈爱宽厚地对我说：拿去吧，这里的一切都是你的。由于父母的“历史问题”所带来的政治歧视，使我很早就学会自立与独思，懂得此生能够接纳我的，唯有那些沉默的书籍；能够善待我的，只有那个隐藏在心里的“文学”。1969年初夏，我怀抱着文学之梦，自愿去北大荒“深入生活”。从文学绚丽的世界跌落到严酷的现实，是一次必然经历的文学劫难和错位。一无所有的孤寂中，文学成为唯一的精神慰藉。我开始在油灯下烛光下阅读，在炕沿上木箱上练习写作，记下每一天所见所闻。文学是我迷惘的精神轮椅和依傍，并未奢望文学能改变命运，只乞求文学给予我冰冻的心以光和热。1972年，我在上海《解放日报》发表了小小说《灯》，自此开始了“文革”写作。历史的吊诡之处在于：曾让我迷途的文学，果然拯救了我；但我感激涕零地走近它，它在给予我慰藉与温暖的同时，也收回了我的尊严；它以正当、正确的名义，诱使我交出了思想的自由作为发表作品的代价。那时候“作家”的称号虽然已被消灭，但“革命的文学”戴着革命的面具，以文学的崇高名义，要求我屈从宣传，顺应时代的潮流，我的文学起步就这样被纳入了体制的轨道。1975年10月，上海人民出版社出版了我的长篇处女作《分界线》，这部文字还算流畅，发行量巨大的知青小说，为我赢得了文学之路上最初的声名。

无论我可以有多少种理由为自己辩解：比如我渴望通过写作实现自己的价值、比如这部作品完全出于“自发”而非某种政治授意、比如文学不可能脱离当时那架庞大的宣传机器而独立存在、比如在那个蒙昧无知、信息封闭的集权年代，如何要求一个未谙世事的小女生具有分辨是非的火眼金睛呢？然而，当我在后来的岁月里一次次回头审视那些所谓的“作品”，我仍然会为自己感到羞愧。我知道它们经不起更多的追问：我为什么要主动去写这些“文学”呢？我少年时期读过的好书、血液里流动的那些文学因子都到哪儿去了？我是如何丧失了对真假善恶美丑的辨识力？若是正视自己，我必须承认，除了潜意识里对成功的向往、对虚荣的渴慕、对孤独的恐惧，还有本能的自我保护、趋利避害，平庸愚昧，以至于不自觉地用笔说假话……我如何能够轻易原谅自己？

1976年6月，我从上海回农场途经北京小住，了解到天安门“四五事件”的真相，大梦初醒。一年后的1977年6月，我从农场到哈尔滨黑龙江省艺术学校编剧专业学习（高考尚未开始），直到毕业前夕，我再也没有发表作品。

作者自有个人立场，但文学绝不是观念的工具，更不应当顺服于任何利益集团。懂得这一点虽然有点晚，但足够我一生遵循。

在这个意义上，“文学”应该是一个“永久中立国”。

1977年上学后的两年，寒暑假我频繁去北京，与外界的信件来往也很密切。那两年是我的“凤凰涅槃”——1979年，我写出了新时期开始后的第一个短篇小说《爱的权利》，经茹志鹃老师推荐，发表在上海《收获》杂志第五期。那一年我29岁。紧接着我写了短篇《白罂粟》和《夏》，还有中篇小说《淡淡的晨雾》，表现了我内心萌动的人性之光，呼唤人的尊严。这一组作品意味着我与“文革”文化的告别，我的文学观得到了初步清理，也找到了“我”的存在价值。

80年代开初，1980年4月我到了北京，参加中国作家协会第五期“文学讲习所”（现今的鲁迅文学院）为期三个月的进修。严冬刚过，寒意未消，暗流涌动波澜起伏，各种新思潮纷至沓来。学习期间，崇仰已久的多位前辈作家来文讲所授课：周扬冯牧萧军丁玲秦兆阳曹禺吴组缃袁可嘉王朝闻沙汀王蒙刘宾雁……大多是“文革”劫后余生的文学前辈（再晚几年，其中大多数“文学大家”就再也见不到了），也算是“最后的文学盛宴”。文学讲习所还为我们请来其他领域的专家开讲座，课余参加京城各种文学活动，休息日我去拜访了父母亲的一些老朋友，也交了不少新朋友，三个月时间安排得满满的，加上同学间的交流，长了不少见识。“思想解放”也解放了文学，我觉得自己心里蛰伏的文学情愫和灵性全都被唤醒了。

1981年《收获》第三期发表了我的中篇小说《北极光》，大部分读者认为这部作品表现了青年一代在新时期的迷惘和希望。实际上当时我受存在主义思潮的影响，试图在作品中探讨现实的“无”和观念的

“有”之间的关系。那时已有部分西方新思潮译作面世，从港台带进来的弗洛伊德、尼采繁体字书籍，为我打开了一个从未涉足的潜意识王国，与此同时，我也在“异化”理论中找到了时代变革的思想依据。那几年新书新思潮新观念如此密集，犹如一批批轰炸机运来重磅炮弹，落地后掀起的石浪土渣，与文学界的激烈争议释放的烟雾混在一起，沙尘滚滚令人窒息。当时出版的所有先锋文学译作我几乎都读了，尤其喜爱加缪和卡夫卡。我已敏感到文学又一次“告别”即将到来——告别“革命”也告别过往的自己。那不是单纯的文学技巧之变，而是意识和观念之变，是走向开放的中国文学绕不过去的山峦。这些振聋发聩的新理念极大地影响了我后来的创作。1986年6月，作家出版社出版了我的长篇小说《隐形伴侣》，这部小说以亦真亦幻、现实与意识流交错的个人叙事，表现人对自身善恶的辨识，它超越了“知青文学”的苦难和伤痕，进入到对“人”本质的探究。这是我在新时期重要的代表作，也是我文学道路上的里程碑。2017年，《隐形伴侣》三十周年纪念版的精装本面世，说明这部书至今还有残存的读者，对此我颇感欣慰。80年代中后期，寻根文学、先锋小说、“文化热”已渐成气候，我对此多有关注。然而，以文学的样式回归传统文化，已有太多的作家在努力，我志不在此。我关心的自己应该如何“成长”，关心的是我和这个世界的关系，我要通过写作来“解决”自己内心太多的困惑疑虑。这些问题不解决，仅以技巧取胜，难以成为一个真正的优秀作家。老知青原本就没有太多“知识”和“文化”，如果连“思想”都没有，我们就真的一无所有了。

回顾80年代我的写作“成长期”，用“蝉蜕”两个字来形容最为贴切。我犹如在不断地蜕壳，脱去了笨重的冬装，换上了轻爽的夏装，再穿上华美的秋装……更重要的是，我心里的“硬茧”开始软化，“茧子”里的蛹开始化蝶，意味着我的作品从形式到内容的双重蜕变。

90年代在寒风霜雪中来临。对于我本人来说，唯一令人兴奋的事情，是“换笔”学习电脑写作。我并没有那么高瞻远瞩地意识到一个高科技信息时代即将到来，而是由于我写作的稿面总是很凌乱，每改一稿都需要誊抄，我担心今后抄写稿子的人可能越来越不容易找到了，看来使用电脑更为简便。老作家吴越、老作家韶华的儿子周海虹（现中央音乐学院副院长）是我学电脑“自然码”的指导老师。我尝试用电脑写了一部儿童文学中篇小说《七彩圆盘》，能够熟练打字之后，又写了不少散文，并开始酝酿一部新的长篇小说《赤彤丹朱》。

这部小说故事背景在20世纪20年代的江南水乡——上海——浙西天目山——杭州等地展开，直至1979年结束。以“女儿”的视角，用不同于传统小说的叙述方式和文体结构，讲述了父辈的历史以及“我”对历史的反思。描述了一对“红色恋人”从参加“革命”到被“革命”拒斥，在长达半个世纪的时间里的坎坷经历。小说的构思将叙述者与被叙述的“母亲”合为一体，表现出真切同步的生命体验，写出了历史烙刻在“我”身上的那个样子。这一段惨痛而凄楚的记忆，早已超越了家族的命运，被赋予审美与思考的价值。内容涉及对“抗战”“牺牲”“爱情”“背叛”“阶级”“动机”“文革”“家族”“血缘”“人性”“冤案”“真相”等诸多词汇的解构与颠覆。

小说酝酿多年，90年代中期成书。这部长篇小说以汉字中的“红”字为贯通全书、聚焦故事的“天眼”。在中国丰富的语言文字中，每一种颜色的色性、色素和色调，都可用特定的单字来加以区别。比如“赤”字，意指略带暗色的红；“彤”指红色中透出亮丽的光泽；“丹”是艳红，蓬勃而热烈，但色泽稍稍浅淡；“朱”——大红，正红，在中国文化系谱中，是皇权、豪门的象征。将四个不同的红字排列组合，便构成一幅悲壮而恐怖的历史景观；“赤彤丹朱”四个红色的汉字垂叠交错，彼此挤压，奏出一首哀婉凄凉的红色变奏曲。在那块猩红色的底版上，留下了辨不清颜色的血迹与泪痕；最后演化成一个现代的红色神话。尽管风暴与神话最终被岁月消解，但心灵的创痛仍与沉重的历史同在。

小说的构思时间较长，但写作很顺畅，1994年交稿，1995年5月《赤彤丹朱》由人民文学出版社出版，获得多方好评。此时商品经济的大潮已汹涌而至，辽宁“布老虎丛书”推出了长篇系列，旨在倡导文学性较强而又好看耐读的小说。我应出版社的诚意相邀加入该丛书，有自己的多方考虑：即将到来的市场经济，是中国计划经济重大的转型期，我们这些多年活跃在“体制内”的作家应当持欢迎支持的态度，而不应该置身事外。中外文学史上那些优秀的作家和经典作品，也是以其文学的魅力，引领市场征服读者。我一直对美术感兴趣，多年来积累了很多艺术家的生活故事，若是以一幅幅可视的绘画来表现爱情，让读者参与想象，将是一次何等美好新奇的艺术实践，也将更新文学作品靡旧的爱情语言。我的电脑写作在这时候发挥了巨大的作用，文思泉喷，只用了几个月时间就完成了长篇初稿，加上修改时间，1996年初交稿，为此我累得大病一场。1996年5月《情爱画廊》由“布老虎丛书”出版，在各地签售大受读者欢迎，也引发了批评界有关理想主义和浪漫主义的激烈争议。

20世纪90年代，我已有了文体创新的自觉，不愿意让自己的创作风格停留在80年代或过早定型，更不能容忍思想与形式的重复。为此我在90年代初期和末期创作的多部中短篇小说，如《因陀罗的网》《沙暴》《斜厦》《残忍》《银河》等，始终在寻求叙事方式和语言的变化和创新。如今回首，我既庆幸其中有些作品获得了较大突破，也为自己写作的仓促抱憾。有些题材假若能想得更透彻、打磨得更精致再发表，效果想必会更好些吧。我们总是在事后才会恍然大悟，自己为哪一些可有可无的作品浪费了宝贵的时间。

也因此，我将90年代的创作，称为“探索期”。

那些或长或短、或大或小的小说和散文，是岁月的证物，留在我的文学之路上。我面对它们，犹如看着生命骨血的一块块结晶体。那时的“我”是什么样子，作品就是什么样子，无法重写或修改。

此生我只写过一个剧本，是我70年代在艺术学校学习戏剧创作的作业。尽管我中学时代就开始接触舞台表演，但我缺乏戏剧创作才华，这个剧本并不成功。

所以，散文就成为不得不说一说的话题。

从我发表于80年代那些引起关注的散文《橄榄》《地下森林断想》《峨眉山启示录》等，到90年代以后的《牡丹的拒绝》《仰不愧于天》《雾天目》《红树林思绪》《无法抚慰的岁月》《感悟珍珠港》《走过莺声地板》《骑兵军飓风》等篇，应该承认自己还是写了一些有意思的散文和随笔。散文坦诚率真，行文散淡散漫，无须搭建故事人物合理的逻辑关系并进行虚构和编织；散文总有属于自己的独特发现，散文之眼的目光，射向事物的深处；以散文特有的精致与优雅的语言，来传递表达自己的发现和感受。若说小说中的"我"隐没在故事后面，那么散文就是一个站在前台的"真我"。小说若是"旁白"，散文就是"独白"。小说和散文两种体裁的妙处，让人各有所爱。

新世纪开初至今，又十几年过去。我的写作真正进入了"成熟期"。

2002年，我出版了长篇小说《作女》。此前我很少写作"女性文学"，我曾说过，当"人"的尊严还没有的时候，谈何女性之尊。到了新世纪初，我终于有一点时间和心情，用小说来表达自己的女性观。我很高兴自己能够提炼出"作女"这一现代都市女性的特质，以此来表现女性的生命力和创造力。

《作女》是一个句号，意味着我对形式、对市场的探索就此可以告一段落了。我已年过五十，应该去写自己真正想写的作品了。新世纪是我文学之路的新开端，因为我知道自己应该去做什么，为此我已准备了五十年。

从2006年开始创作前的准备：搜集资料、读书、补充采访、提纲……这些工作整整持续了一年多。以至我从2007年夏天才开始这部新长篇的初稿。我似乎对自己的要求过高，而对这部长篇的难度估计不足，一稿二稿出来，对结构不满，推倒重来重起炉灶。三稿的构思终于有了较大突破，我所要表达的内容，与创新的文体达成了高度默契。然后是人物性格、叙事语言、细节打磨，一次次修改，四稿、五稿、六稿……

一部三卷本、百万字的长篇小说，用去我整整十年时光。

——为什么会有20世纪80年代？它究竟是什么样子？它给后人留下了什么？

历史拒绝遗忘。文学是拒绝遗忘的最好方式。

一个作家一生的作品，不同阶段的艺术风格会有很多的变化。但一定会有一个不变的内核，那个从童年时期就困扰她、迫使她思考的东西，像一粒种子，顽强地沉默着，在岁月里悄悄长大，终有一日，修成正果。

人各有志。

这部书无论在将来什么时候出版，它都是我这一生中最重要的作品。

在我大半生的写作中，“写什么”和“怎么写”，永远是同样重要的。如果一个作家不知道自己究竟要“写什么”，那么，任何精心设计的“怎么写”，都是没有依托和基石的。我愿以一个写作者的悲悯之心，与读者分享对人自身以及对世界的认识。对于我来说，身前的赞誉非我所欲、身后的文名亦非我所系；写作不是我的全部生命，而是我人生的一个组成部分。我在文学中日臻完美，从而成为一个丰富的人、一个合格的公民、一个有尊严的作者。

借《文学回忆录》的“自序”，梳理自己半个世纪的文学之路。

坦率说，我对自己的作品满意的不多，最满意的作品尚未出版，但我对自己的人生态度很满意。我热爱生活善待他人，我思我悟我读我写——今天的这个“我”，就是我想要得到的最好的作品。

（2018年3月20日《张抗抗文学回忆录》自序）

辑五

阅读之思

大写的“人”字

有一日我突然悟出，我的先天性营养不良或是某种维他命过剩，也许都应归咎于那句话。那句话在三十年前就作为父母的座右铭写在了我的掌心。那句话是说：中国现代文学几乎无可一读，要读就读外国文学。

家里果然都是外国文学。从老托尔斯泰到盖达尔，从普希金到肖洛霍夫。除了一套安徒生童话以外，这个外国文学的天地长满了俄罗斯和苏维埃的枞树、浆果和马铃薯。那时候以为外国文学就是沙皇、哥萨克再加苏联红军。这一段近于崇拜的痴迷，在我整个一生的文学信念中，打下了崇高与美的桩子，并在这个根基上建立起对真诚的笃信。少年——青年时代俄苏文学的阅读经验，在我血液中注入的基调便是笃信。这也许可以称之为第一阅读层次。然而当若干年后疯长的叶片覆盖了我几乎整个心灵的天空，而将人类自审之光拒之于外时，我才惊讶地发现，一度疏漏了陀思妥耶夫斯基这颗巨星，是多么遗憾的损失。假如我早一点读懂陀氏，也许我不至于那么晚才摆脱幼稚。

然而阅读的经历本身就是人生的经历。我记起那个狂热的60年代末，最初触摸着陀氏作品所感到的那种对苍凉人世的恐惧和怅惘，使我本能地疏远它。二十多年后重读《卡拉马佐夫兄弟》，却在灵魂中引起了强烈震撼，好似自己又重新活了一次、或刚刚从头开始活。因着如同哈雷彗星般回归的《罪与罚》、因着复生的《日瓦戈医生》和《阿尔巴特街的儿女》，在我临近四十岁的时候，重新意识到俄苏文学依然并永远是我精神的摇篮。岁月不会朽蚀埋藏在生活土壤之下的崇高与美的地基——我们拆除掉密不透风的愚昧的笃信，重建开启了疑问之窗的笃信。如果不笃信在人世的丑恶与伪善之上，还有超越了世俗的光荣与爱之神的召唤，人生还有什么值得过的呢？

外国文学之旅的第一层次，结束在1969年夏天，我从家中封存的书籍中，偷出了那本珍爱的《青年近卫军》，踏上遥远的北去列车之时，车轮碾碎了往日的童话给予我的全部梦想。

那以后有一个没有书籍没有文学的饥饿年代，在冰凉的土炕上翻烂了从家里带来的书。有时会从别人的炕席下冒出一本没头没尾的《高老头》或是《斯巴达克思》。冒着被没收的危险，也许还会摸黑走许多路去别的连队交换。外国文学，天边的一块彩霞，你仰望它、渴慕它，却不可能将它踏实地拥在怀里。头顶沉沉的乌云总是落着失望的雨滴。然而，阅读的第二层次却偏偏开始在这样的落寞与苍茫之中——每年一度的探亲假，回到江南家中，它这个无法囚禁的幽灵便又悄悄走来与你相伴。就从那时候，我开始隐隐感觉到了前面所说的阅读是人生经历的一种组成。壮丽崇高的俄苏文学极自然地从我面前隐遁。狡诈的老巴尔扎克、凄惨的狄更斯、神秘的梅里美、浪漫的雨果陆续向我走来。那阶段我读的几乎全部是英法文学。由于“历史问题”被发落到图书馆去工作的我的母亲，为我提供了阅读的方便（感谢70年代的专案组），我于是好像登山走到了海拔某个高度：阔叶林渐渐消失，只剩下耐寒的针叶林以至最后的高山苔原。书中残酷的世相及复杂的人际关系，撞击着我简单的头脑，并响起一声声痛心的发问。读懂了某本书，恍然发现自己终于长大了。1975年我在上海修改长篇时，我的抽屉里就放着一本一个复旦大学工农兵学员借给我的《简爱》，她断言我必定喜欢这本小说。事实上我没有爱上简爱，却引发了对情感的深思。记得当时出版社的负责人问我有什么要求，我竟然毫不犹豫地请求开一张证明，去阅读图书馆不外借的外国文学名著。那个酷热的夏天，我每天一动不动地读着大仲马、小仲马、哈代、罗曼·罗兰。我深爱《德伯家的苔丝》和《九三年》。恰恰是在那一个沉闷黯淡的时期，人文主义的阳光第一次照亮了我混沌的心灵，冲击着编织多年的思想藩篱。面对窒息的现实，便开始有了不满、有了质问、有了沉思和探询。我确信在那几年以后，即70年代末我走向文坛初期，如泉水般喷涌的那些作品中，所试图表现的人性、尊严、价值观等一切与此相关的话题，都是在那些饥渴的阅读中埋下的种子。如果说第一阅读期在崇高与美的桩子上建起了对人生意义的笃信，那么第二阅读期所建起的便是：怀疑与发问。

尽管后来对英法文学的了解，渐渐延伸至乔伊斯和劳伦斯、延至萨特、罗伯—格里耶、加缪。但在那个极其压抑的环境下生发的对现存秩序的怀疑与发问，在我整个创作生涯中，如登山的鞋子一般与我同行。

1978年以后至今的日子，我想可以算作阅读的第三层次。中国对世界打开了滞重的大门，世界的现代文学宝库亦对中国敞开了大门。在这个令人炫目的文学世界中，最先读到的便是约瑟夫·海勒的《第二十二条军规》。随即是福克纳，是索尔·贝娄，是欧茨，是艾丽茨·沃克……还有回过头去重新注视的海明威和斯坦培克。对现代世界充满了反叛精神的美国文学，使我重新思考传统的真善美价值一元论与个人选择的深刻矛盾，思考人之非理性与行为、生命的关系。这是一次现代意识的重新启蒙。新奇而别有意味的小说形式，亦使我顿悟小说还可以有这样千奇百怪的写法。随后，蜂拥而来的卡夫卡的绝望、迪伦马特的虚无、君特·格拉斯的荒诞，及其他一系列现代德语小说，也为我以文学反思人性的本质、人类生存的困境提供了新的佐证。这一时期阅读的外国文学作品，真是令人眼花缭乱，目不暇接。我在惊喜与狂热中生吞活剥所能读到的新小说，我觉得自己进入了一个奇妙的新世界。然而，各种贴有不同主义和流派标签的新小说，呈现给我的几乎只有一个特征，那就是传统小说秩序的破碎崩溃和重建。小说天地已不再有任何模式和规范。奇异的构思、叙述方式和富有弹性的语言，创造出了一个与现实生活形成强大反差的、极其自由宽广的艺术空间。小说变得无所不可为和无可不为。现代小说自由的灵魂已超拔了它痛苦而荒谬的躯体，而还原为自我实现的可能。它们对我的吸引甚至超过了小说本身，我试图踩着这叶空中之帆，驶越浊浪滔天的人生之海。而如何写自己的小说反而变得无关紧要甚至一片迷惘。

紧接着便是席卷文坛的拉丁美洲文学热。依着好奇与时髦的惯性，我也读马尔克斯、博尔赫斯、略萨……我与职业文人们一道，去探究那块蛮荒之地的民族文化之根；探究从那纷乱无序的小说作法中，重新聚合与明晰起来的讲故事的方法。陷入故事的泥塘之后我一片手忙脚乱。据说没有根的作家根本不能算作家，不会讲故事的小说家也不能算作小说家，于是在拉丁美洲魔幻的阴影下，我终于发现自己从南到北漂泊多年，非但无根也不会讲故事。我的小说等于零？

读了几十年外国文学，读到最后便是如此一个怪圈。

如果阅读最终已经成为一种裹挟你、指使你、支配你的身不由己的时髦新潮；如果阅读不再是一种个人的选择、个人的意趣、个性的默契；如果阅读不再是一种仅仅属于你自己的人生经历，那么我应该早已淹死在浩瀚的书海中、失去自己创作的冲动。我绝无必要在此夸夸其谈。正如我的小说是写给我自己和与我相通的读者，那些遥远的陌生的异国作家，哪一位是为了我而写作的呢？

从屠格涅夫到乔治·桑到杰克·伦敦到艾赫玛托夫，我无法说出我最喜欢的和最不喜欢的作家。我不能说谁是最优秀的和最不优秀的。

我只知道世上一定有一本书是真正属于我的。不要用古董搜集者和拍卖行的鉴赏家的眼光去看它们，属于你仅仅因为它发出了你心底久远的呼唤——事实上，这些年在外国文学书海的徜徉中，我捡起的一只只贝壳都已成为书架上的标本，却有两只贝壳依然栩栩游动在我心的海湾里：一只是《一九八四》；另一只是《生活中不能承受的轻》。

当然不会是怪圈。小说毕竟不是画出来的。如果第二层是怀疑，那么第三层便是不再回来的叛逆。

很多年前父母对我说，要读就读外国文学。很多年后才知道这话的原意竟是出自鲁迅先生。先生的遗训对中国传统文化的糟粕发出了质疑，让人深思可读可不读的中国文学到底生了什么毛病？我决无意否定悠远古老的中国文化传统，但对于步入现代社会的作家，更重要的也许是对人自身的认识和关于自由的启蒙。说到底，读人家的书，还得写自己的书；打入地下的桩子上，还得盖起自己的房屋。外国书读得再多，总不至于会脱胎成外国人。怪圈里那股水流倒过来看，也许是一个螺旋体，只看你手中的标尺了。

记得《读书》上有篇文章曾说，中国人首先关心的是做“中国”人，然后才是人，却不知人首先是人，然后才是中国人。我以为极精彩。中国人与外国人，都有地球人无以解脱的共同苦恼；中国文学或外国文学，亦如地球一样，本应是无国界的流通领域。我想鲁迅先生与我父母都是有远见的。更何况，不知人们是否发现，构成外国文学的外语，确切说，条顿语系中的英、法、德语，与汉语之不同，还在于它有一个大写的“人”字，大写的人字是否又恰好为中国文学补上了一处缺口呢？至少在那些为我写的书，和我为别人写的书中，隐隐地表述了这个心迹。

可　能

——读芥川龙之介的短篇小说《莽丛中》

图书市场上，如今充斥着描写言情与凶杀的通俗读物。

然而，言情与凶杀，同文学永恒的主题——爱与死，却是两种全然不同的概念。

言情与凶杀是纯粹的故事，故事不得不安插人作为媒介，人淹没在情节之中，与故事的终结一同消亡。而爱与死，却是人本身；即使没有情节，爱与死依然发生着；于是小说中的爱与死，只是人的灵肉存在的一种方式，当小说结束时，人依然“活”着，继续着爱或继续着死。

芥川龙之介的小说中最具代表性的几篇，均选材于各种与犯罪有关的案例。但那些残酷或是温柔的犯罪，却浸润了人生的苦痛，揭示着人性中为人不屑或是为人忽视的奥秘，令人震撼，颤之失魂痛之入骨。极精短的篇章，却是以一当十。

于是当编者问起“你最喜欢的短篇小说”时，我希望选择一篇不会与人重复的小说，一下子想起了日本作家芥川龙之介的《莽丛中》。

《莽丛中》收在芥川龙之介那个著名的短篇小说集《罗生门》中。这本在20世纪80年代初期曾经风靡一时的短篇集，由楼适夷老先生在“文化大革命”中断断续续翻译而成，1980年5月湖南人民出版社出版，后被多次印刷。

《罗生门》一文，鲁迅先生曾在20世纪20年代首译，楼老又在20世纪60年代复译，可见其经久不衰的魅力。

在日本近代文学中，有“鬼才”之称的芥川龙之介，以楼老在后记中的介绍，是一位“才华横溢，学历丰厚，思想深刻，气品高迈，文字清丽，在艺术琢磨上颇有功力的作家”。他在短促的创作生涯中，为日本文学留下了一笔珍贵的短篇小说遗产。1916年，芥川龙之介发表了短篇小说《鼻子》后，日本著名作家夏目漱石曾对他说：“你再写十篇这样的作品，则不但在日本，即使在世界文坛上，也将成为一位有特色的作家了。”然而，1927年，芥川龙之介以35岁盛年，在家服用了大量安眠药，离开了这个世界。

《莽丛中》前后出现七个人物，以当事人在法庭供述和作证的形式，分七小段构成，描述了一桩曲折而离奇的奸杀事件。

该文只有寥寥5000字左右的篇幅，文字极其简洁精练。

砍柴人、行脚僧、捕手、被强奸的女子的母亲、杀手多襄丸、被强奸的女子真砂、真砂被害的丈夫武弘。

这七条线索，呈放射性，往各个不同的方向，也就是故事真相的各种可能发展。既无开头，也无结尾，以一种开放性的结构，来描摹一次凶杀的现场。

动机、原委、起因、过程以及真砂最后的下落和案件的结果，统统散落在七个人零乱无序、支离破碎甚至自相矛盾的叙述中。故事情节以及此案的真相已变得无关紧要，也可以说，从审讯一开始，时间便已暂时终止，情节不再以通常那种曲线的形状往前进行，而是呈点状、不规则的块状，消融在那片深远广阔的心理空间中。

这种构思的生成，我以为基于作者对人生的认知物的不确定性和多元性。

于是推理在此已显得毫无必要，抑或幼稚而拙劣。推理小说是一个有头有尾、有逻辑有秩序的故事。而在芥川龙之介笔下，推理却无法解决他对人性善恶切之入微、甚至深入骨髓的剖析。推理推到极致，却发现自己走上了没有退路的悬崖，面临着云山雾罩的深渊；推出的故事虽然精彩，“理”却无法自圆其说。

也许结构主义正是为摆脱艺术的困境，为贫乏的艺术表现手段寻找新的出路而诞生。多年前，当理论还在徘徊时，从《莽丛中》独具一格的奇巧构想中，我们已闻到了一种小说革命的新鲜气息。

小说中每个人物的证词都仅仅只是一种可能。可能是真也可能是假，可能是多襄丸杀了武弘，也可能是真砂杀了丈夫；武弘可能是他杀也可能是自杀——每个人所经历并感觉的，只能是他自己所认定的真实。所谓的事实，在每个人的私欲和利己的出发点上，已幻化成了属于个人的客观世界。无论是隐瞒了真相的伪证，还是他所亲历的现场确实如此，各人间迥然相异的陈述，在本质上都是企图从道义上挽救自己的辩护词。共同之处，只是他们都删去了其中的残暴和疯狂，对其进行了理性的伪装。当情节的一般序列被小说中七双眼睛和七个嘴巴所颠覆时，当故事实际上已无法再作为一种原初故事存在时，作者已实现了他的意图。

在我看来，《莽丛中》是可以作为一种心理小说来阅读的。它像是一座浮于海面的冰山，露出水上的“事件”，即各人所叙述的案发过程，仅占整座冰山的三分之一部分；而托举着它的，却是真砂、多襄丸和武弘三人，隐藏于陈述背后、回避于言辞之间，那种种微妙而复杂的内心活动。

作者不愿将其说破，甚至不屑于多说一字，见仁见智，全在读者了。

接受美学原始朦胧实践之初，在“莽丛中”随意布上了一局迷宫，然后猜谜破阵，任人参与。

最终回到那七条射线的圆心，仍是一个爱与死的话题。以爱而死，因死致爱，爱不得又死不了，或许是人生真正的绝境。而真砂却依然苟活，怀着对死者的愧疚和对生者的宽宥，活在为自己编织、想象、虚构的噩梦里。人性之伪诈丑陋、之纯良美善，犹如坠入莽林，留于读者在字里行间，披荆斩棘细细辨析。

在言情与凶杀已成为当代书刊的“鬼打墙”时，究竟如何言之无“情”、杀之有“物”，实在尚有大可琢磨的余地。《莽丛中》之所以为我所喜爱，不仅因为短篇小说的写作，最难处难在如此精妙的构思。还因为，十余年间，它总是时不时地提醒着你：文学亦如世事万物，本有许多种可能，没有“真相”可言。

阅读的暗流

在20世纪60—70年代，我和当时大多数人一样，始终处于一种“阅读的暗流”中。其间经历了好几个阶段，这里从北大荒农场时说起。

从1972年开始，北大荒知识青年开始享有探亲假，每年一次，每次半个月。加上往返路途所需的时间，再找个理由超几天假，每个人差不多都能在家里住上个把月。

探亲假是我们知青的盛大节日。

毫不夸张地说，一年365天，从年头至年尾，我们每天都在盼望着探亲假。

知青享受探亲假，一般都选择在春节期间。一是冬季农场的活儿少，领导给假痛快；二是知青也愿意回家过年，可以全家团聚。于是，一过了元旦，农场连队宿舍的人差不多都走空了。

我却是个例外。1972年冬天，我在小兴安岭的林场清林；1973年冬天，我在场部文艺宣传队。连续两年，我都是到了春天才有机会回杭州探亲。火车穿过冰封雪盖的北大荒原野，出了山海关，田野里便有了浅浅的绿色，在睡梦中过了长江大桥，早晨一睁眼睛，已是满目新绿，油菜花一片金黄……

探亲假对我来说，有点像一个脱产的“读书班”。

在农场挨过漫长的几年，从家里带去的书都已翻烂，肚子里早已“饥肠辘辘”。何况，许多真正的好书和“禁书”，是无法带到农场去的，只能等探亲回家的时候再读。所以，探亲假那短短的大半个月，是我的“精神会餐”大补的日子。

在农场的日子，只能读马列著作、鲁迅著作还有其他一些“大路货”的书。我读完了《中国文学史》《古代思想史》《中国哲学史》以及马列的“六本书”（即当时指定阅读的《共产党宣言》《法兰西内战》等等），半懂不懂的，所获甚微。有一次，我对几个女伴说：“想读的书没有，不想读的书，硬着头皮读，真是浪费时间。我多么希望有一天能安静地坐下来，从《诗经》到《红楼梦》；从《希腊神话》到《战争与和平》，把全世界的好书全部系统地读一遍啊！”女伴们嘲讽说：“这是脱离实际的幻想，如果要走自学之路，只能因‘书’制‘宜’有什么就读什么。”

是啊，在北大荒读到优秀的文学作品太难了。若是有谁弄到一本外国翻译小说，都像得了珍奇宝贝一般，大家排队轮流。记得一次有人弄来一本《远离莫斯科的地方》，书已破损得不可辨认，但大家还是抢着看。我从杭州带去的那本《青年近卫军》早已借得不知去向，听说邻队有人有一本《斯巴达克思》，我步行了十几里地去借来看，后面早已盯着一堆排队等书的人。

中学时代，我们阅读的天地里长满了苏维埃朝气蓬勃的枞树、浆果和马铃薯，还有英勇的红军和战后建设者的豪迈；“文革”“破四旧”期间，父母历年收藏的旧书，被装在一只大木箱里，父亲亲手在箱盖上贴了封条，并用毛笔字写上“供大批判用”五个字。风暴渐息，木箱被偷偷开启，我开始阅读俄罗斯与苏联文学作品。书中忧郁而伤感的情调、弥漫着旧贵族的生活方式、冰冷的教堂、野性的哥萨克、浪漫的爱情气息……让我迷恋而惆怅。对于苏俄文学近于崇拜的痴迷，在我整个一生的文学信念中，打下了崇高与美善的桩子，并在这个基础上，建立起对真诚的笃信。这也许可以称为我读书生涯的第一阶段。若干年后这些疯长的叶片几乎覆盖了我心灵的天空，而将人类的自审之光拒之于外。那时我才惊讶地发现，一度疏漏了陀思妥耶夫斯基这颗巨星，是多么惨痛的损失。假如我早一点读懂陀氏，也许我不至于那么晚才摆脱幼稚和愚昧。

阅读的经历本身就是人生的经历。我的第二阅读阶段，开始于落寂与迷惘之中——每年一度的探亲假，多多少少“拯救”了我。

回到江南家中，那些劫后余生的经典文学著作，像一个个突破囚禁的幽灵，重又悄悄地走来与我相伴。在普天下对“资产阶级文艺”的禁令中，寻书觅书竟有一种类似悄悄恋爱的快感。我发现自己在心里并未背叛它们，我们彼此实际从未分离。

那段日子，壮丽崇高的苏俄文学从我面前悄然隐遁，而多姿多彩的英法文学开始大踏步地向我走来。狡诈的老巴尔扎克、凄惨的狄更斯、神秘的梅里美、浪漫的雨果，为我打开了另一扇幽闭多时的门窗。

妈妈终于结束了长达几年的政治审查，由于“历史问题”不让再上讲台讲课，而被打发到图书室去管理图书。妈妈很喜欢这份工作，因为可为我提供阅读的种种方便。书架上外借的图书，都是经过精心挑选、装门面做样子用的，但还有不少好书，封存在库房里不见天日。有一个杭州知青，是我同一个分场的“战友”，此人外号“书虫”，对于他来说，这个世界上绝不会有他没读过的书，我对他十分敬佩。有一天，他到我妈妈工作的“图书馆”来转了一圈，然后对我妈妈说：“这里的藏书等于零！”说罢扬长而去，让我妈妈哭笑不得。

还在我回家探亲之前，妈妈就开始为我准备好书了。妈妈像一个精确的雷达探测器，从发出刺鼻的霉味儿的书堆里，从积满了灰尘的天棚顶上，从废弃的垃圾袋中……寻找她想要的东西。妈妈每天回家，都会喜气洋洋地从拎包里，拿出一本破旧但已被精心修补过的书塞在我怀里。运气好的时候，能从父母的老朋友那里，搞到新出版的“内部书籍”，即内部翻译出版的苏联小说和其他一些政治读物。遇上农场一起回来探亲的知青，互相还能交换书看。

探亲期间，我除了帮妈妈做家务，除了看望亲戚和同学，剩下的时间，几乎都用来读书了。我读左拉的《妇女乐园》、哈代的《还乡》《德伯家的苔丝》、马克·吐温的《镀金时代》、狄更斯的《艰难时世》《老古玩店》、巴尔扎克的《高老头》《高利贷者》《欧也尼·葛朗台》《邦斯舅舅》……记不得哪一年，还读了苏联当代小说《落角》《多雪的冬天》等等。虽然杂乱无章，却是当时所能吸收到的“蛋白质”含量最高的“食物”了。我好像一个登山者，逐渐走到了海拔的某个高度，阔叶林渐渐地消失，只剩下耐寒的针叶林，然后是严酷而壮观的高山苔原。书中残酷的世相、独特而鲜明的人物、深刻的人性、复杂的历史背景，不断撞击着我简单幼稚的头脑，引发出种种痛苦的思索。

每当我钻入书中的时候，好像完全游离于眼前的“热火朝天”的革命之外。那些欧洲古典主义的文学著作，与我们生活中耳濡目染的种种宣传品，包括“文革”中新出版的那些“革命文艺”，犹如来自两个不同的星球，甚至找不到它们之间可以连接的通道。从我本心来说，我当然喜欢那些“封资修”的经典文学作品，但我又无法拒绝“革命现实主义”的吸引力——那是人类文化史上的一场大革命，是属于无产阶级自己的精神财富，我们必须摒弃旧时代腐朽的文化，才能建立这个时代的新文学。

究竟什么样的文学作品，才是真正优秀的文学呢？为什么当前社会的认可，与我内心所爱，是两种不同的标准？

“如饥似渴”的阅读，每次都把我混沌的思路，搅和得越发浑浊不堪。

但是，经典文学著作永恒的魅力和诱惑，终究强烈而不可抵挡。

1975年我在上海修改长篇小说的时候，我所住的招待所房间的抽屉里，就放着同屋的一个女友、复旦大学的工农兵学员陶玲芬借给我的《简爱》。她很自信地对我说：我晓得你一定会喜欢这本书的。我说为什么，她说你和简爱有点像。我看完《简爱》后故意对她说：我不喜欢简爱。

在我的《分界线》付梓后等待出版的那一个月中，出版社领导曾问我有什么要求？比如想到哪里（井冈山？）去走走看看？我毫不犹豫地请求领导为我开一张证明，特许我去出版社的内部图书室，“批判地”阅读那里的外国名著。当我走进绍兴路上一栋小楼的二楼图书室，一眼看见那排宽大的书橱，心怦怦直跳，好像见到了久违的亲人。贴着玻璃窗往里看，一本本大厚书挨排竖立，一个个书名都是如雷贯耳。我终于有机会摸到看到这些书了，那一刻我觉得自己实在太幸福了。但是那些书属于“内部阅读”，绝对不外借，一步也不能“走出”这个小楼。看书人，只能坐在那间办公室的沙发上就地阅读。我每天吃过早饭就去那里，一位和颜悦色的阿姨（编辑），从抽屉里拿出一串钥匙，小心地把橱窗的门锁打开，橱窗开启的那一刻，会有旧书的霉味飘散出来。我取了书，在房间一角安静地坐下来，房间里只听见电风扇和翻书的声音。很快就到了中午，阿姨要去午餐午休了，我把一张小纸条夹在书页里，她把书轻轻放回书橱，咔嗒一声锁好橱窗，下楼走人。午饭过后，我会准时回到那间藏书室，再接着夹上纸条的那一页往下看，常常一看就是一整天。那位阿姨特别爱读书的女孩，给我水喝，对我很照顾。那个酷热的夏天，我每天一动不动地坐在图书室里，读着大仲马、小仲马、罗曼·罗兰、雨果……真正的“精神大餐”啊，我简直不敢相信自己能如此幸运。而面对浩瀚无垠的文学海洋，我又深感自己的浅陋和无知。偶尔抬头环顾这一间外人所不知的“图书密室”，心中不由暗想：在这个高举继续革命大旗、风云激荡的前沿阵地大上海，仍然有着经典文学作品不可淹灭的一席之地，它们悄然无声地躲藏在这里，耐心等待着那些寻找它的眼睛。这里的宁静，和外部世界的喧嚣，形成了强烈的反差。在70年代，那是多么不可思议的事情。

恰恰是70年代中期那个沉闷黯淡的时期，人文主义的阳光拨开了我心灵上的阴霾，冲刷着那些编织多年，却不堪一击的思想藩篱。一边是外界越来越升级、激烈、被动的大批判，一边是心里对优秀文学遗产自觉的向往。这真是当时的社会环境下，一种十分普遍的“矛盾对立”又“无法统一”的状况。真善美的艺术力量，逐渐征服着假恶丑。面对令人窒息的现实，我开始有了不满，有了质问，有了沉思和探询。我的“读”与我的“写”分明是分裂的。那些书籍在我心里播下的种子，尽管过了多年——直至“文革”结束后，才真正发芽。但我确信，当20世纪70年代末我开始走向文坛，当新时期之初，我的作品表达了人道主义、人的尊严与权利、人的价值实现等一切与“人性”相关的话题，那些被启蒙的种子，都是在“文革”期间饥渴的阅读中，被“人类优秀遗产”锐利的思想犁铧，所开垦、耕耘的。种子撒入地下的时候，果实是没有知觉的。也许那些书中的每一个字，都是一粒沉默的种子——当土壤得到了阳光和水分，种子会突然醒过来，然后迅速生长。

如果说，我的第一阅读期，在崇高与美的桩子上，建立起了对人生意义的笃信；那么第二阶段，我的知青年代的探亲假，1974年的病假和事假期间，所读的“闲书”与“杂书”，启发了我对现存秩序的怀疑与发问。

从这个意义上说，探亲假和创作假那段时间的集中阅读，有点类似动物的“反刍作用”——狼吞虎咽，然后再回味、重新咀嚼。它虽然有时候也能像巧克力那样，迅速转化为热量被人体吸收，但更多的时候，它并非“立竿见影”，而是一种长期的、无形的渗透。“大补”之后，虽然给“身体”打了一个坚实的底子，但还需要思维的“运动”，才能使自己产生抗体。很多年以后，当我在创作上出现某种突破时，我甚至很难想起来，究竟是哪一本书，哪一个人物对自己产生了影响。阅读的“辐射”作用，往往不是立即呈现的，但它早晚会出来“拨乱反正”。

20世纪70年代，“地下阅读”几乎达到了全民化。那是人们与“‘文革’文学”和八个“样板戏”的不自觉对抗、是对人类优秀文化遗产的自觉追寻。那些中外经典文学作品内蕴的思想力量，助我们走出了昏蒙枯寂的沙漠；优秀的书籍有如飞翔的羽翼，带领我们走进了开放的80年代。

追述中的拷问

——读杜高先生《又见昨天》

昨天正在远去。昨天已经远去。远去在淡忘、冷漠与麻木之中。

在这里，“昨天”已经不是一个时间的概念，而是一种不堪重负、不堪回首的记忆。是过错与罪孽；是恐惧与凄惶；是一个让人避之不及、讳莫如深的话题。无论是错者还是惧者，都想用“今天”的喧嚣来掩饰或删除往事。“昨天”已是一片长出新肉的旧伤口，只有不小心碰得重了，才会引起久违的疼痛感——不同的只是，有些人的疼痛仅仅在肌肉的表层；有些人的疼痛钻入骨髓，甚至扎到心的深处。

偏就有这样的痴者，在今天，勇敢地揭开了自己早已结痂的瘢痕，把恶梦般的昨天细细拆卸，丝丝缕缕、根根筋筋，毅然坦露在众人面前——杜高先生所著《又见昨天》，是一部追述“昨日”真相的别样文本。

说是“别样”，是因这部书来历的离奇、由于该书体例的独创性、由于在同类书籍中鲜见的自审性视角，使得该书具有了高纯度的真实感、强烈的阅读吸引力以及珍贵的历史文献价值。在今天浩繁的新书架上，它无言无声悄然独立，我们也许只是偶然回首，却瞥见这一本庄重素洁的小书，于灯火阑珊处闪动着微弱而顽执的理性之光。

那是一个漫长的“昨天”。长达几十年的审查、劳教、监视、批斗，使得岁月中每一个“昨天”，都变成无休无止的摧残与奴役的精神牢狱。“昨天”对于今天来说，已是某种意识形态的代词；在“昨天”里没有个人与自我；在“昨天”里望不见希望的“明天”。“过去”成为“过不去”的创痛，当年那一个生气勃发文采飞扬的年轻人，咳自肺腑的血块年复一年惨然落地，胸腔内的气泡被不断替换成自卑、自责与自虐的浑浊汁液。

颇具讽刺意味的是，真实的“昨天”却不可思议地从历史的尘埃里跃然而出——在那个专门出售“前天”旧物的潘家园市场。曾经秘密封存于铁柜中的六册“杜高档案”，在“今天”的某日成为奇货可居的另类商品，而被一位研究“昨天”的学者李辉发现。档案材料当年的政治属性，无情地蜕化为今天的商业属性。这种离奇的转换方式本身，即是对“美好”的“昨天”的怀疑与否定。

难以想象杜高先生“又见昨天”时，那种百感交集的复杂心境。他面对的是自己的青春年代，一个曾被戕害被毁坏被践踏的自我。杜高也许本可以把这个不便触痛的昨天悄悄掩藏，就像很多人很多次所做的那样——忘却？涂抹？修饰？视而不见或是拒不认账。但杜高清醒地意识到，那个昨天已经不属于杜高个人，而是中华民族共同的苦难。

这也许是杜高先生有生以来最艰难、也是最酣畅的写作。“文革”结束后，自肃反运动开始强加于他的各种莫须有的罪名，终于被一一平反改正，他从长沙回京工作，20世纪80年代以来，为那些优秀的戏剧影视作品书写了大量锐性的评论文章。而唯有这部为“自己”而写的《又见昨天》，似乎需要更多的勇气和胆魄。在这部由一系列“判决书”“请示表”“认罪书”“批判会记录”“检查书”“交代材料”“死亡名单”“平反决定”等如泣如诉的真实史料勾连而成的回忆录中，杜高先生以年逾七旬的老迈身躯，直面历史的风暴与硝烟；并将自己曾经的怯懦与幼稚、无助与绝望，真诚地坦露于读者。即使在烽烟暂熄的今日，也并没有太多的人有勇气赤身裸体在阳光下行“日光浴”。而《又见昨天》却敢于以自身为药引，以沾满血泪的真凭实据为墨汁，追述体制与个人命运的因果关系；并赋予了那件被作为商品出售的解密档案以思想和文化的属性。当昨天的苦难“附件”成为叙述的主体，这一记述文本反过来又成为红色暴力的铁证。教科书往往是经不起追问的。被还原的历史真相，将拷问所有施难者与受难者的灵魂。

《又见昨天》的叙述语调平实而温和。是曾经狂风恶浪、劫后余生的泰然与平静。那种实话实说、并不刻意宣泄情绪的文字，更增强了往事的可靠性、可信度与感染力。

十月文艺出版社历时多年陆续出版的这套“百年人生丛书”，已有多种重量级文本面世。杜高先生的这本书尤其让我们警觉：一个不善于在“今天”拷问“昨天”的民族，是没有“明天”的。

拨开天目烽烟的迷障

——《摇晃的天目山》读后

浙江大学出版社出版的30万字长篇纪实文学《摇晃的天目山》，记述了1937—1945年间，浙江天目山南北及杭嘉湖地区抗日斗争的真实状况。该书在抗战胜利70周年前夕出版，为东南前哨的抗日战争史填补了一大空白。

作者张白怀是我的父亲，一位92岁的高龄老报人，浙西抗战的亲历者。他的青年时代在战时迁址天目山的《民族日报》工作，曾作为特派记者往来于游击区实地采访，结识了一些抗日游击队的著名人物，如书中所写的郎玉麟、李泉生、朱希、鲍自兴、黄八妹等，曾在报上连载了《水乡吟》《海北敌后来去》等长篇通讯。

天目山的云雾、杭嘉湖的硝烟与血腥，是我父亲一生中最难忘的岁月。

光阴荏苒，大半个世纪过去，我父亲仍然无法忘记当年亲历亲闻亲见的一切。父母离休以后，20世纪90年代我曾陪同他们重访西天目。2010

年，父亲以88岁高龄编选出版了他与我母亲几十年的作品合集《文学之梦与人生笔记》之后，书写编著这部天目山抗战史，就成为最后一件未了的夙愿。

一位九旬老人心心念念想写的东西，一定是他生命中最重要的事情了。

一位九旬老人要完成自己的心愿，需要付出比常人艰难数倍的努力。

父亲常年腰椎疼痛无法直坐，只能把稿子铺在一块小木板上，木板置于膝盖，抵靠在沙发上写作。一日里断断续续写下几百字，一字一字每日不息，写满了一摞摞厚厚的稿纸。他在年轻时就注重史料搜集。如今，岁月清除了浮面的表象，从记忆深处凸显出珍藏的往事。

天目山因东、西峰顶各有一池清泓，宛若双眸仰望苍穹，故而得名。天目亦如父亲年轻时那双黑亮的眼睛，穿透大半个世纪的历史烽烟迷雾，闪烁着清澈的光泽。

父亲将该书定名为《摇晃的天目山》，蕴有深意。

天目山位于浙江临安境内，浙、皖毗邻地区，古名浮玉。天目山地貌独特地形复杂，峭壁突兀怪石林立峡谷众多，自然景观优美，堪称“江南奇山”，亦被称为“华东地区古冰川遗址之典型”。

1937年抗战初期淞沪大会战80天后，日寇在杭州湾北岸的金山卫等地登陆。国军向天目山地区移动。但由长兴窜犯泗安、广德的日军一个旅团，竟尾随向天目山追击。告岭为天目山一部分山峰的名称，顶界线称为羊角岭。告岭南面下坡途中有百丈坑、一线天等险峻地段。如果告岭、羊角岭天险不守，日军即可越过天目山，直下于潜、分水、桐庐，浙赣线将可能沦于敌手。告岭之得失，对整个战局的影响重大。国军当机立断回头强烈反击，迫使日军反追为退，受阻于天目山屏障。这是天目山在抗日烽烟与战火震荡中，第一次“摇晃”。

第二次“摇晃”发生于1943年10月，日军以一个联队加山地装备特种部队，对天目山地区发起进攻，满以为天目山唾手可得，结果又一次被国军击败溃逃。1944年秋，日军为防止美军在浙江、福建方向登陆，确保南京上海杭州三角地带“安全”，先后占领温州、福州等要地，控制了浙闽两省沿海地区，国民党军纷纷西撤。中共中央华中局和新四军军部，遵照中共中央关于开展东南沿海抗日斗争，准备实行战略反攻的指示，新四军粟裕司令员率第一师渡江，在浙江长兴建立苏浙军区，确定了向天目山敌后进军的部署。而国民党顽固派连续调集重兵企图聚歼，新四军部队被迫进行了三次反顽战役，巩固并扩大了苏浙皖边抗日根据地。

1945年8月14日，日本宣布无条件投降。根据国共重庆谈判的“双十”协定，八路军新四军根据地奉命北撤。巍巍天目山，在战火硝烟中又一次成为历史风云的见证——“摇晃”一词，实际上隐喻多种政治力量此消彼长。天目山经历了第三次“摇晃”之后，国民党政权实际上也开始“摇晃”，终至四年后倾覆……所谓天目山的“第三次摇晃”，亦隐喻了国民党政权的“摇晃”，这是作者历经了大半个世纪浓缩、沉淀的特殊历史记忆。

《摇晃的天目山》一书的显著特点是：以客观真实而复杂的人物、事件，揭示出浙西地区八年抗战的历史真实。该书结构分为上中下三部——上部“不屈的杭嘉湖”，记述杭嘉湖地区民间抗日武装的成长壮大；中部“东南前哨”，描述了中共地下组织领导天目山地区军民抗日武装的战斗历史；下部“摇晃的天目山”，重点讲述了国共斗争中浙西国民党政权溃败的结局。全书故事密集、史料翔实、人物生动，思想性与可读性相得益彰。

抗战时期的杭嘉湖游击区，地方势力割据、土匪地痞各霸一方，曾是一个鱼龙混杂的混沌世界。该书以民间抗日爱国志士为主线，写出了不同阶层的人物，在救亡的时代背景下，勇于献身不惜牺牲的精神气象。中共浙西地下组织，根据中共中央“坚持抗战、反对投降；坚持进步，反对倒退；坚持团结，反对分裂”的方针全面展开活动，这是贯穿全书的副线。特别是省、县“政工队”实行“统一战线”政策，发动群众、聚拢各方力量参加抗日斗争，创下了克敌制胜的种种奇迹。书中细致描述了一批进步青年，在抗战的腥风血雨中，从浑噩到清醒，追求真理历练成长的心路历程。该书还用了相当篇幅，记述了国民党正规军在天目山第一次、第二次保卫战中立下的赫赫功勋。可以说，《摇晃的天目山》是目前已经出版的历史读物中，唯一一部记录了东南抗日前哨国共两党从合作到斗争的珍贵文献。

20世纪80年代以后出生的人，对20世纪上半叶那种复杂对峙、进退反复的时代背景，已是知之甚少或漠不关心。而在20世纪50年代以后出生的人，对于抗战历史的了解，大多来自“文革”前的教科书及小说、电影作品。有关抗战，我们曾被灌输了太多的宏大叙事和非黑即白的二元对立观，对战争真相的了解，具有一定的片面性和局限性。战争关系到每一个人的生死存亡，在摧毁性的炮火与屠杀面前，卑微渺小的生命，可因贪生而成为汉奸，也可因奋起抵抗而流血牺牲。重要的并不是记忆或遗忘，而是什么样的记忆和遗忘。

历史记录的真相被屏蔽、残缺或是曲解，比记忆的丧失更为可怕。我们不应当重复同一种模式的记忆，而应当开掘更多个人化的历史记忆——有如天目山被誉为“活化石”的野生银杏；有如高达60余米被称为“冲天树”的天目山金钱松；有如被称为“地球独生子”、全球仅天目山遗存的5株稀有天目铁木；有如天目香果树、领春木、连香树、银鹊树等均为珍稀植物，均被后人精心呵护。

《摇晃的天目山》有其独特的史料文献价值。今日天目山，已是著名的风景胜地，当年被日军飞机炸毁的禅源寺早已修缮一新。然而，中国的每一寸土地，都烙刻着日本侵略者当年犯下的滔天罪行。在抗战胜利70周年纪念日即将到来之际，让我们记住日军侵华时期，中国民众生命财产蒙受的巨大牺牲、记住丰饶的杭嘉湖地区的人民曾经遭受的痛苦与摧残，并永远记住所有那些为抗击侵略者而英勇献身的人们。

四季心灵

20世纪90年代，是王蒙先生写作史上又一次大获丰收的季节。

从1993年到2000年，王蒙先生在七年中，出版了四部长篇——已被我们熟知的“季节”系列。作者在几十年中厚重的人生积淀、魂思梦绕的万千思绪，以何等旺盛蓬勃的创作力，气势磅礴地一泻千里而来。一季一季的年华似水，一年一年的季节更替，酷暑严冬淫雨寒霜，风云突变冷暖自知。在那些诡谲离奇、斑驳多姿的“四季”风光里，我们一口气阅尽了共和国三十年的历史。

“季节”系列借用了四个不同季节形象的隐喻和象征，将20世纪后半叶中国知识分子，从理想主义的“热恋”状态，至遭遇1957年惨祸的“失态”境地，由60年代初的“踌躇满志”抑或“踌躇不前”（绝妙双关语），至“文化大革命”时期“狂欢”下的挣扎、等待、绝望的复杂生存状况，抽象成具有历史阶段属性的理念。“四季系列”是一次宏大叙事的成功操练，构筑了中国“革命”知识分子精神演变的心灵史。

在浩繁的当代文学作品中，“季节”系列被称为“心灵史”，应是当之无愧的。跟随四卷大书一路趔趄而下，书页在翻动时，常常感到似有作者按捺不住的突突心跳，从烙在纸上的黑字中一下一下地蹦出来。我感受着那颗曾经年轻火热而滚烫的心，在温煦的春季里陶醉——心酥了，甜蜜忘形，短暂的幸福，然后在溽热的暑夜中煎熬——心悸早搏并有些迷茫，轻微的疼痛继而持续性心绞痛；再往后是在萧瑟的秋风中昏迷——心累了，一点点冷却下去；麻木疲惫，眼看将心力衰竭，却终于被一台心脏起搏器强击，在冬季凄凉的雪地上猛然清醒，但活过来的心却留下了长久的隐痛。每一次疼痛的发作都像在不断叩问：为什么？明明是一个个不同的人，到后来为什么都好像怀揣着一颗同一模子铸就的心脏？而明明是人所应有的良心，为什么却被很多人遗失丢弃……

一部当代中国知识分子的心灵史——创伤、残缺、修复、重生的苦难历程。在作者那颗终于冷静（而非冷漠）而依然火热（不再是热恋而是无法摆脱的“婚姻”责任）的心灵中，蕴藏着胆魄、智慧以及审视自我的巨大勇气，表现出王蒙对百年中国命运寻根溯源的思考。

在那些以来自心灵深处的追问与查验作为全书内在的隐性线索被设伏之后，小说通常需要编织的故事，变得不那么重要了。我们不是被情节牵拽着前行，而是与钱文的心理演变并行。可曾有过这样一部大书，把不同“季节”中人的“季节心情”，梳理整合得如此跌宕起伏，如此透彻人心，如此淋漓尽致？当一个人所有的心事心情心绪心愿心病心结，都被季风季雨搅动、驱赶、活跃起来，季节中的人便连接成了文学化的历史。

在这里，“季节”不再是单纯的自然节气，而是一种历史时段，是社会停滞、倒退以及发展的节律，是人被不断变异的现实所束缚框定的实态。在《狂欢的季节》中，作者曾有过如下的描述：时间和季节永远不可能是单纯诅咒的对象。它不但是一页历史、一批文件和一种政策记录，更是你逝去的光阴，是永远更年轻更迷人的年华，是你的生命永不再有的刻骨铭心的一部分。它和一切旧事旧日一样，属于你的记忆你的心情你的秘密你的诗篇……没有它就不是你或不完全是你……它永远忧伤永远快乐永远荒唐永远悲戚而又甜蜜。

“季节”就这样拥有了个人生命的属性。

然而，对于一部史诗式的鸿篇巨著，阅读与解析常常是困难的，更有难以把握的惶恐。我更愿就其中最近出版的《狂欢的季节》，谈一点个人感受。这是“四季系列”中一部尤其重要和独特的作品。王蒙笔下的人物无可回避地踏入了“文化大革命”时期。对于许多中年以上年龄段的作家来说，深度表现“文化大革命”是一个极具吸引力的目标，但同时又是一个难以达到的高度，因而“文化大革命”至今仍是一个艰难的话题。《狂欢的季节》以王蒙独有的才智挑战“文化大革命”，并作出了富于个性化的文学贡献。

《狂欢的季节》所独创的“狂欢体”书写，使王蒙一贯拥有的激情式语言得以实施。在这部作品中，王蒙的语言风格得到近乎极致的发挥，他使用大量带有“狂躁”性的叙述语言，汹涌的排句、错乱的思绪、荒诞的比喻、炸弹式的警言，以及作为时代标记不断重新组合反复出现的口号和标语，均以高强度的阅读视觉冲击，营造出一种迷狂邪恶怪异的“‘文革’场”。狂欢的语言气场笼罩了狂欢的季节，从中蒸馏出作者面对“狂欢”清醒思考的种种妙语格言，从而揭示出“狂欢”的非理性本质。

《狂欢的季节》用不同以往的视角，叙述了一个右派分子在“文化大革命”期间的心理路程。钱文早已远离社会中心，处于时代激流和旋涡的边缘，这种边缘状态使小说人物获得了洞观“文化大革命”的距离感。他始终在被动的驱逐中迁徙，不得不一次次逃离和躲避，只有在心灵深处，仍保存着对国家命运固执的关注，并时时滋生出剧烈的痛感。他更像是一个民间观察家，窥视并思考着周围疯狂的人和事。窥视与逃离，是一部分中国知识分子在“文化大革命”中的真实姿态。小说的最后部分，钱文面临选择，他似乎有机会“介入”“文化大革命”式写作，从而实现自己仅仅是企盼写作这一本真的欲望。但钱文最终拒绝了“合作”（投靠），宁愿孤寂无望地继续守护自己的良知。“文化大革命”中的知识分子面对“价值实现”诱惑来临时的矛盾游移心态，带有自我拷问灵魂的色彩，是小说中最具人性深度的部分。

《狂欢的季节》的架构一如王蒙多年的创作特性，采用了多种现代小说技法。钱文和“他人”的故事，始终交叉交织交汇。“我”和“他们”一直在进行实地的和心灵的纠缠比照，以“我”为中轴，渐次放射开去，再收回至“我”，呈现出一种复杂而从容的伞状结构。即使钱文所在的偏僻边疆，“文化大革命”的景观也能照收眼底。“文化大革命”的人事变迁再狂乱，由于分散的伞骨有序地架设在钱文这根伞柄上，无论收或是放都游刃有余了。

在这种结构的设置下，另一条情绪的潜线也在蜿蜒行进，双管齐下——与“狂欢”的气氛相对应的，是“残酷”和“凄惶”。尚在钱文离开北京去往边疆的路途上，他和家人所喜爱的金鱼就死掉了，然后是猫，再以后是鸡。在他寂寞的生活中给予他安慰和希望的小动物，无一例外地通通死去，接连不断地向读者传递着无情的死亡气息。“季节”与“自然”逐渐背离，死亡与狂欢、生命与毁灭，构成悲剧意味和闹剧噪音之间的极度不协调和对立。所有的动物都死了，主人公连这样弱小的动物都无力养护，何谈自身；但钱文仍不甘心，他本能地追求世俗的、真正属于自己的快乐。钱文和妻子试做奶油炸糕，酿制酸奶，喝酒抽烟，回北京吃烤鸭，等等，企图在平凡和日常的生活琐事中获得普通人的满足。这种细微而可怜的欢乐，同“文化大革命”极度压抑人性的严酷现实，一次次构成强烈的反讽和落差，将知识分子的精神苦痛与无奈一层层揭示剥离。钱文在雪山下人工湖游泳的那一片断，是全书中最美丽最富诗意的描述之一。从阅读的节奏来说，每当叙事有可能偏向沉闷时，作者便及时地回到钱文的生活中来，钱文一过日子，“季节”中就有了生气有了人味有了情趣有了希望。这种软性的抗争，是中国知识分子在“文化大革命”时期所能采取的极具代表性的抵制与反抗方式——在被现实包裹得越来越厚实坚硬的心茧之内，殷红的血液仍在流淌，它柔软鲜活，储藏着所有被压抑和贬损的情感；很久以后当尘埃落定，心壳一片片脱落，被保存完好的良知，终以巨大的力量一齐迸发出来。

所以，是否可以认为，王蒙作品中的政治和革命，是感性的政治、人性化的政治、审美的政治。当历史所呈现的某些弊端至今仍在阻碍着中国知识分子的前行之路，王蒙“季节”系列所做出的巨大努力，显得尤其珍贵。他的作品是对盛行一时并至今仍未得到清算的极“左”文化土壤不倦的清理和改良。

“文革”终于结束，进入了改革开放新时期。无论王蒙笔下是否还会有新的“季节”系列，书中的主人公钱文后半生的命运已然昭显。他将在新春的季风中，一边养护自己受损的心脏，一边不遗余力地在世上寻找更安全更先进甚至富有诗意的“心脏搭桥术”。一部心灵史，阅读的快感当来自对人心的准确叩击。

骑兵军飓风

最早读到《骑兵军》的其中三个短篇小说《盐》《我的第一只鹅》《一匹马的故事》，就觉得巴别尔小说的构思很特异，冲击力极强，文字紧密让人看得透不过气，阅读的时候，一段话得来回“扫描”好几遍。后来很快去买了《骑兵军》的插图本，读过前后的序和跋以及他的生平介绍，更使我对这位被“掩埋”几十年的苏联作家心生敬仰之情。

其中还有像《泅渡兹勃鲁契河》《家书》《基大利》《多尔古绍夫之死》《马特韦·罗季奥内奇·巴甫利钦传略》《政委康金》《阿弗尼卡·比达》《歌谣》，以及《一匹马的故事续篇》，都给我留下了特别深的印象。

我不知道其他的女性作家和女性读者是否也喜欢巴别尔的小说。在我看来，巴别尔打动读者的并非是因为他的“坚硬”或“强硬”，而恰恰是他的文本背后潜藏的“软弱”。用地球来比喻，地壳的表面是泥土而后岩石，岩石坚硬而厚重，包裹了整个地球。但是通过岩石层，钻透地壳到达地层深处，“地心”的岩浆就像生鸡蛋的蛋黄一样，是液态的、流动的。地面上的人看不到地心的岩浆，但是它存在着。滚烫、沸腾，在某个时刻，会从被岩层封锁的地壳中猛然喷发出来。

我在读《歌谣》的时候，脑子里闪过了这个念头。我觉得巴别尔始终在用文字，同他性格中的胆怯和优柔寡断进行搏斗。这种状态，有点像女性面对整个“强硬”的男性社会的那种心情——你必须得不断地战胜自己。

近年来，当代中国作家作品的“现实”深度、艺术风格和个性，已经有了很大差异。现实主义创作在中国，已经呈现出越来越多样化的趋势，甚至有时是对立和互斥的。所以这种比较有一定难度。但在大多数作家的潜意识中，对“现实主义”创作方法的认识，仍然有一种同根同源的一致性：这个所谓的“现实”，必须是经由作者主观意识“改造”或是认可的现实，也就是说，不是“他”的现实，而是“我”的现实。我们很少能在当代作家的作品中，见到显形的“他”，与隐形的“我”之间的巨大心理冲突（例如巴别尔作品中所流露的他对哥萨克的钦佩与厌恶——这两种矛盾的心情所构成的极度紧张感）。因而，我们目前所熟稔的那种写作者与写作对象之间，达成了“妥协”的“现实主义”，客观性被阉割或是修饰，于是变得有些可疑。

巴别尔的小说在世界范围产生影响，并受到广泛赞誉的许多年中，仍有人批评他的写作方法是自然主义和客观主义的。因为十八九世纪的“批判现实主义”的经典文学作品，都具有强烈的“批判”色彩。而“现实”（故事所呈现的社会生活），已经过精心提炼、提取和加工；情节的铺陈和小说构思，也大多建立在虚构的基础上。因此，巴别尔那种“用最直接的方式”将事件和人物呈现给读者的小说，就成为文学的一个异数，或是传统现实主义的“叛徒”。巴别尔的作品在20世纪20年代出版后，如同飓风一般横扫文坛，迅速引起关注和好评，因为他确实“颠覆”了原有的“现实主义方法”，创造了“另一种现实”，他的作品为既定的文学模式，注入了一股强劲的新鲜血液。

巴别尔那样的作家，即使没有经历战争和骑兵军，他的作品也会是与众不同的。因为他的灵魂始终动荡不安，对“现实”与“自我”的质疑，使他的写作与一切的现成秩序都可能发生潜在的心理冲突。（优秀的作家也许大多是这样）虽然，《骑兵军》中达到的那种“力度”，（生命与尊严、死亡与荣誉、文明与野性）除了记述战争之外，是否能找到更合适的载体来加以挥发，并达到那样的极致，我难以假设。但是文学作品的基本素材——故事本身的“质地”：软硬、疏密、浓淡、险夷，等等，其实已经决定了小说对“力量”的承受程度。有些故事先天就注定是无法“受力”的。所以，从作家的选材，便可大致窥见写作者的精神取向。为什么有些作家只对庸常的琐碎生活感兴趣，而有的作家，总是钻到历史的深洞里，试图把某种稀有矿石掏出来……

巴别尔的创作经历，实际上已经为这个问题做了注释。他26岁那年，在苏波战争前夕，主动请求去骑兵军做战地记者。此前，他就已经有了多次离奇而冒险的战争阅历。这里似乎有一种宿命的意味，就是说，那个戴着细圆边儿眼镜的“柳托夫”，日后是一定要成为享誉世界的作家“巴别尔”的。并不是布琼尼的“骑兵军”成就了巴别尔，而是巴别尔成就了《骑兵军》。因为巴别尔不是被迫或是无意中撞上了骑兵军的一切，那匹“马”是他自己跨上去的。

从这个意义上说，一个写作的人，选择了什么，也许就会成为什么。

对于文学的真实性而言，道德评判是一个陷阱。在我们以往看到的那些小说中，许多作家都是自觉地“赴汤蹈火”的。因为作家担当着“灵魂的工程师”。但巴别尔拒绝成为工程师，只愿意作为一个“解剖师”。在人性深处，天使与野兽共眠，巴别尔的使命，好像就是要用文字将天使催眠、把野兽弄醒。野兽醒过来咬了读者，读者感觉到疼痛，于是憎恨野兽；回过头，却看见了一旁熟睡的天使，更觉天使之美之善；想要亲吻天使，才发现天使和野兽是连体，共用一个心脏和五脏六腑，只不过有两个脑袋而已。真要做分离手术，天使和野兽就同归于尽。“英雄”若是还原于普通人，情同此理。至于“残暴”一说，只看施暴的对象是谁。和平年代的英雄，例如救人救物献出性命，冒死谏言坚持真理，从某种意义上说，是以对自己的“残暴”（牺牲精神）为代价的；而在战争年代，英勇杀敌，对敌人越是“残暴”，越发可见对人民、对“真理”之爱。（这是传统文学的另一种“连体”式英雄人物）“二战”结束后，国际文学界逐渐对这样的大爱表示了怀疑，（早一个世纪的雨果更像一位先知）反战文学的诞生顺理成章。

但巴别尔在1940年就被苏共杀害了，来不及加入这场思想清扫。我们只能从《骑兵军》的文本进行推测，巴别尔或许试图颠覆以往的“英雄”模式，或许他根本没有“英雄”这种概念。就哥萨克人而言，他们只有自己的是非标准：尊严、自由、诚实、勇敢、崇仰自然（更多体现为人与马的生死之情）、男女间情欲的天经地义、私人财产的不可侵犯……谁冒犯了他们的价值观，谁就是敌人。“残暴”是“文明”强加于他们的说法，而亵渎了哥萨克人的荣誉和天性，才是最大的“残暴”。所以他们只能用“你们”所谓的“残暴”，来维护“我们”对自己的“不残暴”。

其实，《骑兵军》同“英雄”无关。书中那些人物身上暴戾凶狠果敢勇猛的个性，只同人类原初的生命本质相关。这也是巴别尔潜意识中所追求的，他期望通过写作，找回那些被犹太文化“教化过度”而丢失或削弱的精神，释放自己被秩序所规范和压抑的焦虑，从而变成“另一个”强大而真实的人。

我读巴别尔，最重要的收获，是再一次印证了自己的文学观——即写作首先是为了解决自己的精神“问题”。在俄罗斯文学中，哥萨克是作为“力与美”的象征存在的。巴别尔是犹太人，而哥萨克群落恰恰是拒绝犹太人的；哥萨克人充满了强壮的生命激情，而对于自由和率真的崇尚，又使他们随时可以舍弃生命。因而，了解并描述这些驰骋在顿河流域的“有纪律的野兽”，对于巴别尔来说，具有极地探险一般的诱惑。《骑兵军》其实一直有一条隐伏的曲线，就是作者与哥萨克的文化较量与对抗。

具有讽刺意味的是，巴别尔小说中所再现的哥萨克骑兵军骁勇无敌的“暴力”，并没有对这个世界造成毁灭性的破坏。而巴别尔本人，却死于另一种专制的精神“暴力”。在他同自己的怯弱无能“搏斗”半生之后，面对至高无上的苏维埃政权对他本人莫须有的指控，他竟然诬告了自己的文学同行而后痛悔，最后却仍未免于一死……巴别尔生前也许始料不及，在苏维埃理想主义的崇高旗号下，那些以革命的名义所制造的血腥清洗、那些精心预谋的政治“暴力”，才是犹太人和哥萨克共同的敌人。相对于斯大林时代的独裁阴谋统治的红色恐怖，骑兵军将士的所谓“残暴”，却闪烁着天真而透明的人性之光。

巴别尔的作品数量很少，从1936年到1957年，苏联再也没有出版过他的作品，直到1954年苏联最高军事法庭作出为巴别尔平反的决定。至1986年，意大利《欧罗巴人》杂志评选一百名世界最佳小说家，巴别尔名列榜首。巴别尔的小说像一粒体积极小而质地无比坚硬的稀世钻石，在阳光下反射出多棱角的光泽。读者和写作者，可以从奇巧的构思、多变的文体、凝练干净的语言、惊人的观察力、不动声色的细节描写、马蹄般轻捷迅疾的叙事方式，“景物”书写中近于魔幻的想象力，还有复杂的思想内涵等许多不同的角度去解读和学习。但对于我来说，巴别尔作品最重要的品质是：对自己的诚实。这种诚实，表现为他敢于向犹太人的“天敌”学习，敢于在作品中直面自己心灵中最隐秘的痛处的勇气。

巴别尔属于那种经验型写作的作家。在他的大多数短篇小说中，作者都是“在场”的。即便是用第三人称叙述，读者仍然能感觉到作者的“在场”——不插嘴的冷静的观察者和记录者。他的文本价值主要是“呈现”的真实感。但写作者最困难的就是“呈现”中“我”的位置。近年来曾经风行的“零度写作”，强调“无我”和“我”的缺席；可是巴别尔的小说却是“有我”的。有“我”在场的呈现，竟然能够做到如此“客观”，这恐怕也是巴别尔很难仿效的原因。一方面，“我”在观察时，只带着一双“我”的睁大的眼睛，而忘记“我”的头脑存在，让“我”的情感暂时退场；另一方面，在记录时，努力控制克服矫正“我”的偏见，让那个充满矛盾的“我”凸显出来。这种“我”与“他们”的微妙复杂关系，构成巴别尔作品独特的魅力。

巴别尔小说的叙事价值，目前一般都集中在对他故事的高度浓缩和语言简洁的评价上。他的短篇小说有点像病理报告的切片，每一刀都下得又狠又薄。但我却对巴别尔的“极简主义”心存疑窦。我并不赞成小说语言应当“像电报和填写银行支票一样准确”这种说法。因为文学语言如同数字一般的绝对“准确性”，有违文学的基本常识。巴别尔小说中，有许多按常规应当展开描写的故事或细节，都被他省略或一笔带过了。我甚至怀疑他是否由于素材的准备不够充分。在《骑兵军》全书中，始终没有出现过“货真价实”的骑兵军战斗场景，这也许是由于巴别尔仅参加过很少几次战斗。文字的简练无疑是写作的美德和才能所在，但在关键处若是“简练到无”，会有一种断裂的缺憾。

严格说，《骑兵军》中的短篇小说，并非每一篇都是“经典范本”。其中某些篇目给人一种“重心不稳”的感觉，结构不“端正”，更像札记和随笔，结尾往往仓促而止。不像契诃夫莫泊桑的短篇那么中规中矩或头尾呼应，也不像卡尔维诺小说具有深刻的寓言性和现代性。《骑兵军》中约有三分之一的篇幅，可以明显看出巴别尔对于文体探索与实践的兴趣。书信体、对话体，有时甚至只是某个场景，有时是一个截面或是片段，有时甚至根本没有人物，而有的人物却是反复出现的（例如师长萨维茨基）。但是，也许正因其文体之特异，才为文学提供了新的因素。唯因其不拘一格的独创性，巴别尔辞世65年之后，《骑兵军》的“铁蹄”仍然在全世界的土地上疾驰。

掩卷后我曾产生过一种有趣的联想：《骑兵军》其实是用“分解”

的方法进行构思的。这一篇专门写这人的五个脚趾头，那一篇写这人的眉毛，再一篇是写他的头发。每一篇都是哥萨克的一个局部。然后，三十几篇小说合起来，汇集成书。一页页读下去，一个局部一个局部连接起来，越来越清晰，最后变成了一个剽悍、精壮、完整的哥萨克人体——群落。而其中的每一根毛发、每一块血肉，都可以提取出哥萨克人的精神基因。所以，必须读完《骑兵军》全书，才能真正了解巴别尔。在我看来，他的贡献还应当加上：为文学提供了一种短篇小说集可作为另类长篇小说阅读的新范式。

墨雨缘何

——莫美长篇小说《墨雨》读后

有朋友向我推荐一本新书——作家出版社新出版的长篇小说《墨雨》。作者莫美是个陌生的名字，但封底王鲁湘与王跃文先生的推荐语赫然入眼，使我对该书发生了兴趣。近年来，我也同样纠结于历史的文学表述之中，远近的往事一旦逝去，即可被重新阐释。我关注的不仅是《墨雨》所描述的20年代湖南农民运动，在今天怎样用文学的方式被书写，而是当代作家是否能以穿透性的目光与认知，去重新审视近百年前这一段几乎已被“盖棺论定”的历史。

读完全书，颇感欣喜。莫美通过20世纪20年代一场诡异的墨雨，抵达大革命后北伐时期的湘南杨柳镇，为读者营造出一个时空的“虫洞”。年轻的共产党人梅思贤受组织委派，回到家乡开展农民运动，难度超出预想，发动不力，无奈之下将大权交于一个叫书落壳的二流子手中。书落壳当上了农会委员长，即以“革命”的名义胡作非为，杀猪宰羊吃派饭，开仓分谷打家劫舍，杀害了乡绅富户张麻子、猫贩子等人，还游斗了声望极高的乡村贤达——革命者梅思贤的父亲梅浩然。“运动”的疯狂与失控，为杨柳镇的各色人等提供了恶欲膨胀的土壤，也为人性之善恶美丑搭建了“声光电”交织的异样舞台。后来农运失败，张麻子的儿子张立功带兵回来清乡，杀了书落壳等人为父复仇。在这一场残忍血腥的劫难中，乡绅梅浩然侥幸得以保全性命，也从中悟得了农民运动的起因、中国农村的“黑白”“真假”之道。但新的历史轮回仍在众人的蒙昧中继续……

近年来，那些逐渐还原历史真相的文学作品，已如雨丝雨帘雨雪一般，淋湿了干旱已久的土地。但莫美先生的这场旷世“墨雨”，还是给读者带来了许多新的启迪。

《墨雨》注重人物的真实性。《墨雨》以朴素平实的叙事语言，逐一构建乡村场景、细细描写乡村人物、娓娓陈述乡村事件，从故事发生到终结，均给人以身临其境、如见其人之感。何谓真实？真实是那些无论曾经怎样被扭曲被改写，都会水落石出回复原初发生时那个模样的本来面目。然而，作者即便有勇气去颠覆“教科书”上的真实，也需要锐利的视角与扎实的素材，方能撕开历史坚硬的躯壳，直抵事物的深处。《墨雨》之所以能够征服读者，在于他以极大的耐心与定力，解析了“农运”到来前后，杨柳镇士绅与乡人之间那种稳定有序的生产结构，如何被一种人为之力强行破坏的过程，以及这个过程中的人物众生相。《墨雨》成功塑造了一系列个性鲜明、血肉饱满的乡人：主人公梅浩然，知书达理乐善好施，是杨柳镇的灵魂，也是中华传统文化的传承者。他在“农运”中遭遇侮辱倾家荡产，依旧秉持公义良知；二流子书落壳，因好吃懒做赌博嫖娼败家而一贫如洗，借开展农运之机，登上了杨柳镇的权力顶峰，书落壳劣迹斑斑恶习累累，却成为革命狂潮中权力更替的主要依靠对象，彻底的无产者无所畏惧为所欲为，书落壳败家的本性不改，像多年前败他自己家一样，迅速败光了杨柳镇这个大“家”，制造了杨柳镇的种种灾难，最后自己死于非命。此前尚未有长篇小说把这样的“痞子”作为主要人物来塑造，“这一个”流氓无赖的书落壳，为当代文学史的人物长廊增添了丰富性；小说的其他人物，如此前执掌杨柳镇统治权的镇长张麻子、吝啬地主猫贩子、长工吴思齐、激进青年梅思贤等人，鲜活灵动；一些次要人物如张立功、桂师公、团防局长廖狗卵等，也各有特色。由于这些充满浓郁乡土气息的人物形象，极大地增强了作品的真实感。加之故事的开端、发展、波折、高潮、结局，都建立在湘土的日常民俗风俗方言细节之上，为作品展示了鲜活结实的血肉。阅读《墨雨》，犹如走进了90年前的杨柳镇，亲见乡亲们如何插田收割、挖红薯、拉家常、原汁原味的劳动山歌、古朴醇厚的节庆习俗、细致生动的劳作场景，食物用具样样真切，具有较高的可感性与可信度。

《墨雨》体现了历史的沉重感。那场惊心动魄的农民运动潮涌而起，给当时的乡村带来了前所未有的冲击，原有的乡村社会结构与文明秩序轰然倒塌，农民运动贫农雇农富户豪绅均被席卷其中翻滚沉浮。从农运初起的口号“打倒列强打倒军阀”，进而发展为“打倒土豪打倒劣绅”，最后演变成“有土皆豪，无绅不劣”“一切权力归农会”——这三次宣传口号的迅速“升级”，狂飙突起，使得原本“高大上”的运动宗旨，在短时间内演化为一场暴力革命，乡村烽烟火药气味越来越浓，打击面越来越宽。在“无绅不劣”的极端原则之下，乡绅被游团抄家甚至以莫须有的罪名被处死，痞子当道公报私仇、杀猪宰羊分光吃尽。一时人心惶然农事荒芜哀鸿遍野……尽管作者的叙事语言竭尽客观温和，故事的沉重感已如墨汁洇透纸背。当小说的后半部分，梅浩然终于对唐县长说出“我不是说一切权力归农会这个机构不行，而是说一切权力归任何一个机构都不行”如此掷地有声的话语时，《墨雨》一书所承载的历史使命已然彰显。读者由此所获，不仅是“原来如此”的感叹，而是恍然的醒悟及沉重的思考。

全书叙事从容，铺陈到位，多条线索时分时交，情节时张时弛，人物命运时起时落，形象地塑造了20世纪20年代农运的参与者，在利益重新分配的原动力驱使下，如何在“运动”中走向人格的沦丧与毁灭。《墨雨》写出了理想与蒙昧、愚钝与怯懦、文明与暴力的冲突。一个未经“启蒙”的民族，即便拥有几千年的文化传统，民族精神与道德顷刻间即被割裂垮塌，不堪一击，伤痕历久难弥。这一部文学化的农民运动考察报告，暗合了历次农民起义与暴民政治的基础生态，也是一部追究“运动”为何常常逆向演进为灾难的“革命前史”。

小说近结尾，云来法师点拨梅浩然的话，梅浩然训斥张立功的话，字字千钧，震撼人心，“人生不满百，常怀千岁忧！”更使得这部作品具有了凝重的史诗风格。

《墨雨》艺术隐喻与象征的深刻性。该书成功地运用了多种借喻与象征。开场的杨柳镇那一场诡异的墨雨，营造出灾难来临前的恐怖气氛，具有统摄全书的魔幻意味。“墨雨”原为乡绅梅浩然高雅的文化追求，是“字如泼墨”“墨如雨下”的写照。然而时运不济，梅浩然所向往的风雅诗书，在红色的狂飙运动中被粗暴抹黑，不可抗拒地走向其愿景的反面。无辜的鲜血凝成黑痂，他心目中的“墨雨”被四周的黑暗裹胁覆盖，成为黑色的代词。外来“墨雨”与内在“墨雨”，构成一种南辕北辙、落差巨大的反讽。墨雨这一意象，在结尾处又一次出现在梅浩然的梦中：毛笔、墨汁、拖把、提桶、铺满地面的宣纸、欢呼雀跃的年轻人、饱吸墨汁的乌云……书落壳向他走来，嘿嘿笑着说：“我确实死了，但我又活了，我是不会死的。”历史的相似与重复，令人对墨雨产生更为恐惧的现实联想，成为全书的点睛之笔。书中几次出现的来历不明的巨螺，外形有如漩涡，桂师公把游团的高帽子看成是田螺，而巨螺在运动即将过去时也死了……巨螺成谜，可作多种解读；千年古银杏树——中字树，则是中国传统文化的象征。大树在墨雨中倒塌，暗喻传统文化的断裂，使情节呈现出多层次的美感。运动过后，梅浩然又在原址重新移栽了一棵大银杏树，《墨雨》一书布局之独具匠心，令人击节叹赏。

巴尔扎克说：“小说是一个民族的秘史。”杨柳镇往昔的田园牧歌和农运的腥风血雨，在书中始终互相比照形成强烈的互文性，在隐喻之“虚”的神秘中，嵌入了“实”的底蕴与深意。

顺便提到该书美中不足的瑕疵：一部描写20世纪20年代乡村往事的叙述语言，不应该出现例如意象、机遇、沟通、单向思维、回报率此类现代词汇。这个现象在当代小说写作中多有发生，乡村小说语言频用书面语及现代词，此为夹生饭之忌，作者与笔者亦当自警。

辑六

行走之思

埃菲尔铁塔沉思

在印象的底版中，它只是比一座电视塔略高大些的大铁架；而在视线所及的图像中，它又淹没在巴黎挤挤撞撞的建筑物中间，只露给你一个纤瘦的顶部。即使是在它对面的“人类博物馆广场”的喷泉边上眺望它，它也似乎只是一个小小的摆设，甚至，有那么一点被压抑的委屈。

我总没有想到它竟会如此之高——当你来到它的面前，站在它的脚下的时候，当你尚未抬头，仅仅只感觉到它笼罩的阴影的时候；当你完全抬起头，却望不到它的全部，而要向后仰着身子，扶住你的帽子或眼镜儿，眯着眼寻找天空的时候，你才会确实地明白它的高度，明白它的气势，明白它的骄傲。

这是一个广场、一块空地。它从一个平常的基点拔地而起，不需要铺垫和过渡，那么轻易而又无情地甩下了世俗和浮尘，傲慢地兀立云端，俯视全城……

我是要登塔的。上去寻觅它的眼睛、窥视它的灵魂。它太高了，世人的眼，难以与它平行。我是要上去的，默默企望一次没有国界的超越，一次没有阶梯的升华。

我凝视它，仰望它，唯独没有、没有膜拜它。我相信它不是不可企及的。它只是有点儿像一座火箭发射基地，不知要把它的客人们送往哪里。

我听到耳边的风呼呼响，紧张地抽搐着的风，拍打你，推动你，如巨鸟扑翼，直贯长空。它是一记雷声、一道阳光、一束电波、一条飞船，轻轻扬扬却又闪电般地穿过大气层，突破大气层，抛开大气层。我睁开眼，密封的电梯舱内，四周是人。风虽被隔绝在远远的脚下与天上，却隔着一层玻璃，鞭笞我的神经。风在这里变成了速度，变成了晕眩——我只觉得地面迅疾地脱离我的脚跟，向一个无底的深渊坠落。笔直地、赤裸裸地坠落下去，如悬崖上跌落的石块，无遮无拦，无法无天地要去撞击地层深处。地壳在下陷，在沉没。而四处空荡荡，一片汪洋，一个无可攀挂，无可扶靠、无可呼救的绝境。人竟是如此孤立无援，如此微不足道么？我有些惧怕，又有些怜悯自己。我为瞻仰它的伟大与雄奇，才执意汇入登塔的人群，奇怪的是我竟然感觉不到电梯的上升。我只是觉得从我登上铁塔的那一刻起，巴黎便开始庄严地降落、正在疾速钻入地底。我透不过气来，这透明的铁盒子，快闭上你恶魔般的眼睛，我想出去！

巴黎依然在飞速下沉。我无可逃遁。蓝天在黑色的云缝里闪烁——那些黑色的原始森林一般的钢架，从我的头顶两边炸裂开去。是用那透明的铁盒子撞开的么？就像卡车掠开路旁的树枝。蓝天忽然近了，又忽然远了，远得更加冷酷，似被那一双双黑色的手臂阻拦着。时而又像无数根钢缆铁索，缠绕你，勒紧你，使你永远无法到达那个超然于一切之下的境界。

无意间，我抬头仰视，怦然心跳——我忽然发现了自己是在上升，那钢缆挣断了，那黑手垂落了，那云朵变得浓亮了，可是，透明的铁匣子还在疯狂地往上升，一个劲地向上升，像是要冲破什么，又像是挣脱什么，咯咯地向上，像是咬着牙根的声音，像是绷紧骨骼的声音，固执而又痴迷地向上升。它像是永远也升不到头了，永远也不会停下来了。因为它无论升得多高，仍然无法接近它——那个蓝色的梦想。

我曾以为自己像火箭一样被发射出去了呢，我曾以为我离开了地面，我曾以为我离天空很近很近了——当我同隔绝的风在一起的那些瞬间。

电梯终于悄没声儿地停下来，我们走出了透明的铁匣子。阳光似乎仍然是那么不冷不热，天空仍然是那么不远不近。巴黎城，安然无恙地静卧在绿丛带似的塞纳河两岸。只有小轿车变成了玩具，房屋变成了模型，人呢？可惜我没有带望远镜。

于是我知道铁塔究竟有多高了（虽然我永远也记不清那个数字）——我有多高铁塔就有多高。那是一座有弹性的铁塔呀。

于是我知道铁塔究竟有多大了——“那是巴黎圣母院！”“那是蓬皮杜艺术中心！”“那是蒙马特教堂！”“那是小纽约！”

巴黎多大铁塔就有多大。也许还不止。一本书上说过，万里无云时，在塔顶上可望到外省……

从神经中解放出来的风，无忌地挑逗着铁塔，摇撼它、敲打它。

我曾以为那历经一百多年风雨的朽铁会呻吟，会晃悠战栗……据说它的最大摆度是十八厘米，此时它却纹丝不动，不必担心它会断裂倒塌。虽然它已是上一个时代的标记，但它不会退出，永远不会退出的。这位在工业革命的辉煌中屹立的巨人，似乎雄心勃勃地要同那天边席卷而来的新浪潮作一番耐力的较量。1889年5月15日，为给世界博览会开幕典礼剪彩，铁塔的设计师古斯塔夫·埃菲尔亲手将法国国旗升上铁塔的300米高空。它曾经作为一个标新立异的怪物，在一片嘘声里，诞生于巴黎城的古迹之中。

塔顶平台上游人如云，这威严古板的铁塔，我原以为你是拒人之外，高傲无情的，此刻我却发现你是一个不露声色的老父，将那各种肤色各种头发的孩子都拥在你的怀里，一任他们纵情玩乐、观赏，又走散去，天涯海角，只留下一个模糊的影，在你的视野里……

有一对少年在塔顶的窗边接吻，多么高的吻；有一对青年在电梯里接吻，多么快的吻。铁塔是仁慈的，温暖的。假如我不到铁塔来，我将永远对它存有那么无知的偏见和戒心……

我不知我应该怎样下去，或者说，我希望永远也不要再下去。人到达过那样的高处，对地面便有了淡漠；人有过那样的恐惧，对安全便有了蔑视；人走近过那蓝色的梦想，又不得不回到原处，便尝到探险的悲哀。因为那不是山的高度，不是悬崖的恐惧，而是人在一个世纪之前的真实创造，是一个永远矗立的丰碑。你没有接近过它，便没有权利轻视；有一日它终会化成一堆废铁，但它曾独一无二地存在过。

当它存在的时候，在巴黎城挤挤撞撞的建筑物中，它雄奇，却也孤独。它没有对话者。只有风，只有云，只有鸟，是它寂寞的伴侣。无数双温热的手抚摸它冰凉的铁杆，它的内心却依然孤独。

铁塔从没有对人说过，一百年前曾经被保守的巴黎强烈排斥和憎恶的它，后来的岁月里为什么竟成了巴黎城市的一个象征？

废墟的记忆

它像一头被围在木笼或是栅栏里的羚羊，喘过了那口气，仍然是活蹦乱跳的。西柏林！

幽绿的施伯列河，悄悄穿越这个被一道围墙分绝的城市，显得深沉而宁静。水面上闻不到一丝硝烟的气息，只闻到河边的树林和房屋阳台上飘来的花叶香。如梭的车流，如网的街道，像旺盛发达的血脉，突突跳动。霓虹灯闭目养神，却也在白日的细雨中竟发出朦胧的光亮。四十年，是很久了吗？记忆忘却了生活，还是生活忘却了记忆？我不信它没有留下痕迹。是的，不信。我知道我在找什么。那儿——Kudan大街的小广场上，矗立着一座被昔日战争炸去了尖顶的旧教堂……

汽车从这座西柏林人特地保留下来的废墟旁边疾驶而过。在它的一边，建起了式样相异的另一教堂。

它使人想起一些什么？在这个苏醒的城市里，在这奔流的血脉和废墟之间，似有什么在骚扰你，令人不安，令人困惑。这只活蹦乱跳的羚羊，脖上挂着一串古老的风铃，叮当叮当，却是现代节奏，将人的神思弄得忽前忽后地错落，总像要想起些什么……

这是抵达西柏林的第二天，安排我去参观一个展览会。我没有时间想什么。事实上我什么也没有想起来。

“那是一个什么展览呢？”我问顾彬。他是位汉学家，陪我去。

“我想，会很有意思。”他回答。想必他喜欢老庄。我越发的虚无了。

“好像是关于中国的。”穗子含含糊糊地插了一句，她是一个大陆来的留学生。

天下着小雨。一条僻静的小街，一幢灰色的五层公寓。门口有一张广告，看不懂。仍然无法知道，那将是一个什么展览。只是发现了，它是小小的，义务的，根本就不收费。

走上楼梯，走廊里悄然无声。有一点神秘的气氛。淡黄色的墙，空空的，并无中国的迹象。正要进一步纳闷，门开了，霎时，吓一跳，愣在那里——

打了一个照面，是一群墙上的中国人，确切说，是一张宣传画上的中国人。袖章红的刺眼，振臂高呼着。当年一样的激情燃烧，羊角辫、黄军衣、红旗五星……

“红卫兵！”顾彬肯定地判断。

大脑反应不仅迟钝，几乎就要凝固。这一切，似曾相识，似曾熟悉。却又绝对的陌生，绝对的不可思议。在这里，西柏林。

我的脚下是一个偌大的玻璃方柜，里面镶满了大大小小的毛泽东像章，少说也有几百只。金光灿灿铺了一地，晃得人头晕眼花。斜对面是一只大玻璃柜，里头陈列着许多毛主席语录卡片，我瞥见“要文斗，不要武斗”的标语。展厅拐过去，还有……

“我现在可以知道了。”顾彬兴奋地宣布，“这是一个关于中国‘文化大革命’的文化展览。”

“文化大革命”的文化。绕口令？

在国内，还从未有过这样一个词句。

“文化大革命”的文化？那是一次革文化的命的革命。革完命，没有文化了。竟然却也创造出另一种文化来。文化竟是如此顽固的么？文化竟是如此善于繁衍的么？那究竟是一种什么样的文化呢？我突然充满了不可遏制的好奇。

尤其，这是在西柏林，在欧洲文化的围栏中。

我恍然是回到那个年代了。一个遥远的记忆，一个眼前的真实。真实得令人热血沸腾，令人触目惊心，令人毛骨悚然。

一张红卫兵小报，整版印着木刻的群丑图：《燕山夜话》《海瑞罢官》《二月提纲》……那是当年风靡全国的大批判漫画，在这张漫画前我笑过。

一本画刊，满目红色，红的缝隙里是黑。每幅画都有主题：“奋起直捣刘邓黑巢”“革命三结合好得很”……我买过，十八年前，省下我的零用钱。

一只小小的铅笔盒，盖子上画着飒爽英姿的红卫兵队伍，是在拉练？串联、长征？我曾经多么渴望长征呵。最好是牺牲了回来。为井冈山，为南湖……

一只搪瓷杯，搪瓷剥落了，杯上图案的红字依稀可见：大海航行靠舵手。这不会是我曾经有过的那只杯子吧？它最后被丢弃在农场的土炕上了，怎么到了这里？

一面小圆镜，照出的人脸又歪又丑。只有镜面上的字是准确无误的：“中华儿女多奇志，不爱红装爱武装。”那时我根本不照镜子。不照镜子怎么能看见这两句诗呢？但我们只是看诗，不看镜子。当然，我们都会背。倒背，更流利。

一张年画，上面有一盏高高举起的油灯、一件红褂子、一条长辫子、一个小姑娘。一定是这么个题目：“从小就爱学英雄。”没错。当年，我买过一本钢琴伴唱《红灯记》，以为那是世界上最美妙的音乐。

还有一只小闹钟，漆成天蓝色，双铃马蹄。在闹钟的钟面上，有一本突起的小红书。我敢肯定当年我从来没见过这样一只小闹钟，否则一定会入迷地希望得到它的。它的时针指着八点一刻。可惜表上没有日历，不只是哪一年哪一天的八点一刻。它终止在这个每天都要经过的时间，长眠不醒了。

还有那么多那么多的信封，信封上是各种各样而又千篇一律的语录，各式各样而又大同小异的邮票……

还有那么多的唱片：《红色娘子军》《智取威虎山》……

还有塑料雨衣、糖盒、泥娃娃、茶壶……上面都是红字，都是最高指示，都是，都是……

我喘不过气来。

那些金光闪闪的纪念章，大如银盘，小似衣扣，像一只只冒着血丝的眼睛，逼视着我。我曾经为了换到一只比我原有的像章大一毫米的像章，“牺牲”我最心爱的意大利风景画片。你们赔给我吗？那无邪又无知的岁月。

还有墙上的宣传画：赤脚医生、女矿工、去安源……

太窒息了。空荡荡的展厅里，挤满了记忆的精灵。它们复活了，如此疯狂，如此严厉，如此残酷。它无情地折磨你，让你想起些什么来。亮晶晶的橱窗，好似一面面畸形的哈哈镜，走出无数个十几年前的你——自己和我们。呵，再待下去，我也会发疯的。

“文化大革命”的文化！

五千年的文明古国，却曾经有过这样的十年文化么？

那场恶梦，醒了，会消失；那场灾难，度过了，会遗忘。那种创痛，那种耻辱，人们不愿再提起。可是文化，从历史那棵生长的树上，每一年结下的果实，却同历史一起留下来。不能抹去，不会消灭，即使会被掩埋，还有“出土文物”，作为无可逃脱、无从回避的历史佐证。使你永远不得安宁。

我忿然、震惊、迷茫、清醒，为我在地球的西半球上曾是一片废墟的土地上与它们重逢。我不能责怪德国的策展人，这段历史是一个无法否认的事实。无论我们曾怎样地为它们骄傲过、忏悔过、羞愧过、深思过，此刻它们仍然勾起了我内心那样一种错综复杂的痛苦。

如果，如果这是一个中国的现代画展、雕塑展、书展，如果……

记者跟上来，举着闪闪的灯，采访录像，提问：

“你，对这个展览，有什么感想？”

明知是没有恶意的。明知这个展览会，是为了客观地向柏林人介绍中国“文化大革命”的真实情况，心却微微地一颤。回答得很平静，也很从容，可自己知道，舌头是沉沉的。

“重现一个过去的事实，比空洞地评论一件事，能启发和提醒人们更多的东西。那是一个我们永远不会遗忘的教训。而作家们，也许会从这一段被扭曲的文化中，找到导致那场灾难的民族文化因素……”

“你们有这样的作品吗？”

“目前还没有。但我想，真正深刻地反映‘文化大革命’的作品，一定会出现的。”

“你认为这个展览有意义吗？”

“当然。我想，如果它出现在中国会更有意义。让更年轻的人去思索，第一次世界大战和第二次世界大战只相隔了十八年……”

我突然觉得有许多话要说，只不过不是对这些蓝眼睛的德国人，而是对我的远在万里之外的同胞们。

进来了一些年轻人，兴奋地低声议论着。我们走了出去，外面还下着小雨，打在车窗上，像一串惊叹号。

文化是民众共同创造的。像雨水汇成的溪、河、湖，它不允许推卸和原谅。是吗，西柏林？

当天晚上，在顾彬家里晚餐，喝一种他自己制作的奥地利菜汤，同一位《世界报》的记者、名叫Tonungereinig的先生谈起下午的展览会。他的太太是中国人，住在波恩，从他的年龄推算，他太太也应是参加过

“文化大革命”的。果然，他对这个问题十分感兴趣。

“我了解，‘文化大革命’砸烂一切的时候，搜集纪念章，就成了当时的中国人唯一的文化活动。对不对？”他很有礼貌地问。汉话说得有点北京味。

我点头，却仍在想着他的话。人类在进化的过程中，创造出灿烂的文明，留下了不同族裔的文化胎记。文化实在是世间最最不朽、最最打不倒的东西了。那么，也许恰恰是中国当年这“倒行逆施”的“文革文化”，成为日后人们重建新时期文化大厦的潜在精神激素——那一个否定之否定的悲壮历程。

我极想知道，十几年后又搜集了这种文化的是个什么样的德国人。

“是一位叫做Torgrudomeinhatd的先生。我的朋友。”他很平静地回答，“1980年他在《北京周报》工作，很想了解‘文化大革命’，一些中国朋友就把自己保存的东西给他看，还有朋友的朋友……他们说，这些东西反正没什么用了，就送给了他。他成了一个收藏家。工作期满，回了西柏林，就想到办一个展览，告诉德国人，什么是‘文化大革命’……”

“我能见到这位先生吗？”

“也许能，他要来听你们的朗诵。对了，他希望你看这个展览，因为你是‘文化大革命’的这代人。”

我的心里沉沉地一颤：“是的，文物，我要留着，说不定，说不定……”

说不定我们自己也会办一个展览的。为什么要让德国朋友来做这件事呢？当然，重要的不是展览，而是记忆。也不仅仅是记忆，而是一种螺旋形下降的挖掘、一种痛楚的正视、一种无情又透彻的剖析和反思——对于自己。对于自己的民族。对于民族文化……

雨好像停了，窗玻璃上一片亮闪闪斜斜的小雨珠，都是逗号。

汽车驶过一道道放射形的街区，整座城市都镶嵌在烁烁烨烨的霓虹灯下。夜的柏林如一只睁开眼的猫头鹰，警觉又锐敏。五光十色的灯海中，有一处黑黝黝的暗影，似一个缺口、一个伤疤，模糊而清晰。是那座白天经过的旧教堂，那座昔日战争留下的废墟。一个历史的遗迹。

我们从废墟前经过。

它令人想起些什么。或者让人去想。

柏林墙消失

那堵“墙”初看上去，并不怎样的让人觉得恐惧。

甚至一点儿也不狰狞。

墙就那么静静地蹲着，立面只不过是一层水泥，涂着灰白色的油漆，并不显得多么高大厚重。墙面有五颜六色的粗笔留下的图像、一串串不规则的德文字母连成的句子，还有怪诞的符号和各种图形。我既然无法看懂、无从领会其中隐秘的意趣，便觉得那墙倒像是一壁别出心裁的艺术展览、标新立异的广告，还有别的什么……

它不像我此前想象中的柏林墙那般森然、那般威严、那般阴沉，墙上墙下没有铁丝网、没有炮楼、没有宪兵，它实在只是一道普普通通的围墙。那会儿我脑中闪过巍峨的长城，我很想问问谁，这么矮这么薄的墙能挡住什么呢？它真的曾经挡住过什么吗？

也许我就可以轻易地从上面一跃而过，或者穿越它。

它仅仅是一个象征？

墙，向着城市的两边小心翼翼地延伸过去，如同一根硕长而又弯曲的巨楔，插入那些从废墟上重建的高楼之中，时而同那条幽幽然环绕全城的施伯列河无声交汇。这座充满了苍凉历史感的界标，一瞬四十几载，划开了东西方两个世界。

面对寂寞空旷的施伯列河，我愕然。

河水缓缓流淌，河上没有船没有桥没有天鹅没有人甚至没有一片树叶。河水灰绿，漩涡在水底暗暗纠缠，涟漪不动声色。唯有一只极小的蓝鸟，闪电般地惊飞而过。

鸟是自由的?

听说曾经有一个土耳其孩子落入河中，但没有人能够跳下水去救他，他就那样活活淹死了。因为虽然河岸的一边在西柏林境内，但河道却属于东柏林所有。任何人如果跳下水去，都会构成“越境”的罪名。

我站在河岸上，不，确切地说，我站在岸边的墙下，肃然。

墙下有小小的墓碑，砌得十分精致的水泥墓地，上面安放着一只只鲜艳的花环，是鲜花，很娇嫩很缤纷的鲜花。

墓碑上写着：越墙者。

没有姓名，只有年、月、日。

是一个个年轻的生命被留在墙下的日期。柏林墙上血迹斑斑。

但尽管曾有许多人倒在柏林墙下，还是不断有新的勇敢者，用热气球或挖地道的方式设法越墙，一年年总未间断停止……

我开始怀疑自己对于墙的最初感觉。

后来我登上了勃兰登堡凯旋门下的一座木台，从上面眺望东柏林。气势宏大的石砌大门顶端，耸立着一辆覆盖青苔的金属马车雕塑，马车上站立着一位衣裙飘逸的天使，似欲乘风归去。从矮墙至那些建筑物，中间有一大片开阔的空地，除了几个来回巡视的带枪警察，杳无人踪。

除了墙，还有这块不可接近的真空地带。

远远地，可以望见薄雾笼罩着的东柏林菩提大街，一条很宽很美的大街，绿阴葱茏。

我突然产生了一种强烈的想要去那儿看看的愿望。

但我知道这不可能。

我不能够越墙而过。否则我将永远地留在墙下。

这墙拦阻了我。墙原来并不是一个象征。

1985年夏天，我徘徊在柏林墙下的那个下午，柏林墙似乎还很坚固，很结实。我完全没有预料到，在不很长的五年以后，它竟会那么轻而易举地崩塌、破碎，被拆除、被清理，甚至没来得及让人再看它一眼。

那天，我决意要设法去东柏林。

我对那墙充满了好奇。

几天以后，我紧紧捏着护照，穿过那也许叫做海关也许叫做边境的地铁站大厅，我在一间有卫兵站岗的房子里，被一位穿制服的英俊东德男士盘问了一会，我既听不懂他的提问，他也听不懂我的回答。后来他打了一个电话，便郑重其事地在我的护照上盖了一个鲜红的印章，然后挥挥手请我通过。给我的感觉好像又出国了一次。

东柏林！

天下着小雨，迷蒙中，那些在第二次世界大战后修复一新的古典建筑，更显得庄严肃穆，洁净的大街被雨水洗得发亮，小轿车来来往往。我几乎没觉得墙这边和墙那边有什么不同。

带我去东柏林的，是一位德语翻译家李定一先生。他会说流利的汉语和漂亮的德语。他的父亲是中国人、母亲是德国人，他在中国长大后来到德国。他高大魁梧看上去更像一个德国人。使我十分惊讶的是，他在西柏林工作却在东柏林居住，也就是说，在西柏林挣钱而在东柏林花钱，我想这种生活方式再合理不过了。

李定一先生的夫人是民主德国国家剧院的主要演员，他们有自己的别墅和小汽车。他每天把小汽车开到墙的一侧，然后坐地铁到西柏林上班。我们这次参加西柏林地平线艺术节，他作为特邀的译员，出色的同声传译几乎征服了所有的中国人和德国人。

他开车带我参观东柏林城。

他的话不多，脸上有一种耐人寻味的微笑。

后来他说，我们去吃午饭，东柏林的饭，便宜。

吃饭时他问我，现在你觉得墙两边有什么不同了吗？

当然，有些不同。比如服务、价格、建筑物内部的装修……还有，人的服装、发式、表情，这儿没有西柏林那种怒发冲冠的“朋克”，没有性商店，没有无处不在的广告。还有，这儿的工人住宅区、公寓，倒是同我们中国的住房挺相似，有点儿千篇一律……

还有，这儿的街道比较安静些，不像西柏林那么喧闹和繁华……

面对他，一个在东西柏林穿行的自由职业者，我不知道怎样才能表述得更准确些。

但我知道，我其实想说，尽管墙两边的社会制度和生产力水平不同，但作为使用同一种语言的民族，作为人，他们在本质上并没有什么区别。

李先生深深地吸了一口烟，眼里有什么晶亮的东西闪了一闪。

天快黑下来的时候，我们走到离柏林墙有一段距离的地方停下来。

我远远凝望着“东柏林墙”。

从这一边看这堵墙，墙似乎要比那一边干净些也苍白些，墙面空无一物，准确说是一片空白。穿着灰色制服的持枪警察如雕像肃立，行人远远且匆匆而过。墙和人之间，是一片荒疏的空白，一片布雷的禁地。

墙在树丛和草地间蜿蜒，犹如一条细长又干瘦的胳膊，将勃兰登堡门下所有的辉煌都紧紧箍在怀里。更如一道无形的锁链，隔绝了封闭了另一个世界。

我注意到，在墙的这边，在东西柏林共同的施伯列河的河岸这边，没有墓碑、没有鲜花、没有墓志铭。而那些无名的死者，恰恰是试图从墙的这一端，走向那里的。

但墙的这端，却连脚印也没有留下。

究竟是先有墙还是先有越墙者的呢?

越墙者把血迹和躯体扔在墙的这边，而把希望和明天抛在了墙的那边。他（她）终于还是穿越了墙。

暮色中，那狭窄而粗糙的矮墙渐渐隐没于黑暗之中。但在黑暗中，我仍然感觉着墙的存在。我用手触摸到它的冰冷它的固执。我不知道它的存在究竟要阻拦什么，我只知道它也许恰恰是拦阻了自己。

那天晚上我们去东柏林的一家剧院看话剧。

好像是从国外来的一个剧团，上演一出话剧，叫做《飞越杜鹃窝》。

李定一先生说，杜鹃窝在西方是疯人院的别称，这个戏名就是走出疯人院的意思。听说在苏联目前还是禁演的，东德似乎比苏联要开放些。

由于我无法听懂德语，整个演出过程中，尽管李先生时时低声为我讲解剧情，我仍不能肯定地认为自己看懂了这个戏。

舞台上始终弥漫着一种冷峻的蓝色，灯光黯淡，背景阴郁。疯人院惨白的病房、行动机械僵硬的病人、严厉刻板的护士长，这儿的一切一切都是早已被规定被安排好了的。在这儿只有服从、只有沉默、只有循规蹈矩，否则就是无可救药的疯子，永远再也不能从疯人院走出去……

墙上是一个巨大的窗口，如同一个无底的黑洞。

疯子们麻木而痴呆，他们不再有疯狂的愿望，脸上却带着天真的笑容。记得有谁说过，疯子是世界上最单纯的人。

终于来了一位壮汉，他因为扰乱某种社会秩序而被作为疯子送到这儿，他来的时候不是疯子，而在疯人院里变成了一个真正的精神病患者，一个失去理智的愚钝之人。他不再有反抗的欲望也不再痛苦。疯人院完成了它的职责。它如同一架癫狂的机器，把所有落入其中之物统统碾成碎片……

紧张的寂静中，他的一位印第安人同伴，不忍心看着他——一个强壮而健全的生命被扭曲成这样，愤怒与醒悟中下决心将他打死，然后跃上那黑洞洞的窗口，越过高墙，毅然走出了疯人院。

疯人院留在高墙之后。

他走出去了，走向阳光、走向海洋……

一直屏息静气的观众爆发出持久热烈的掌声，人们纷纷站了起来，涌上前去，大幕很久才降下。观众缓缓走出剧场，服饰整洁的仪表显得越发沉重庄严。

我不知道这个戏对于他们意味着什么，我只是想，他们一定比我更能懂得他的死和他的出走……

离开东柏林已是深夜，我通过那墙的出口，走向西柏林。墙留在我的身后。几天以后，我就将飞离这个奇怪的、既相连又相隔的城市，回到我熟悉的那块土地。

我忽然隐隐地感觉着一种悲哀。

人在创造了自己的同时也创造了围墙。那么，人类是终究不能够摆脱围墙了么?

那以后很久，我脑中一直萦绕着一个问号：那个夜晚在东柏林看的话剧，难道是一个偶然么？或是巧合?

漫长而又短暂的五年过去了。曾经那么坚固那么森严的柏林墙，在岁月的碾磨与撞击下，终于剧烈地摇晃震颤起来，一夜之间被人们推倒垮塌。昔日的勃兰登堡门下，开放了的边界已成为一个自由市场。那儿正在出售有关柏林墙的纪念品。曾经坚硬的柏林墙，一块块水泥碎片，已被标上价码，任旅游者带到世界各地去……

柏林墙究竟是怎样消失的?

我想知道，柏林墙消失以后，是否还在原地留着残存的墙基?

我时常凝视着房间墙上那只精美的柏林城徽，上面有一只憨态可掬的柏林熊。它从茂密的森林中走来，把战争的碎片踩在厚实的脚掌下。

没有什么围墙能够阻拦它。

人类也许还将不断地建造围墙又拆除围墙。大山是墙，江河是墙；婚姻是墙，人心是墙。除了墙以外的一切都是墙，可是这世上原本没有墙，也没有界碑。就像台湾海峡，只是一道天然的海上通道而已。

我只能怀着焦渴的心情，盼望着世上那些人为建筑的“墙”，早早地、快快地消失。

感悟珍珠港

从博物馆的沙盘上看，珍珠港蜗居于火奴鲁鲁岛一端曲折的山岙里，山如屏障，海为通衢，是一处进出自如的天然军港，因而成为美国控制南太平洋地区的重要军事基地。

坐渡船过海，到水上去祭奠丧生于珍珠港事件的美国将士。那座洁白的亚利山那纪念堂，漂浮在碧蓝的海中央，像一艘刚刚升上水面的白色潜艇。

六十年过去，海风早已吹散了炸弹的硝烟，来而复去的波浪扑灭了熊熊战火，燃烧的海水早已恢复了平静。唯有沉默的凭吊者，能听见自己怦怦的心跳。

架设在海面上的纪念堂，整座扁长形的建筑呈中间下凹，两端朝上延伸直至耸立的结构，从肃穆中传递出再生的力量、庄重里透出吉祥和希望，象征着太平洋战争初遭惨败但终告大胜的过程。中央会堂两侧墙体有开敞的窗栏和通透的屋顶，任视线落在何处，都可望见蓝色的大海和天空。“亚利山那”号沉没前的最后一分钟，将士们在浓烈的火焰中，曾用最后的目光与蓝天匆匆诀别。如今，阳光和海风从这里穿过，深情地抚慰着海底的亡灵。祠堂设立在最里端的尾部，在鲜花和国旗环绕中，满满一面大理石墙上，刻写着珍珠港事件中所有殉难者的名字。

——其中有1177名海军将士，长眠于“亚利山那”号战舰，1941年12月7日清晨。

他们静静地躺在海底，列队成行，做了永生永世的战友。有的人在睡梦中还未睁开眼就此永远地阖上了，有的人也许至今还保持着战斗岗位上的姿态。当日军的第一批轰炸机穿云破雾临近珍珠港上空时，美军雷达站报告的信息，竟被错误地判断为那是从美国本土飞来的侦察机群而未予理会。当日军战机从航母上起飞时，瓦胡岛上的守军战士还处于度假状态，姑娘们在沙滩上跳呼拉舞，那短暂的浪漫即将付出最惨重的代价。几分钟后，大规模的空袭开始，此时，美军太平洋舰队的130艘舰艇，仍若无其事地停泊在珍珠港内，美国海军的飞机无动于衷地排列在福特岛空军基地上，那个星期天，各报还刊登了马特森公司开往夏威夷旅游客船的广告。12月7日那一天，曙光初露风平浪静，只有海上的鲨鱼嗅到了血腥的气息。

阴谋和罪恶就在明媚的阳光下、在有恃无恐的骄傲与轻敌中、在华盛顿的赫尔接见日本使者的时刻，猝不及防地发生了。美丽的欧胡岛在瞬间陷入火海尔后迅速陷入黑暗；美军停泊在港湾内的舰队，以及大大咧咧“摆在地上”的那些毫无遮掩的战机，在一个小时内被日军准确的投弹炸得落花流水，日军飞机随即击毁了美军8艘战列舰、9艘巡洋舰和若干驱逐舰，珍珠港美军基地几乎坐以待毙。美军地对空高射炮在5分钟之后才开始还击，引信不良的炮弹落在檀香山市区，欧胡岛一片混乱。当晚罗斯福总统在华盛顿城直到深夜12点半才勉强用过晚饭，他仍然不相信，如此强大的美军基地怎么会如此不堪一击。

在那个恐怖的清晨，整个基地的2403名美国人，灵魂随同硝烟融入蓝天。

“亚利山那”号战舰的甲板被1760磅的炸弹击中，引爆舰首的弹药库，9分钟之内，战舰与1177名船员一并迅疾沉没。

从白色纪念堂开敞的窗口中望去，犹如置身于罗马竞技场的看台，俯瞰着一场遥远的水上战争——眼前灰蓝色的海水中，隐隐地浮现出当年“亚利山那”号战舰的全部轮廓。它庞大的身躯，静卧于纪念堂底部的海水中，像一头巨兽残留的骨骸。从一侧海面的船尾部，露出战舰锈迹斑斑的圆形炮塔，如一口深井，扎入海底的礁石；当年战舰的旗杆基座依旧矗立，紧靠着纪念堂白色的墙体，在拆毁后重又修复的旗杆上，飘扬着美国国旗。另一侧海面便是船头的方向，巨大的平台没于水下1米左右深处，朽蚀的甲板、舱盖，在海水中清晰可辨，延伸至前方百余米，只是它们从此永远地停泊在这片海域了。六十年前的威风与耻辱，在锈铁残骸的缝隙中一波一波地荡漾开去。

若是从空中看，横卧的纪念堂与竖卧的“亚利山那”号战舰，一白一黄，一隐一现，水上水下交叉叠架，像一座漂浮于海上的十字架。那是我迄今为止见过的最奇特最富创意的水上墓园——就在牺牲者的牺牲之地，追念者与牺牲者同在。

清澈的海水中，五色斑斓的热带游鱼，成群结队悠悠然掠过。它们是“亚利山那”号沉舰最忠实的陪伴者。但它们会对“亚利山那”号说出并不悦耳的实话吗——在这个从未获得真正和平的世界上，“亚利山那”号如果健在，在后来的战争的烽烟里，会遭遇什么样的命运？若是不被炸沉，在另一次海战中，定会奉命去攻击别的战舰，那么，将是哪一艘无辜的船只，会成为大西洋印度洋或是地中海上另一座水上废墟兼纪念堂呢？

悄然地，从灰蓝色的海面上，升起一滴琥珀色的气泡，浮在水上然后迅速地洇渗开去，一圈宝蓝一圈紫红再一圈橙黄，像是从海底冒出的一朵硕大的热带花卉。那色彩继续变幻扩展着，在波浪中漂荡，最外围的一圈已渐渐泛白，如一只巨大的伞状水母，令人惊诧。

朋友告诉我，那是油星。从沉在海底的“亚利山那”号油库里渗漏出来的汽油，1941年那个清晨“亚利山那”号战舰被击沉之前，刚刚加满了油。几十年中，在强大的海水压力下，船内的油星从锈蚀的钢板中一滴一滴挤出来，如今已渗漏了整整60年。按照油库储存的油量计算，还将渗漏100年之久。由于沉舰每日冒出的油星并未对周围海域构成污染的威胁，战事纪念委员会不打算对海底的油库进行封闭处理，任由那油星隔三岔五源源不断地浮到海面上，营造出逼真的环境气氛，成为美国“爱国主义”教育最生动无言的活教材。

凝神注目，只见周边的海域，竟然无声无息地连续冒出了一串气泡。继而，红黄赤紫交织翻滚，将海水染得一片缤纷，像是一幅动感的现代绘画，变幻着时而悲壮时而荒诞，时而诡秘时而调侃的面孔。

有人低声耳语说，那是殉难者的鲜血，至今还在流淌。

忽然就冷冷地战栗。那油珠子在海水中一圈圈化开去，做着狰狞的鬼脸，一张一弛的，分明是海底的舱中有人尚在呼吸，那是呼吸形成的气泡。除了呼吸还会有什么能如此持续不断地传递出生命的气息呢？那一刻“亚利山那”号猛然活了过来，它或许从来就没有死过。不死是因为不甘，不甘是由于许多未解的疑问，在后来的几十年间，吐出了一个又一个叩问的气泡。

在那次席卷全球的大战中，究竟谁是最后真正的赢家呢？

史上发生过的许多事件，由于邪恶与短视，结果都是弄巧成拙事与愿违。日本军方偷袭珍珠港的如意算盘，原是为了摧毁美军的太平洋舰队，使美军再无足够的军事力量干涉日本的侵略计划，可让日本得以喘息并获得战争决定性的胜利。但利令智昏的战争狂人却没有料到，正是由于神风敢死队偷袭珍珠港给美军带来的重创与耻辱，激起了美国人民的愤怒和责任感，使得本来对参战与否举棋不定的美国人，迅速达成了对法西斯宣战的共识，闪电般出手还击，形成了反战的世界联盟。日军偷袭珍珠港的得逞与成功，恰恰成为日本国最后惨败的关键性转折。

悲壮而惨烈的第二次世界大战，因此进入了最后阶段，终于由两颗原子弹轰然落地，促成了死硬的日本天皇被迫宣告投降。作为一种战争行为，美国在日本广岛长崎投下原子弹，是为了给予日本军国主义以致命痛击，否则这一世界范围内旷日持久的武力对抗，势必还将使更多无辜的人死于非命。但正义和非正义在一定条件下会互相转化，自卫的武器也会变成侵犯的屠刀，以暴易暴是一根危机四伏的钢索，暴力一旦过度，必然会走向除暴初衷的反面。在人类历史上，无论正义或是非正义的战争，都是以流血和破坏为代价的。尽管那颗原子弹承载着反击和复仇的使命，尽管德日最后的惨败是它罪有应得的必然，然而，核武器在人类历史上的首次爆炸使用，以及它所造成数十万平民死亡和环境污染的巨大灾难，却受到了全世界人民的强烈质疑和谴责。正是那两颗复仇的原子弹，引发了人类对自身行为的反思，进而对战后的禁核反核运动，产生了深远的影响和推动。

美丽活泼的小鱼们又游过来，钻入了水上弥漫的油污，被那顶巨伞覆盖了。那洇漫的油彩渐渐散开去，圆圈愈来愈大，也愈来愈薄淡。远海上涌来的浪，掀拱着它，犹如抖动一匹残旧的绸布。猝然一击，“绸布”被撕裂成无数碎片，无色无形，无声地消融在蓝色的海水中……

人类啊，若是你继续滥用战争，你将从此坠入万劫不复的深渊。

作为一艘注满了油，尔后被炮弹击沉坠入黑暗的战舰，“亚历山那号”的满舱能源成了另一种催人深省的动力，那是留给后人的百年警示——珍珠港。

走过莺声地板

大殿深深，游人如织。人们屏息静气鱼贯而入，放轻放慢了脚步。长廊中宽大厚重的松木地板，生硬而冰凉。初时踩踏无声，忽觉有叽叽咕咕的声响，不知从何处传来。是屋檐下穿行的冷风呜咽么？是庭院里的树枝撩拨着窗格么？停下脚，那声音便悄然中止，飘散无踪；再起步，一声声金属般的叩击，重又尾随而来，像是一串琐碎的匙链，或是不合脚的鞋跟儿，每走一步，都牵动着自己的腰部和脚筋，如影随形。

然而，没有钥匙，更没有鞋子。所有的参观者，都已在大殿外脱鞋，只穿着袜子进入廊内行走。身上更没有任何累赘之物，只有柔软的袜子，无声地落在静谧的地板上。长廊上深褐色的地板漆已有些剥落，在白色的窗纸下显露出斑驳的木纹，像是烙刻的一道道年代印记。一双白色的袜子从眼前轻风般掠过，那诡秘的声音忽又幽幽地响起来……

日本京都元离宫二条城的“将军府”。

二条城“将军府”，即公元17世纪初，驻寨东京的幕府政权，德川家第一代将军德川家康，为保卫京都御所（皇宫），令日本西部的诸侯所修建，其中的“二之丸御殿”，作为德川家康从东京到京都拜访天皇时下榻的住所。后来第三代将军“德川家光”，又扩建了二条城的规模并装饰了其建筑内部，还修建了本丸御殿。到了1867年，第十五代将军“德川庆喜”，就在二之丸御殿内，将政权归还给天皇。1939年，天皇将其赐给京都市政府，1940年对外开放。1994年被确认为世界文化遗产和特别名胜地。

那是一所总面积27.5万平方米、建筑面积7000多平方米的建筑群。其中的二之丸御殿（内城宫殿），由远侍厅、式台厅、大厅、苏铁厅、黑书院和白书院6栋建筑连接组合，从东南往西北方向依次递进，计3000余平方米。巨大粗壮的赭褐色房梁屋檐斗拱立柱，气势恢宏，线条流畅，造型简洁，唐朝建筑遗风尚存；一色黑瓦白墙，庄严肃穆，墙体多以精致细巧的窗格、木条图案作为装饰，别有一种质朴清雅的意蕴。然而6栋建筑的斜线排列，却已打破了中国式庭院结构的方正秩序，“六进”之间以阔大宽敞的围廊相接，遮风挡雨、层层贯通又互相独立，可知日本对“外来文化”的巧妙吸收与改进。

由入口沿围廊依次巡游，内部共33个房间，须铺设800多张草席。最大的正厅有如剧院，空阔旷达。各厅的墙上，依其使用功能与特点，分别以松、柳、鹰、鹭、虎豹和山水画等当年府第门生的作品冠名，室内并无华丽的家具摆设，少有奢靡之气。

那吱吱的声音忽又响起。在寂静而阴森的走廊里，如同一个隐身人拨动的琴弦，在空气中微微战栗，令人隐隐不安。再走，声音竟是愈发地清晰可辨，略施重力，便从自己以及旁人的脚下，长一声短一声地发散出来。那个时刻，忽觉整个回环的走廊就像是一个巨大的鸟笼，从笼子的底部，发出一阵阵细碎婉转的鸟叫声。

低下头细细倾听，终于明白，那声音是从厚厚的木地板下传来。好似地板下养着一群黄莺燕雀，喳喳地扑腾欢叫着，要从地板缝里钻出来。

这便是二条城将军府中著名的“莺声地板”。

是因为距今300多年的将军府，地板朽蚀榫卯松动，故而发出嘈嘈切切之声么？是由于建筑物年代久远不堪重负，而低低呻吟叹息么？

我也是第一次听说并亲眼见到莺声地板。但我没有想到，这颇有诗意的鸟叫声，竟是因防卫以及防备内部谋反的功用而起。任何时候——凌晨、夜半、白昼，只要有人在廊中行走，但凡有活动的重力落在地板上，莺声地板自然而然就会发出报警之声。除了飞檐走壁凌空腾飞的神人，任何人的脚底一旦“落地”，几乎同一时间，这高度灵敏的地板机关，立即发出啁啾的莺声，府第一片莺歌燕舞，具有麻痹来者的作用，并提醒主人做出防范和应对。抑或还能成为吓退刺客、擒获叛军的诱捕器。遇有凶险，地板的莺声渐而尖锐急骤，有如自动报警器。

平常的日子，地板是安静与沉默的。即便有侍女与家人轻轻走动，声声莺啼温婉细柔，以现在的说法，是人性化的设计，传递出雅淡的文人情趣，就此覆盖了几百年间宫廷里绝命的厮杀与呼救声。

在长达260年的时间里，掌握着日本国实权的德川家族幕府政权，曾“挟天子以令诸侯”，权倾日本列岛。第三代将军德川家光曾在1639年发布“锁国令”，关闭了大部分海上贸易的港口。在“芦之湖”一侧箱根关隘资料馆内的复原沙盘模型上，可以见到当年由京都至东京的山区通道，严密防守谋叛的重重关卡。然而，至幕府第八代将军吉宗执政时期，幕藩体制仍是不可避免地进入了第一次崩溃过程。曾在德川幕藩稳定期，占有封建统治地位世界观、主张现实社会秩序是不可“变革”的“朱子学派”，开始全面丧失威力。迫使幕府逐步进行了三大改革：“享保改革”“宽政改革”“天保改革”，以期恢复自然经济来阻止商业资本的抬头。但幕府所采取的与时代趋势背道而驰的“复古”政策，仍加剧了德川封建社会的种种矛盾，饥馑与暴动相继而起。日本思想界也因此开始活跃，在百年间陆续历经了“徂徕学”“自然真营道”和“国学”“兰学”等纷争与实践之后，终于通过批判了长期束缚日本的

“唐心”（即儒道），而提倡“真情实意”和人与人之间的“亲密无间之情”，而完成了“思想解放”的任务，在平静中缓慢地出现了巨大的变化。随着生产逐渐增长，城市消费日益丰富，水陆路交通的发展，商品的进一步流通，日本近代资本主义因素开始萌芽。

日本前总理大臣吉田茂先生在《激荡的百年史》一书中曾指出：德川时代的太平稳定，停滞和孤立的260年，给日本创造了“社会资本”，打下了近代国家的基础。“……日本于德川时代形成了统一的国家，有了通用的语言，这同样是一项重要的遗产。”武士阶级所形成的官吏制度，也造就了一批具有组织能力的人才，有利于把他们培养成富有使命感和冒险精神的领导者。

1853年，美国准将佩里率军舰开入幕府的咽喉浦贺港，强迫日本开放港口。1860年，日本为缔结日美通商条约，派使节乘美国军舰横渡太平洋，从此驶入了国际现代社会。

人们开始寻求另一种取代幕藩制度的政治力量。此时的德川幕府政权，已是风雨飘摇岌岌可危了。

在空旷的大厅前骤然停步，四周寂静无声。昔日森严壁垒的二条城御殿，如今早已繁华落尽、人去楼空。三百多年的历史硝烟、刀光剑影、战车与枪炮的轰鸣声，都被淹没在日本列岛四周滔滔的海浪声中，风消云散。若是没有莺声从脚下传来，将军府显得如此平静祥和。隐约可见阴暗的大厅内当年武士藏伏的卫士房，交错的隔板橱架、壁龛和附书院，拱形的双层折上格天花板，以及色泽依然鲜亮的隔扇画。阵阵凉气袭来，一时思绪万千。

1867年，德川第十五代将军“德川庆喜”，由江户返回京都，就是在这个大厅的一厅，将大政奉还给天皇。这个大厅从此成为结束德川幕府政权265年历史的最后舞台。

那一日，德川家族的最后一代将军，以沉重的步履匆匆走过莺声宛鸣的长廊，地板在他脚下发出痛楚而沉闷的叩问，每一声叩击都随着血液的流动，震撼着这个来历不甚明晰的日本民族之魂。从此不再佩剑的将军，匍匐在地，被迫向天皇交出了家族近300年的世袭荣耀。他以自己的勇气和明智，完成了政权的和平交接，避免了日本国的内乱与流血。

德川幕府陈旧的帷幕终于徐徐落下。莺声渐止，车马稀落，京都古城随着莺声地板的沉寂而空落。天皇亲政之后，果断迁都东京，日本国由此拉开了明治维新的序幕。昔日将军府的莺声地板，在以后很长一段时间里闲置无用，萧瑟无声。

与此同时，明治维新的步伐，却如汹涌澎湃的海浪，冲击刷新着这个海中岛国。

开放门户、撤藩置县、土地改革、停止武士俸禄、兴办民间企业、建立铁路电信邮、普及国民教育，富国强兵等一系列重大变革接踵而来。日本一般国民对此不仅没有抵触，反而采取了欣然引进西方文明的态度。在历史的重大转折关头，潜藏于后期稻作农耕文明深处，那种早期海洋民族强烈的好奇心与大胆进取精神，正在悄然复活。

随着明治时代绝对主义政权的建立，启蒙专制主义开化政策也开始盛行。曾经统领日本思想界多个世纪，被视为“国教”的中国儒学，首先受到了质疑和挑战。开明学者认为“仅用儒教作为日本道德的基础是不适当的”——儒道把获得利润视为不道德的行为而阻碍生产力发展；儒学者大多保守，使人倾向顽固，不能适应今天的进步；儒道过度遵从尊卑有序、忠孝节义、重男轻女、重视太古而轻视现代；儒道不是“以理为师”，而是“以人为师”，容易养生自以为是的毛病。这种种理论上的不够严密之处，须以“洋药”来加以补充。一时间，废除汉字、改喝牛奶以牛肉代替米饭咸菜、“东洋道德，西洋技术”的呼声遍布全国……

这是一个天性崇仰先进文明、对优秀文化宽宏大量的岛国。自遣隋使、遣唐使起始，日本人已经显示出主动汲取外来文化的传统性格。明治维新前后，日本国民又以当年醉心于中国文化的劲头，开始争相输入西方文明，自由民权运动在先进的士族知识分子以及广大民众中有了广泛的传播。日本思想史面临着生死攸关的抉择，争端纷起，论辩激烈，经过几十年的批判梳理整合，最终尘埃落定，儒教佛学以变异、折中、修正后的“变貌”勉强存活。

继德川幕府顺从民意还政于天皇之后，也许可以认为，这是日本国第二次重大的改弦更张、自我更新。放弃——再放弃——一声惊世骇俗的“脱亚入欧”，终是置于死地而后生。

悠悠岁月，莺声地板只能在沉默中倾听，远处传来海岸线上翻天覆地的喧哗。纷至沓来的脚步，一次次从御殿的边缘擦肩而过。暮春时节，凄美的樱花纷纷飘零，洒落在丰盈的河面上，然后一瓣瓣一朵朵顺水汇入大海。

沿着正厅向前，叽叽喳喳的莺声又在脚下兴致盎然地重新鹊起。过黑书院和白书院，长廊曲折，拐了一个大弯，从黑书院的背后折回，往出口方向迂回返还。一路走去，脚脖上似有铁链捆绑，磨破了我的脚踝，链声叮叮作响，持续不断；抬脚的瞬间，响声暂消，反弹的刹那，却分明听到了嗡嗡嘤嘤的回声，从地板缝隙之下传来。

那回声被自己的听觉放大，竟震得耳膜生疼。

19世纪末，日本国会初立，宪法赋予了天皇以超出立宪君主国家惯例的巨大权限。国力渐强，万事复兴，日俄战争与日清战争的胜利，使天皇的威望几乎上升到神的位置。然而第一次世界大战爆发，国际格局发生变化，日本参战，继而进退维谷。战后经济秩序大乱，丝绸出口减少，地震与灾害，至明治驾崩，形势急转直下。为挽救国内的经济危机与资源匮乏，昭和六年，野心膨胀到极点的日本军国主义分子率关东军侵略中国东三省，继而征伐华北，血洗中原，直至妄图摧毁美军太平洋舰队，偷袭珍珠港，因而招致美军的闪电般严厉回击，日本本土遭受重创，最终成为第二次世界大战的战败国。

令人稍有不解的是，恰恰是在远征邻国的战火烽烟中，京都元离宫二条城，于1940年悄然对日本民众开放。那些日子，莺声地板上留下了无数男女老幼茫然而疲惫的脚印，没人知道今后的路在何方。

隐隐地，竟然听见了莺声的窃窃私语中，尚留有德川幕府封建时代残存的信息。

莺声啼血，莺声如泣。旧日莺歌燕舞的二条城，会被大势所趋的退潮席而去么?

1945年，日本宣告战败。日本国丧失了战前将近一半的领土，经济陷于崩溃状态。养无食，居无屋，通货膨胀，满目废墟。日本国内外要求废除天皇制和要求天皇退位的呼声日益强烈。1946年，昭和天皇发表诏书，宣称天皇不是神，自此，天皇失去了君主制的绝对神权地位。战后的日本在美国占领军的压力下，解除军队武装、废除政治警察、解散财阀、制订宪法，进行了一场“不流血的革命”，从此开始“新政”并步入民主社会。万民一心励精图治，战后仅短短数十年，竟跻身于世界强国之列。

穿越了300年历史烽烟而延绵至今的莺声地板，在沉重而惨痛的打击挫败中，再次被“激活”了。从德川庆喜还政于天皇，到天皇还政于民；从主权属于天皇，到主权属于国民——放弃，又一次放弃，又一次改弦更张，又一次洗心革面。这是一条何等完整的回归曲线，一次何等巨大而深刻的变革，一次何等壮观的飞跃。大起大落、大悲大喜。

莺声地板在我脚下发出低微的震颤，犹如一声声自强的呼号与警铃。

这是一个求实的民族，勤勉而自信、谦卑而又狂妄、顽强却又暧昧。这更是一个善于学习的民族——也许正由于没有历史因袭的包袱与负担，他们从来都是光着脚走过莺声地板，不必担心鞋子会弄脏地板，更不怕地板上的尘土会弄脏了袜子。

走完阴沉的御殿长廊，眼前的清流园阳光明媚。许多游人聚拢在建筑物一侧，屈膝仰脸往地板的结构底部张望——我看见厚重的地板缝隙之间，精心镶嵌的一枚枚铜子与钉眼。时光流逝，那铜子依然发出黯淡的光泽，钉子上略有锈斑，仍是完好如初。按此设计，人一踩上地板，铜子就会上下动弹碰到钉子，而活动中的铜钉在摩擦中，即可发出黄莺鸣叫般的声音。

莺声地板由此得名。

也许“莺声地板”还有更多的弦外之音，只是我们听而不闻或是闭目塞听罢了。若是不悉心辨别，那一声声微弱的回音，很容易就隐失在我们自己的脚步声中了。

印度迷思

2009年深秋去印度访问，从新德里到加尔各答，匆匆一周来去，留得满目浮光掠影。然而，大半年过去，喜马拉雅山南麓那片绿色的肥沃平原，文明古国大地上兀然耸立的现代都市，依然幻景一般常在眼前回放。全景和局部、瞬间或片段；或动或静、或近或远；每个画面迥然相异，前一分钟的影像，转瞬就被后一时段覆盖了；它们彼此强化或是互相抵消，记忆于同一时空里分别录下截然不同的视屏，在闪晃的播映中，令我生出无限迷思。

印度，一个多么不易解读、不易书写的国度。

去印度，暗存的一份心思，自然是为了追溯古老的印度河文明。然而，穿行于德里恢宏华丽的皇宫内殿，却时有身在新疆喀什的惊讶——建于12世纪的库杜布塔、16世纪的红堡皇宫、远郊陪都阿各拉城、完美超绝的泰姬陵、近代的白鲁尔庙、曼地尔庙……所有保存完好的古建筑，基本是清一色的伊斯兰风格。公元16世纪由蒙古人建立的莫卧儿王朝，以其强悍的游牧民族性格，统治了印度几个世纪之久。即便到了19

世纪，以印度教改革家白鲁尔命名的那座寺庙，建筑风格仍很奇特，下半部为印度教寺院结构，而上半部却采用了伊斯兰教清真寺的穹顶。两千多年前强盛的阿育王时期的经济文化，除了保留在博物馆的文物和日常食用的稻米香料之外，印度原住民的建筑及生活形态，已随恒河水流逝入海踪迹难觅。曾在公元前3世纪以反对种姓制度、倡导众生平等而在孔雀王朝时期被立为国教的佛教，那古老的“天竺”圣地，所到之地亦已杳无踪影。据说在尼泊尔与印度北部接壤的比哈尔邦菩提伽耶等地，尚留有部分佛陀圣迹和寺院遗存。早在公元前14世纪，来自南欧草原的高加索人，从中亚进入印度平原。这块三面环海的南亚次大陆，因商业贸易的环海地理交通优势，而成为雅利安人的乐园。几千年来，欧亚各民族在多次的迁徙和融汇中，逐渐形成了印欧同源的语言体系。浑浊而圣洁的恒河，如同欧亚大陆间一条流动的通道；也是东西方文化此消彼长、厮杀碰撞渗透的一道走廊。唯有古建筑宫墙寺院普遍使用的赭红色砂岩，才是印度本土文化的底色，犹如凝固的血液，在月色下沉默。

古老的印度，是在不断的嬗变中得以保存延续的么?

去印度，也为了探究号称当今“金砖四国”之一的现代印度——航母、原子弹、月球探测器、金融商贸、世界“第二硅谷”的电脑软件业、“印度制造”的新兴“世界工厂”……曾在电影中见过孟买繁华的都市景观，此行新德里和加尔各答，途经那些大兴土木的建设工地、车流拥塞蓬勃热闹的城市街道、迪斯科舞厅和欧式酒吧，多少感受到印度追求现代化的步伐和气氛。疑惑在于，这个资源贫乏而人口负担惊人的大国、这个看似效率迟缓管理混乱的国度，近年来经济科技金融商贸发展迅猛，全民享受免费医疗，教育经费达到GDP的5%，远高于中国。印度的各项经济指标正从亚洲脱颖而出，成为“第三世界”不可小视的后起之秀。

20世纪40年代后期，印度宣告独立。英国殖民统治者黯然离开印度之时，却为印度留下了两笔极为实用的无形遗产——联邦议会制民主政体和英语教育的普及。这两件天赐的礼物，是印度起飞的双翼，成为印度融入国际社会的“无障碍通道”。独立后的印度，从英国移植宪政民主制度嫁接于本土文化传统，制宪会议在1949年通过的印度共和国宪法，沿用至今，从而建立起新兴国家中最完善的宪政民主制度。印度议会制民主把各种社会力量纳入了合法的政治斗争轨道，避免了大规模暴力革命的发生。那个晴朗的秋日，我们前往圣雄甘地墓地，祭奠这位现代印度的创始人。一拨又一拨身穿漂亮校服的中小学生，排着队从他墓前昼夜不熄的火炬前经过。在他们明亮的眼睛里，我看到从甘地到尼赫鲁以毕生精力播下的民主自由理念，已如星星之火传承。在新德里市中心广场为纪念印度独立而建的那座气度轩昂的棕红色印度门前，我分明听见了广场上汇聚着印度各邦各族、各种宗教派别、各个政党和地方势力不同的声音，表达并协商社会各个集团不同的利益诉求。

由现代民主制度派生的新闻自由，是印度一道亮丽的风景。印度的官方媒体与民间传媒之发达，居于亚洲诸国之首，全国每天有6000种报纸，以100种以上的民族语言发行，对政府进行监督，被誉为“社会的良心”，可见印度舆论和言论的开放程度，近年来，各方政治力量越发趋于多元化，民众参与普选的热情高涨。印度在历史上形成多民族共存的社会，各民族通用的官方语言就有20多种。印度人每天生活在自己的民族语言中自说自话，所有的媒体和出版业都在忙于翻译和转述。但英语仍是当今印度最主要的官方通用语言，我们在新德里文学院与印度作家会见，来自南北方各民族的与会作家，虽然都用本民族语言写作并出版文学作品，但都能流利地用英语对外交流。

若以佛教释义，印度现代社会进步的因果关系依稀可辨。

令人难以相信，在印度这样人口众多、地域辽阔、民族复杂、经济曾相对滞重的国家，进入21世纪后，竟被国际媒体誉为“世界上最大的民主国家”。莫非，这正是印度疾速追赶世界的“秘密武器”么？

我去印度，亦为寻访它多元丰富的文化。印度被誉为“语言博物馆”“宗教博物馆”“人种博物馆”……那是一个拥有无数节日的国度，终年弥漫着一种自由自在、自得其乐、平和安宁的气氛。无论穷人还是富人，女人们身上飘逸的纱丽，色彩同样热烈绚丽。森林般浓郁的热带绿树阔叶肥硕、路边火红的三角梅、浅蓝的紫荆花、嫩黄色的鸡蛋花开得烂漫；繁华的城区，街边可见随意搭建的贫民帐篷，清晨飘起生火做饭的炊烟，自有穷人安贫乐道的活法。郊外的农田规整、村落祥和，牛在街上旁若无人地信步闲逛、猴群在房前屋顶机灵地跃过。宽阔浩淼的恒河边，人们浸泡在浑浊的河水中虔诚洗濯；寺院前聚集着人数蔚为壮观的信众，棕黑色的眼睛里流出诚实的微笑；来自世界各地的游人，赤足踏上泰戈尔故居的木制长廊，悠然重温诗人充满哲理的警句；电视里播放着优美妖娆的印度舞蹈，耳边随时飘来熟悉的印度歌曲，只一声旋律飞起，便可知那是印度之音——忧伤而快乐，沉郁而迷茫。

印度的道路交通设施仍然相对落后，卡车轿车三轮车马车自行车，各种机动非机动车在公路上欢聚一堂。去泰姬陵漫长的五小时车程中，我们乘坐的面包车，多次与近在咫尺的车辆擦边而过，如同杂技表演险象环生。奇怪的是公路尽管拥挤不堪车行缓慢，却是各行其道从不堵死。一路上竟然没有见到一次剐蹭打闹和交通事故，如此乱中有序的交通状况，可谓印度奇观，也是“印度模式”的形象注释。在全球有统计数字的62个国家中，印度的犯罪率处于倒数第二。

世界上也许没有一个地方能像印度，将各种交缠的矛盾和端点，整合为和谐的有机体——例如宗教与自由、禁欲与享乐、贫困与奢华、洪水与干旱、散漫与冥想……在这片苦难而又富庶的土地上，人与人、人与自然、民族与民族，以各自的方式消愁解忧相安无事。

印度的生存之道，建立在一种包容、宽待、共荣的多民族文化之上？社会的和谐安乐，得益于民众对生命灵魂价值的寄望？印度经济发展的秘笈，取决于舆论监督下的现代民主政体？

时空错杂，难解印度。而印度之行之所见所闻，令我陷入久久的迷惘。

辑七

女性之思

西施故里有感

那年春天，去浙江诸暨城，为讨论作家杨佩瑾的长篇小说《浣纱王后》。

清澈而丰盈的浣纱溪由古越国流淌至今。西岸是西施夷光的出生地苎萝村；对岸是郑旦的家乡鸬鹚湾。

山势俊秀，水色潋滟，碧绿的浦阳江边，当年西施姑娘在村边浣纱时，那块可让她倚壁歇息的巨石依旧陡立。

在葱茏的苎萝山下，依山傍势地建起了一座西施殿，楼台亭阁，古色古香。西施塑像女神一般端庄圣洁。还有诸暨县城的车站、宾馆前伫立的西施塑像，如纱似水，柔情飘逸。

两千年的西施姑娘依然散发着青春气息，与她故乡的土地一同成为永远。

曾为浣纱之女的村姑西施，在水边邂逅了四处寻访美女的越国重臣范蠡。范蠡与西施一见钟情。但范蠡复国雪耻的计谋在心，预献西施于吴王夫差，以西施的绝色美貌迷惑吴王，以图有朝一日里应外合，共施灭吴兴越之大业。于是范蠡忍痛割爱，舍弃私情，对西施晓以大利，委以重任，尔后将西施奉呈越王勾践，并在越都绍兴美人宫，对西施、郑旦等诸多美女一一进行文化补习和间谍培训，三年后，西施色艺双全，琴棋书画无所不能。然后挥泪辞行、悲壮离别故土，奔赴报国前线吴都姑苏。在吴国多年，以其美貌聪慧博得吴王的信任和喜爱，幸获王后之尊。但西施历经风险磨难，对故乡和范蠡的痴心不改，若干年后终于协助越王大败吴国，与她的恩师和知音范蠡重续姻缘，远避尘嚣而去……

史书是这样记载的，文学和民间的故事也一直是这样流传的。

立于史书上的西施，是一位深明大义、胸怀大志的巾帼英雄。

活在诸暨民间的西施，是一位救国救难的保护之神。

可是，那个原始而本真的西施，究竟是怎样的呢？有没有人问过西施，她是愿做浣纱的西施，还是做王妃的西施？

公元前的西施姑娘，带着山林溪泉的地气和野味，车辚马啸，从苎箩山一步步走向太湖北岸姑苏城的馆娃宫。十几年风云激荡、天低云暗，然后风消云散、风清月朗。无论西施和范蠡最终隐居烟波浩淼的太湖，还是魂殒越王勾践的权力刀剑下，西施真正的归宿只有她故乡的土地。在山清水秀的浣纱溪边，西施还原成一个无拘无束、自由自在的民女。她不再负有沉重的责任和使命；无须再委曲求全、夜半惊梦；她浣纱织布、粗茶淡饭平安度日；夫妻恩爱、生儿育女繁衍后代；她想哭就哭、想笑就笑、想唱就唱、想爱就爱，不想爱的，不爱就是了……

可惜那已是西施身后的梦了。少女西施梦断浣纱溪。

那个春日的傍晚，我徘徊于诸暨街头。从喷泉边上那尊西施洁白的塑像上，似有迷离彷徨的眼神飘来；从晚霞映红的江水里，似有西施哀怨的叹息传来。我倾听她的呢喃絮语，方知古往今来，女人的心事，其实全然无法由男人书写的历史洞悉。

我们也许真的需要换一种思路，来为西施想一想了——

即使曾有吴王灭越的“会稽之耻”，但如若越国富庶强大，还用得着将西施作为贡品晋献给吴王吗？如果越国的君主雄才大略深谋远虑，复国大业何以依赖一个女人的拯救呢？范蠡把心爱的西施献给吴王时，在女人和真情、权力和荣誉的秤砣上，后者显然比前者占有了更重要的位置。那么西施难道没有理由对范蠡失望吗？面对一个没有能力保护自己、无法享用这份真情的男人，西施究竟为什么非得一如既往地爱慕下去呢？西施之爱范蠡，范蠡在她心中究竟是作为一个真正意义上的男人，还是最后残存的家国故土的象征而已？范蠡用国家民族的责任去说服、鼓动、诱惑西施的时候，西施实际上已经成为被王权利用、被政治奴役的工具，她必得付出自己一生的幸福作为代价。那么，西施真的是心甘情愿的吗？在西施的价值取向中，社稷的责任和女性的情感选择，哪个更为重要呢？西施作为中国历史上第一位女间谍，究竟出于自愿还是由于被迫？

所以当越国终于以阴谋诡计战胜了吴国，姑苏城破、夫差自尽之时，那个惨烈的时刻，美丽的西施才恍然明白，自己真正爱的人，恰是朝夕相处多年的吴王夫差。她发现敢爱敢恨、才情并茂、活得潇洒豪放坦荡的吴王夫差，才是真正值得她爱的男儿。当西施终于完成了她的使命、实现了她的目的时，她忽然发现那个目的原来竟然毫无意义。她随范蠡隐没于太湖，是因为她已无法重新选择和重新开始。

那是一个真正的悲剧。女人的悲剧。

还有没有另一种更接近历史真相的设想呢？也许还有一种被更多人忽略了的、更为残酷的结局：

聪颖灵慧的西施被派送吴国后，在十几年的政治风浪中，终于大彻大悟。她发现自己原来只是两国君主争夺霸业的工具，无论勾践还是夫差，即使范蠡，也都不可能将她作为一个真正的女人来爱。她周旋于越王勾践和吴王夫差之间，心底却已将两个男人的权力欲望彻底看透。但她无法抗拒和反叛，因为她父母乡亲的命运，都掌握在越王的手里。勾践和范蠡必定是备有制裁西施的杀手锏的，她早已被王权牢牢把持。

她不缺乏勇气但缺乏实际操作的实力。她不再爱范蠡，但也决不会爱上吴王。因为她一旦交出了自己的秘密，也就失去了吴王对她的宠信，那是一种更为悲惨的下场。吴王较之勾践，只不过是泥淖和陷阱之分，她只是权力斗争的牺牲品，稍有不慎，就会被三个男人的巨掌同时碾成粉末。

其实，来自浣纱溪的西施，才是真正大智大慧的女人。既然在宫廷强大的男性统治中无法得到她期待的真爱，西施便爽性超越了爱情。她把所有的爱心给予了贫弱的家园，就这样被迫扮演了几千年来爱国者的楷模和典范。

有谁真正明白西施内心的痛楚和苦涩呢？

如若那是真的历史，还会有人理解和同情西施吗？

至少，那个黄昏，在西施故里诸暨的浣纱溪边，为了曾经困扰过我的那些疑问，我在心里与西施姑娘说了这些女人的悄悄话。

我们需要两个世界

我不清楚欧洲关于妇女文学的概念，仅仅是指女作家的作品，还是一切有关妇女的题材和所有反映妇女生活，包括男作家们描写妇女的文学作品？如果仅仅是前者，那么，妇女文学的含义就太狭窄了，因为，这是一个男人和女人的共同的世界。男人笔下的妇女形象恰是女人塑造自己的一个不可缺少的补充。托尔斯泰的《安娜·卡列尼娜》《复活》，联邦德国作家伯尔的《无主之家》，奥地利作家茨威格的《一个女人一生中的二十四小时》等优秀作品，都深刻地揭示了女性永久的痛苦和追求。所以我理解妇女文学是一个范围广阔的领域，在这里浸透了男人和女人共同体验到的对生活的一切爱和恨。

我的作品中写过许多女主人公，如果把她们改换成男性，那么作品所表现的思想感情和矛盾冲突在本质上仍然成立。

因为我写的是“人”的问题，是这个世界上男人和女人所面临的共同的生存和精神危机。中国十年内乱中对性的摧残，对人的尊严的践踏，对人个性的禁锢、思想的束缚。1978年以来新时期人的精神解放，价值观的重新确立……这对于关系到我们民族、国家兴亡的种种焦虑，几乎吸引了我的全部注意力。它们在我头脑中占据的位置，远远超过了对妇女命运的关心。我这样讲，绝对没有排斥妇女文学的意思。我只是认为，在相当长的一段时间内，男人和女人这种共同的苦恼，还会是一个相当突出而又迫切有待解决的问题。由此我们可看出，妇女的解放不会是一个孤立简单的“妇女问题”。当人与人之间都没有起码的平等关系时，还有什么男人与女人的平等？所以，我们如果仅仅站在妇女的立场去看待社会，正像中国古诗所说：“不识庐山真面目，只缘身在此山中。”那个社会只是平面的和畸形的。

我的作品受到许多青年人的欢迎。有一个男青年在读了《北极光》以后给我写信说，他觉得岑岑身上的那种追求精神写的是他。所以，优秀的妇女文学也是给男人们看的，它帮助男人们了解女人那颗丰富易感的心灵，也因此认识他们自己。

事实上，正如我前面谈到，大量的知识妇女正日益要求得到更多的学术发言权和国家和企业的管理权，希望人们首先把她们作为一个有用的人，而不是传统意义上的女人看待。她们不愿意通过丈夫体现自己的价值，而希望自己的个性在工作和与人的交往中充分体现；希望自由地发表自己的独立见解，按自己的愿望去做事情，成为丰富的、全面发展的人。于是，她们对于夫妇之间的感情生活有了更高的要求，希望丈夫对自己的个性有更多的尊重，也愿意扩大社交，同更多的男人建立友谊来提高、充实自己。我们在过去与未来之间不断调整焦距，寻找自己新的位置……由这一切从女人的自我出发产生的行动，便带来了一系列的新问题。离异、分居、独身等新兴的多种生活方式，破坏了以往稳固平和的家庭结构，又一次向实际上依然是以男子为中心的社会提出了挑战和反抗，引起了社会的惊慌。这恐怕也是世界性的潮流。她们赋予爱情新的生命，新的内涵，新的乐趣。传统家庭模式不断受到冲击，而爱情却在生长和强化。中国妇女在过去可以忍受无爱的婚姻，而现在却走向不受婚姻和传统舆论束缚的爱情。到底哪一种更为道德呢，我想是不言而喻的。可是，我却暂时不会去写这样的小说。许多人都不会。因为这意味着我们将把宝贵的时间投入到一场无休止的争议和辩论中去。也许，目前中国的当代文学，最敏感的并不是“暴露文学”，而是“妇女文学”。要写出这个时代真正的妇女文学，我们还需要做必要的等待和准备。

这也是现代妇女面临的不幸。

可悲的是，在一个愚昧落后的社会里，妇女的解放往往最先遭到妇女们的反对。因此传统的意识往往在妇女头脑中沉淀得更加深厚。

毫无疑问，历史、自然和社会对妇女是不公正的。这种不公正不仅仅表现为男尊女卑、大男子主义的传统意识，还表现为大多数妇女在几千年的封建压迫下，由于遗传和生存适应等自然规律的碾磨，形成的心理缺陷。许多妇女缺乏自强自爱的坚韧意志，难以摆脱自己的依附性和惰性，对于家庭、丈夫、孩子的兴趣总是大于自身的智力开发……如此种种，便成为许多男人轻视妇女的理由。我们就是在这样一种恶性循环中爬行。如果我们真心希望唤起妇女改变自己生活的热情，那么我们在作品中一味谴责男人是无济于事的。我们应当有勇气，正视自己，把视线转向妇女本身，去启发和提高她们（包括我们女作家自己）的素质，克服虚荣、依赖、忌妒、狭隘、软弱等根深蒂固的弱点。只有当我们用自己的劳动证明了我们的价值，才能有力地批判男性中大量存在的大男子主义、自私、狂妄、粗暴、冷酷等痼疾，也才能真正赢得男人们的尊敬。

妇女文学真正的责任在于提高妇女，而提高妇女的自我意识则是长期而艰巨的。

我想举一个例子，一次有一群男女大学生激烈地讨论问题，男生渐渐占了上风，这时候其中一个女生委屈地责怪男生说：“你们真没大丈夫风度，也不让着我们点儿。”——这就是弱女子意识。她缺乏足够的自信，而希望依靠对方的让步来获取胜利。这种以不平等心理去换取的平等，绝不是真正的平等。正如一些慷慨的男士总要表现出“保护妇女”的姿态，而大多数妇女也很乐意接受这种“恩惠”。她们并未意识到，当她们把自己作为“弱女子”去乞求保护的时候。她们就如同旧势力希望的那种贬值了。最可怕的不是社会轻视妇女，而是妇女总把自己当成完美的弱者。

不能说男人和女人谁比谁更好和更坏。他们都有各自的和共同的问题。不要把男人和女人绝对对立起来。事实上，生活中同性之间的矛盾往往比异性之间的矛盾更为严重。

所以，我们需要两个世界。

20世纪70年代的中国，妇女的地位曾突然变得“至高无上”。大批女钻井队员、女消防队员、女矿工应运而生。出现在文学作品中的她们，都是些浓眉大眼、气势汹汹，只谈革命不谈爱情，不爱红装爱武装的男性化的女人。这样的形象被当成妇女解放的标志，是对人性的严重歪曲，如同扼杀女性的生命，也是历史上女性解放的一次更大的倒退。“文化大革命”使得中国几乎经历了一个没有女人的时代，直到70年代末期中国改革开放后，情况才逐渐开始好转。生活在今天这样一个开放时代的妇女，她们比任何时候都更珍视自己的女性特质。她们并不一定非要和男子做同样的事情，而是要以与男子同样的自信和才能，去做适合她们做的事情。她们不仅仅希望同男子一样，而是要更像女人，与男子有更大的不同，比男子们更富于魅力。她们需要事业、成功和荣誉，也需要爱情、孩子和友谊。她们同一切陈规陋习的斗争将旷日持久。

当然新的问题总是层出不穷。事业和爱情往往难以两全其美。家务和工作的矛盾日益突出。献身于科学文化事业的妇女不容易寻觅到满意的伴侣，因为男子们更愿意选择能够为他们服务的贤妻良母。有成就的中年妇女，承受着照料家庭和事业竞争的双重负担，女性智力优势的强度和持久度，总是低于逐渐上升的女性生理劣势，这种不公正是上帝的错误。我们所能做的，只是努力把这种劣势变为优势，以我们的优势去战胜和改变劣势。我们只能以自己加倍的勤奋和努力，以我们潜在的力量，使男人们不仅在口头上，而是真正在行动上承认妇女参与管理这个世界的权利。尤其在中国，如果没有妇女观念的现代化，就不会有真正的现代化。

只有当不再需要用“三八”国际劳动妇女节来提醒男人们尊重妇女的时候，妇女才有自己真正的节日。

（1985年在德国西柏林“地平线艺术节女性论坛”上的发言）

我的女性观

女性观并非女性宣言，它在大多数情况下只是一面镜子，不是为了自我欣赏，而是供我们自己寻找瑕疵，审视检点。

有一种看法认为，优秀的女人比优秀的男人更为优秀，所以她们应当到那些男人占据统治地位的世袭领地里去打败男人战胜男人，比如政坛、高科技，还有战争什么的。女人如果不能击败男人，就把那般的优秀都浪费了。

但我一向没有这样的野心，或者说缺乏这样的雄心壮志。我认为女人应该有，或者原本就有属于自己的领地，例如心灵世界、艺术活动、子女教育等。当然，在今天这个时代，政坛也并非男人独霸的天下，北欧北美和东南亚政坛，都有优秀女性成功的例证。还有科技领域，女性科学家也早已占了一席之地。但我想女人天生并不热衷于那些地方，人的自然属性，使得女性有区别于男性的另一些优势领地。

因此，最好不要有打败男人的念头，这是不聪明和不划算的，男人若是被“统治”或驱逐，女人岂不是要承担更多的辛苦和责任吗？

所以中国古代的太极图，是以阴阳平衡、阴阳融合为哲学基础的。黑白鱼形中间有一条共用线，既是阴阳之界，也是共生互济的同一生命体。阴中有阳，阳中有阴，阴阳互补，相得益彰。

另有一种看法认为，女人应该在女人的领域里，击倒所有其他的女人。优秀的女人只有打败别的优秀女人，才能成为真正出类拔萃的女人。当一个女人站在没有对手、鹤立鸡群的高处，女人才能高枕无忧，一劳永逸。

但我恰恰是一个缺乏女人普遍的嫉妒之心的女人。遇见或是发现了优秀的女人，就会由衷地欢喜和倾慕。我认为凡是真正出色的女人，是不惧怕挑战的，她们可能被同性或异性击败一时，但她们不可能被战胜；她们可能出错，但她们不会被超越。若是以为自己能君临众女人之上，那是皇权时代“女王意识”的残留，是一个缺乏自知之明的女人。

再说，即使在女人的领域里击败了其他的女人，只剩下一个人形影相吊，岂不是成了一个现代的女堂·吉诃德，还得再去为自己制造出一些女性假想敌，以备女性战争之需。当女人在整体上处于弱势时，一个孤独的女强人，还有胜利者的骄傲和快乐吗?

一个真正在精神、人格和经济上都独立自主的女人，一定会把其他的优秀女人都视为自己的朋友。

那么，你既不想打败男人，又说打不败女人，你到底想干什么?

我想说，女人真正的对手，女人永远的敌人，女性解放的道路上最顽固的障碍，是女人自己。

我只希望战胜我自己，战胜人性中那些与生俱来以及后来被污染的环境所添加的弱点。我像所有的平常女性一样，有怯懦、虚荣、狭隘和依赖的习性，我常常陷入鱼和熊掌的矛盾之中，还有内心深处良知和利益的冲突。

我习惯把目光投射在女性的弱项上。我希望女性能更多一些率真的自省和坦诚的自我剖析，而不是仅仅诉说女性的苦难。我愿意通过写作，来帮助女人们真实地了解男人也懂得女人自身，而不是仅仅抱怨男性的压迫。我以为女性自由的获得，最终取决于“人”的自由，取决于社会体制和意识形态的整体变革。

我至今依然坚持认为，只有在一个男人和女人都能得到快乐和幸福的社会里，女性解放才能真正实现。

这样看来，我不太像是一个女权主义者。尽管女权主义的崛起，使得全世界的女性扬眉吐气，让男性的霸权大为收敛，但是权利和权力是两种截然不同的概念。我更希望“女权”是权利的权，而不是权力的权。当女人的正当权利得到法律的庇护时，任何不正当的男性权力都再无用武之地。一个理想的社会，男权和女权应是平等分立、互相制约的。我们最终所渴望的，是男人和女人之间的和平共处，达到一种两性和谐、自由融洽的境界。

我喜欢女人是温柔美丽的，在柔美中传递出女性的自然魅力。坚韧是一种品格和精神，优秀的女人应具有博大和悲悯的胸怀。最后想到两个字，也许可以概括我的女性观，那就是：柔韧。

打开自己那间屋的门窗

英国女作家维吉尼亚·伍尔芙说：女人要有一间自己的屋。

这间属于自己的屋，自然是女性独立的标志。因为我们首先要有一定的经济实力，将这间屋子租下来或买下来。在这个有锁的房间里，我们身心独处不受打扰，也可以随时约会想见的客人；在自己的房间里，我们能够随心所欲做自己喜欢的事情，包括拉上窗帘写作。

自己的一间屋，象征着现代女性所渴望的自由空间。但是，女人拥有了自己的一间屋之后，那是否就是我们全部的生活呢？

按我个人的理解，那间屋的含义会更立体些。它并不意味着女人要把自己关在里面，并不意味着一种与世隔绝的姿态。它不是一个牢笼，不是一个封闭的禁地。那间屋当然有一扇通往外界的门，可以使我们来来往往出出进进，随时出门走到广阔的田野山川去。那间屋还有一扇巨大的玻璃窗，阳光可以充分地照射进来。若是站在窗前，我们的视线可以望见云彩、飞鸟以及很远的地方。这扇可关可合的门与窗，是女人能够安静地长久地使用这间屋的一个非常重要的前提。

借用这间屋和门窗的关系，我希望自己已经基本上表达了现代女性的生存理想，以及我本人对女性写作的态度。

西方女权主义的发展道路，同中国20世纪的女性主义曲折历程，恰好走了一种倒置相反的方向。当西方妇女还在争取女性基本权益的初始阶段，新中国的成立，即以革命的名义立法保障了妇女就业生育等基本权利。由于对封建历史上“男尊女卑”传统观念的反抗，使我们曾经一度拥护貌似倡导男女人格平等的“男女都一样”那个口号。到了20世纪70年代，所谓的“男女平等”逐渐被政治化，“男女都一样”成了革命的工具，被强化到极致，甚至不允许有女性“不一样”的表现。女性的特质在这个口号下被逐步清除，被迫承担起男性的角色。

这种抹杀性别差异、权利与人性分离所产生的直接后果，造成了中国妇女在很长一段时间内的严重异化。改革开放后，在中国本土逐渐生长起来的女性主义，开始对“男女都一样”这种特定历史条件下被扭曲的文化思维与模式，进行了全方位的质疑与挑战，希望找回“男女不一样”的女性特质。在文学创作上，表现为新一代女性作家对自身情感和心理的重新关注。新时期文学中，那些当时最活跃的女作家们，作为女性意识最早的觉醒者，塑造了一系列新女性的文学形象，为后来的女性文学发展开凿了最初的通道。大家比较熟悉的我的短篇小说《夏》，表现的就是20世纪80年代初期，处于萌芽状态的年轻女性的反抗意识。

20世纪90年代以后的女性文本，开始着力去描述和表现男人和女人“不一样”的那些生命基因。她们从女性立场去判断外界事物、用女性的眼光感知生活、用女性的话语表述内心情感。女性作家天生具有非常敏感和细腻的感受力，能够对那些被男性忽略的极为细小的事物作出反应。今天的新锐女作家群体，像春天的花朵一样遍地开放，形成了中国当代文学的一道绮丽的景观。20世纪80年代之前那种残酷的非人道的政治风暴止息后，被抛在舢板或小船上的女人，开始在阳光下长驱直入自我与个性的绿岛。作品中的性爱描写，从身体进入精神的层面，被寄予审美的厚望。性活动以及女性自我赋权的“身体写作”，已被视为女性价值实现以及女性解放的重要途径。市场经济正在逐步消解着“父权”，但与此同时，顽固的“夫”权却正“变脸”为商业的面孔，现代女性所面对的生存境遇、婚姻和性关系，在女性文本中都展现出更为丰富的姿态。

是性别的差异让我们回到了女性写作。这种女性的视角，我理解为“自己的一间屋”。这是一个立足点，也就是说，这间屋子是一个充满了女性色彩的心灵空间。用伍尔芙的话说：“人只需走进任何街道的任何一个房间，便可感到女性的那种极为复杂的力量整个地扑面而来……须知这几百万年以来，妇女一直是坐在屋子里的，因而到此刻连墙壁都渗透着她们的创造力。”所以，当我们打开门窗时，那些微妙细致柔软活跃的女性元素，就会从门窗里飘散开去，使得外面的空气也充满了甘甜的女性气息。如果没有这间屋，我们就没有一块立足之地，更没有一个属于自己的视窗，我们会寻寻觅觅无所依傍，目光会散乱无序。女性的感知力是我们与生俱来的身体感官，更是一种把握人生与文学的独特能力。我们必须通过女性视角，才能达成与外部世界的沟通、与他人建立友好关系。

但是，新的悖论也无情地随之而至：如果说女人只能并且只应该从事“小女人”或“私人化”写作，岂不是承认文学的宏大叙事只是一种男性写作的特权？如果女性所关怀的世界只有身体和性，只有爱情和自我，那么是否等于印证了历史上男性对女性的歧视，而将男女共有的天下拱手相让了？如果说在商业时代的文化消费中，女人的身体本来就被男性当成一种性工具和性对象，那么，女性的身体写作，是否会成为对“男性窥视欲”的自觉迎合？

由此将引发更多的问题：女性主义是否是女性写作的唯一选择？女性意识是否应该覆盖女作家关注人生的全部目光？若是女性文学像残疾人运动会那样，建立一种仅供自己欣赏的独立评判系统，又如何去打破以男性为中心的社会秩序？过于狭隘的女性立场所带来的局限性，恰恰会使我们的作品大大减弱对男性的影响度，如果一个女作家能够关注自身以外更为广阔的世界，岂不是将获得更多与男性平等发言的机会？

我们真的需要一种所谓的“女性主义”，来框定女性写作的标准吗？

我曾说过，1985年之前中国没有成形的女性文学，因为女性文学所应当包含的女性性心理、性意识以及各种女性经验，在当时都是不可涉足的禁区。事实上，在很长的一个历史阶段，女性只是一个被借用的人物外壳，作品中的女性意识是被抑制和贬损的。20世纪80年代初的思想启蒙，为中国女性文学的发展扫除了思想障碍。只有当“人”的尊严被重新确立之后，女性文学或女性主义从此才有了安身立命之处。到了20世纪80年代后期，更多的年轻女作家们，才有可能在一个相对开放的外部环境下，在解除了大一统的政治压力、计划经济的束缚，在多元文化状态下，轻松地折返女性自身。这是中国女性文学逐渐走向成熟的一个不可忽略的历史条件。

但这并不意味着，对于女性写作，应当单独建立一种完全不同于男性写作的评判标准；更不能认为，在文学这个男女共享的领域里，应当割出一块封闭的领地来专供女人游戏。

在我看来，这种画地为牢的文学分类，会构成女性写作的误区。

我想简单地陈述一下自己的写作道路，借此盘点整合自己的思路。

我在1950年出生于杭州的一个知识分子家庭，从小受到良好的教育和文学熏陶。我的阅读开始得很早，小学和中学的作文一直受到重视。1966年“文化大革命”开始，学业中断，1969年我离开杭州，到黑龙江一个农场上山下乡。在农场劳动8年，1972年开始发表关于知青生活的作品，1977年到哈尔滨学习戏剧创作。从1979年至今，发表了大约四五百万字的小说和散文作品。

新时期文学之初，“文革”留在人们心上的伤痕，促人猛醒催人发问。真实的生活渴望并呼唤着文学真实的诉说，人们试图通过文学寻求人的尊严与价值，文学成为作者与读者共同的精神出路。因而，我的短篇小说《爱的权利》《夏》《白罂粟》，中篇小说《淡淡的晨雾》《北极光》《塔》，发表后受到比较广泛的注意。从20世纪80年代中期至90年代中期，新时期文学进入了实验阶段，出现了许多带有前卫和先锋色彩的新小说。我在对人性重新认识的基础上写作了长篇小说《隐形伴侣》（1986年出版）。还有中篇小说《第四世界》《因陀罗的网》《沙暴》，短篇小说《流行病》《无序十题》《斜厦》等，这些作品吸收并借鉴了一部分西方现代主义的创作方法，试图丰富自己的艺术个性。至20世纪90年代中期，市场经济逐步建立起以读者的需求为依托的运行机制，中国当代文学的道路被整体性拓宽，文学的多元化格局基本成形，多种文学风格和艺术思潮的作品各领风骚。1995年我出版了长篇小说《赤彤丹朱》，表现年青一代对历史的再认识和对中国老一辈知识分子命运的重新思考。1996年，出版了长篇小说《情爱画廊》，意在表现物质化和商业化的时代，人对爱与美、对自由精神的渴求。我的这三部长篇小说，可以说反映了时代进程中，我对社会和自我认识的三个阶段。《隐形伴侣》是对我们这一代人个人身份的清理；《赤彤丹朱》是对体制的反省，对历史的忧患；而《情爱画廊》是面对20世纪90年代商品经济所做出的积极回应。近两年来，我写作中篇小说《残忍》《银河》以及《工作人》系列，内容扩展至城乡边缘，写作风格回归于平实与朴素……

若是以我个人体验来探讨这些，我想说的是，在我的生命中，性别苦恼实际上很少对我构成心理威胁，我忽略它是因为我早已超越了那个阶段。我对“女性意识”一直有着本能的认同，那是天然的没有受到破坏的东西，它融合在我的血液中，成为我生命的基本元素，而不是一种防卫或出击的武器。引述一位女性主义学者的话来印证我的分析，那就是：一个从不把男权放在眼里的女性，通常不会成为一个女性主义者。在我的作品中，我的兴趣早已不在男女关系的对峙，以及对男性的“指控”上了，我更关心的是“自由”——这种自由的完全获得，必定与男性世界密切相关，也就是说，只要男性或女性有一方觉得不自由，两性和谐与人的自由就无法真正实现。

需要特别说明的是，我以上的发言，绝没有对当下的女性文学有任何贬抑的意思。在一个多元文化并存的状态下，女性文学应是千姿百态的，每个人的创作个性都需要得到充分的尊重和理解。我的忧虑来自当下的某种性别屏蔽意识，我认为将那些纯粹描述女性生活的作品当成女性写作的范本，是狭隘的；更不赞成那种“削足适履”的女性主义批评方法，将“女性立场”这一原本模糊的概念，作为衡量文学作品优劣的标尺。

我比较认同女性写作中应当更为自觉地运用女性视角这一说法——在我们自己的一间屋子里，安静地思考与自省。用思想的火把和光芒，照亮自己的灵魂的深沉悲悯以及肤浅虚荣；我们会在作品中说出女人的美丽或是平凡，聪慧或是愚昧对自己究竟意味着什么。然后，拉开窗帘，敞开我们的门窗，让新鲜的风吹进来，让明亮的阳光透进来。我们将走到外面广阔的天地去，用女人的心去感受除了男人和女人的关系之外，人与现实世界的更为复杂的关系；并将我们的眼光放射出去，看到高山、大海和更远的地方。我们将在女人优美的文体与语言表述中，传递出女人深切柔情的社会关怀、人文关怀与人类关怀。我们将在自己的那间屋里，书写男人与女人共同的历史，创造有利于自己和整个世界的文学。

正因为每个女人都会按照自己的愿望、审美品位和实际需求，来选择和布置自己的那间屋，所以每个女作家“自己的那间屋”，都会呈现出迥然不同的模样：有的房间寂静无声，有的房间里摇滚乐如雷轰鸣，有的房间里挂满了漂亮的衣裙，有的房间主人或许有收藏陶瓷或是匕首的爱好，有的人把墙刷成白色粉色绿色蓝色或是黑色，有人贴壁纸，也有人用木板装饰成一个森林小屋……所以，女人在自己的那间屋子里书写的文本，当然是异彩纷呈、风格各异的。因此，我十分赞成伍尔芙所说的：在文学创作中，如果以任何方式有意识地以女人的身份来说话，那么对她来说将是毁灭性的。写作是一种精神活动，在文学创作中，真正主宰着我们的，是艺术个性和艺术创造力。因为个性的差异实际上远远大于性别的差异。我仍愿意用伍尔芙的话来作本文的结尾，她曾这样说：保持自我比任何别的事情都更为重要。

当代文学中的性爱与女性书写

20世纪上半叶的中国，在西方人文主义思想的启蒙下，经历了五四新文化运动，从20年代到30年代，那个时期文学作品中所诉求的性苦闷性压抑，已上升到人性的层面，祈望灵与肉的结合，传递出鲜明的人本主义色彩。但20世纪后半叶的前三十年中，文学形态却发生了根本的逆转，在革命和理想的狂热中，爱与性逐渐退出文学，政治铁幕隔绝并封锁了一切私人情感，到了“文革”，不仅任何带有“性”气息的文字都已消灭干净，就连“爱情”在文学中都是讳莫如深了。

20世纪最后二十年，历史总算不情愿地清了一笔账，这笔账是在二十年间，一点一点归还的，其中包含着文化的正本清源。当代文学也从试探到进攻到跨越禁区，一步步索还了它原本的真实性、自由的艺术个性和形式的多样性。文学永恒的主题——“爱”以及由此派生的“性”，从来没有像今天这样被重视被钟情被不厌其烦地反复操练。文学是人学，人皆有性或兼爱。有一种近于极端的说法：内地文学在20年间的改观和发展，其中万不可忽略的方面，则是文学中“性”的入侵。

甚至，“爱”与“性”在文学中的复归和深化，可以看作社会改革开放之路的标尺。

1978—1979年，一些中短篇小说率先冲破了这道封锁线，重视寻找爱的权利和位置。进入80年代以后，大多数沉重反思历史的作品，都在批判中夹上了浪漫的爱情故事，可称作“爱情三明治”。在80年代初期，爱情只能有一种固定的传统模式——张洁的短篇《爱是不能忘记的》，描述了一段铭心难忘的婚外情，尽管男女主人公仍局限于传统的柏拉图之恋，还是遭到了批评界的严厉诘难；本人的中篇《北极光》，只因未婚的女主人公对于自己的理想中人，有过几次纯真的选择比较，也被报界作为一种道德的歧途而多次连篇累牍地批判。不过，对于异类爱情故事的排斥和抵触并未持续很久，很快，文学作品中的爱情含量急剧增大，那些试图讲述纯粹“情爱”故事的言情小说开始崭露头角，以严肃的或羞涩的面貌迅速蔓延。在这些“犹抱琵琶半遮面”的爱情小说，“性”开始以隐蔽的含蓄的方式悄悄出现了，如张贤亮的《男人的一半是女人》。至90年代，铁凝的《玫瑰门》、王安忆的《小城之恋》为代表的“三恋”，等等，曾在一段时间内掀起轩然大波。“性”开始理直气壮登堂入室，不仅报刊评论众说纷纭，就连业内人士尤其是老一代作家，包括一些资深女作家，也无法接纳容忍。然而，“性”比“爱”更具攻击力和征服欲，涉猎情爱婚姻的作品不仅未有收敛，而且一发不可收拾。也许由于意识形态方面的禁忌，作家的文学情感不得不另辟蹊径，转而寻找其他出路，而商品经济的大幅度开放恰恰为此提供了湿润的土壤。几乎在很短的时间内，文学中的性爱描写已是势如破竹，锐不可当。其中如贾平凹的长篇小说《废都》、陈忠实的《白鹿原》、莫言的《丰乳肥臀》，在这些具有代表性的文学作品中，都以极其重要的篇幅和位置，表现了中国人半个世纪来被荒疏被阉割了的情欲和性爱。特别需要强调的是，这一时期更年青一代如陈染、林白等女作家的作品中，个人情感和生命体验上升到主体地位，从此改变了“爱情三明治”的模式，而成为纯浓的私人苦咖啡。

回顾这二十年来循序渐进的当代小说发展路径，可以清楚地看到爱与性之间不可抗拒的必然规律及其在文化内涵和思想层面的深度进取。直到20世纪末，中国内地的许多作家才无奈地承认，多年来躲藏在“爱”的帷幕之后的“性”，是人生苦乐和复杂人性的极致，是生命的巅峰体验。无“性”的人是不健全不完整的人，无“性”的文学是单面的畸形的虚假的文学。“爱”与“性”是一具无法切割的整体，探究无“爱”的性和无“性”的爱，将有助于我们寻找人类痛苦的根源。我们终于有勇气大声说：文学中表现“性”不是丑恶不是淫秽不是罪过，而是文化是美学是尊严。

这对于海外作家来说是天经地义的事情，中国内地的作家在一百年里兜了一个大圈子，才在世纪末临近的时候，终于依山傍水安营扎寨。

于是今天以及今后，我们所面临的问题，不再是能不能表现“爱”与“性”，而是如何表现“爱”与“性”。20世纪90年代以后，随着商品经济的发展，内地的文化市场逐渐形成。一般来说，市场是由需求决定的，而人的需求是由当下的人的生存方式、生活观念和文化底蕴所决定的，有什么样的需求就会有什么样的供给。因此，在那个盲目无序、混乱嘈杂的市场上，情况突然发生了某种微妙的变化，在一个昔日谈“性”色变的所谓正人君子的国度，重心骤然倾斜，似乎是为了对大众被囚禁锁闭太久的“性”趣作出某种补偿，“性”文化很快成为市场的抢手商品，如开闸的洪水铺天盖地而来。一时间书市充斥着格调低下、粗糙污浊的庸俗读物，以取悦大众的性饥渴和性迷惘。在这个处处遗留着落后的封建习俗、由知识和文明程度普遍低下的市民、农民、打工者和暴发户等阅读主体混合而成、建立在贫瘠单一的文化基地上的不成熟市场，被商业时代的利润原则所驱动，炮制出大量根本没有资格被称为文学的流行书刊。在这些色情小说中，“爱”与“性”是分离的，无“性”不成书，无“性”不赚钱，“爱情”只不过是一块金字招牌或是诱饵，“性”已无可奈何地沦为娱乐和消费的商品。无论在“爱”或是“性”中，我们嗅到的都是金钱的气息。在这个由大量男性读者为主体的市场需求背后，女性对于“爱”和“性”的需求几乎完全被排除在外。需求若是没有足够的实力去加以实现，则为无效需求。在一个长期以男权文化为中心的社会里，丧失了经济权利和自我意识的女性，在流行的商业文化消费中，始终处于边缘状态。

那么，文学的情形又是如何呢？超然于低俗的大众文化之上的纯文学作品，显然希望与此划出泾渭分明的界限。然而，文学必定是社会的产物，是作家个人情感和思维的创遗物，当作家们脱下衣衫赤裸裸“涉入”爱河时，一不小心露出了臀后的尾巴。令人不能乐观的是，改革开放后文学历经了二十年的辛勤耕耘，收获的果实上仍然保留了根深蒂固的男性文化和小农意识的“残余农药”。在一些来自乡村的男作家的作品中，满怀对女性的玩赏心态，女人依然是“性”的代词，是提供肉体慰安或心灵慰安的对象物，是履行“性服务”的工具。在男性书写中，女人被塑造成千古不变的淫荡性感尤物、祸水或弱者，女人仍被固定安放在被审视被选择被奴役的位置。他们对乡村的女人抛洒同情之泪或赞美之音，因为传统的女人寄托并维持着他们对封建文化的眷恋；他们排斥或贬损城市的知识妇女，因为独立的城市女人正在毁坏多年来他们为女人构筑的囚笼。纵观历史，“男性本位的文化为女人创造出两种文化境遇：一种是被“包裹”——身体的包裹，如束胸、缠足、贞节带、非洲的阴部缝合术，还有行为规范和心理情感的严密约束，等等，全方位展示了男性将女性之“性”作为私有财产的占有欲。另一种是“剥离”——女性的文化内涵与文化外衣被男权之手一层一层剥离，到最后只剩下了一个赤裸裸的身体”。而“包裹”和“剥离”具有完全不同的文化功用，“包裹”是为了把女人造成符合社会标准的商品以供出售，而“剥离”的目的则是为了尽情地享受这一商品的价值。在这种深厚的男权文化积淀下，我们何从奢望男性文学能够自脱窠臼——他们乐此不疲地用文学包裹女性再剥离女性，创造属于男性的“性文学”，然后供男性欣赏享用。在这些作品中，男性是一切性爱活动的主宰和中心，爱情成为被男性之“性”噬朽了的空壳、一座被架空的云中楼阁。

流行的大众文化中恣意肆行的俗“性”，与所谓的精英文化中男性立场下不经意泄露的雅“性”，是当下文化现状中的两极，两者遥相呼应，夹击着、围困着寻求身心解放的今日女性。

所幸的是，活跃在当下图书市场的许多女性作家，已逐渐走出被传统文化框定的误区，正在用她们的笔“重振河山”，彻底打破了文学中“爱”与“性”的千年成规，用女性独特的视角和立场，以女性的叙事方式和女性话语，以女性的审美意识观照人生，创造着完全不同于以往男性作家的“性”文学。

20世纪80年代以来获得了主动意识的女性文本，改变着男性本位文化中心视角的“他者”位置，呈现出女性主体在“我者”上的立场。无论是从对理想双性世界的积极想象与建构，还是从两性对峙状态的惨烈写真与破坏，都表明了“我者”主体对外部世界的“指控”。长期以来被男性文本为中心的文化意识所有意或无意掩饰、抹杀、轻视的，属于女性最隐蔽的体验和感受，开始被女性文本揭晓，女人所担当的性爱角色，富有自然性主动性选择性，因而带有了反文化反社会的意味。她们用自己的身体讲述那些曾经隐藏于光明之下的黑暗，不再成为异性文化谋略下无辜的受害者。与此同时，针对女性解放自身的欲望，女性文本开始转向了对“我者”内部世界的“自省式”的理性透视，思考传统的两性关系面临着怎样的危机状态，以及如何在即将崩溃的旧秩序和蜕变的阵痛中寻找自己的新定位。

在90年代的女性作家笔下，她们所创造的女性形象，与以往的文学作品中那些总在等待他人取舍的女性人物，有了本质的变化。她们不再书写那种永无出头之日的异性爱精神迷惘之战，而是对一切既定文化思维下的成规与想象，进行全方位的质疑与颠覆，以至发出了“不谈爱情”的叫喊。例如池莉的《绿水长流》，张欣的《爱又如何》，对经典的爱情神话中的虚幻性进行了无情的挑衅和嘲弄。这些几乎有些矫枉过正的女性文本，对于解构父权文化中二元对立的思维模式，对于消解二元差异式性爱的女性角色品质，无疑有着进步的历史意义。然而，在人类的文明史上，“爱”与“性”始终是难舍难分又若即若离的，它们时时呈分裂状态，又常常向往重叠与聚合。有爱的性和有性的爱，永远都是人类梦寐以求的理想。举一个也许并不恰当的例子，即便是在动物的交媾行为中，双方也仍是有选择地寻找自己喜爱的他者；古代三宫六院的皇上，也曾“三千宠爱在一身”。无论低级还是高级动物，天性和自然性都驱使它（他）们寻觅并喜爱自己所中意的异性。所以，放弃爱情只能是一种阶段性的反抗形式，是不得已的退缩和逃避。文学强大的生命力，在于它从人性的本质和真实出发，坚守自己所确认的价值标准。对女性文学而言，她将以现代女性的自我意识去渗透女性心灵，进而逐渐影响和改造男性。当女性具有足够的实力去与男性平等竞争的时候，女性意识将转化为有效需求并进入主流文化。

内地学者李小江教授，在新近出版的论著《解读女人》一书中指出：人自身的尊严感和对他人是否尊重，都会在性关系中充分体现出来——性，其实是人格的一面镜子。

事实上，在大多数女作家笔下，对于性心理、性意识、性感受的解构和分析，往往重于对性行为过程的直接描述，她们更注重“性”事中的双方所传递所赋予的爱意。“性”对于女作家来说，是爱情的升华，是人格平等的互动，它被寄予精神的厚望，甚至，性活动被视为女性自我实现的重要途径。

我在1996年出版的长篇《情爱画廊》一书中，尝试以女性的审美价值观来写“性”。我认为被爱所激发所驱动的情欲和“性”行为，两情相悦所创造的欢娱和快感，是生命中最美好最壮丽的时刻之一，是超然于实利和世俗之上的一种高尚境界。我表现爱与性的同步，正是为了抵抗低俗的性爱观流行泛滥的浊流。书中的女主人公大胆冲破了原来所扮演的贤妻良母的规定性角色，与一位她喜欢的年轻艺术家发生了性爱，在她被爱所唤起的情欲和性爱高潮中，她第一次体验到身心融合灵肉一体的性爱是如此美妙。她身体的美只有在成为自己精神象征的前提下才是有价值的。为了彻底摈弃父权历史强加给女性的文化遗传，女主人公舍弃了原有的家庭，离开了女儿，对母亲“生育”角色进行了无奈的反叛。在这个自我实现的过程中传统意义上的“母亲观”和她的“自我观”发生了猛烈的冲突，亲密无间的母女关系不再构成文化意义上的承继关系，而是背离、是中断，进而分崩离析。我希望能创造出一种具有现代女性美的形象，这不是被男性本位文化异化了的女人味，而是在一种开放的生活形态中，重新苏醒过来的那部分被压抑的女性意识。

文化是被历史和人塑造出来的，20世纪“爱”与“性”的观念震荡，有助于社会的细胞更新和基因修复。现代女性将在思考和改变自身命运的同时，融入全人类的文明进步。我相信，两性关系平等与和谐的未来文化，正在被重新书写。

“作”是女性的创造力和生命力

“作女”也许是一个陌生的词汇，却是大家都不陌生的现象。

在中国许多地方的方言中（上海、浙江、东北、北京），把那类不安分守己的女人，有违常规、自不量力的那些行为——统称为“作”。

“作”字，念平声，在汉语词汇的发展变化中，也许同源于“兴风作浪”“犯上作乱”“作孽”“作恶”的那个“作”。到了当下，还有“作秀”的“作”。“作”字专指女性（从未有人说男人“作”）。“作”立足于男性价值标准，是男性强加于女人、带有贬义的动词。在我们以往的文化概念中，“作”是一个坏词儿。

我想为“作”字正名。对于今日女性来说，“作”其实是一个好词儿。

进入21世纪的商业时代，城市女性的境遇发生了深刻的变化。物质生活条件的极大丰富和经济的急速发展，为女性带来了更多的发展机会，同时也使女性面临着来自外部世界以及女性自身的严峻挑战。

近二十年来，我发现在自己周围，有许多女性朋友，越来越不安于以往那种传统的生活方式，她们的行为常常不合情理，为追求个人的情感取向以及事业选择的新鲜感，不断地折腾放弃；她们不认命、不知足、不甘心，对于生活不再是被动无奈地承受，而是主动地出击和挑衅。她们更注重个人的价值实现和精神享受，为此不惜一次次碰壁、一次次受伤，直到头破血流，精疲力竭……

我把这样的女人，誉为“作女”。

在我看来，如今“作女”的横空出世，是女性的自我肯定、自我宣泄、自我拯救的别样方式；是现代女性在新的历史条件下，对自己能力的检测与发问。“作女”作为中国20世纪90年代至21世纪的新现象，恰恰是中国女性解放的标志之一。女性的进一步提升及自我解放，无法跨越女性个体盲目和狂热地“作”的这一历史阶段。

“作女”群体的崛起与涌现，绝不是一种偶然的现象，而是社会发展变革的必然。社会的进步诱发了女性强烈的“作”欲。这是对几千年男权社会所制定的种种戒律和道德规范的颠覆与反抗。封建社会的文化传统和纲常伦理，在商业时代的逐渐弱化，给女性带来了巨大的飞翔空间与更多的梦想。

但由于女性整体的能力和素质不足，女性身体和生理的局限性，使得女人只能以冒险精神和非常规的做法，对压抑束缚她们的一切作出本能抑或是极端的反应。

她们的力气不够顶开头上沉重的盖板，所以只能一点点拱动，拱动就成为女人“作”的姿态与形状，恰如女人的身体曲线。“作”的欲望来自女人的身体深处，是女人与自己进行的持久战争。

由于女性的性别特质，她们的行为带有强烈的感性色彩，她们通常被感性所支配，往往作出非理性的情感判断。这是“作”的生理依据。“作女”不一定可爱，有时甚至令人讨厌。但一个社会若是缺少“作女”，我们的生活就会减少许多活力和色彩。

“作”的过程会使女人获得心理上的种种快感，爆发出强大的内在冲击力。

“作女”不同于“女强人”，她们并不看重最终目标，只希望通过“作”来使自己的人生有声有色。所以小说的女主角卓尔说：我“作”故我在。

一部分“作女”的成功与获利，具有示范效应，吸引了更多的“作女”。“作女”不一定能“作”成功，但不“作”的女人多半不能成功。机会与灾难，通常同时降临在“作女”头上。

“作女”也有极大的负面影响，女性对于自我的过度张扬，造成家庭的不稳定以至解体，具有极大的破坏性，女性为此将付出相当惨痛的代价。一部分走火入魔的“作女”，甚至会走向犯罪。我对“作女”们抱着赞赏认同，却又不得不时时为她们提心吊胆的矛盾心情。

那些较低层面、低水平的“胡作非为”，暂时不在本书的关注和描述之列。

“作女”群体实际上由各种个性迥异的“作女”个体组成。

“作女”没有年龄限制——少女少妇中年老年，只要想“作”，随时都可以“作”。她们其中有的人为物质生活而“作”，有的为精神追求而“作”；有人是先天性自发的“作”，有人是后天被迫的“作”；有人是阵发性间歇性的“作”，有人是持久性锲而不舍的“作”；有的真“作”，有的假“作”；有的明“作”，有的暗“作”；有的狂“作”，有的蔫“作”；尽管表现形式千姿百态，但本质上的共同之处在于：“作”是女性的创造力和生命力的体现。

如今，看看我们周围的女人，大家会发现“作女”真是比比皆是。“作女”的故事实在太多了，不胜枚举。本书并非是“作女”大全，只是写出了一个名叫卓尔的女人，和她的女友们的一部分生活。但愿这能起到抛砖引玉的作用。

同时，我对那些温柔贤淑、勤恳敬业的女人，依然心怀敬意。

图书在版编目（CIP）数据

仰不愧于天 / 张抗抗著. —北京：中国文史出版社，2018.6
（政协委员文库）
ISBN 978-7-5205-0405-8

Ⅰ. ①仰… Ⅱ. ①张… Ⅲ. ①随笔—作品集—中国—当代

Ⅳ. ① I267.1

中国版本图书馆 CIP 数据核字（2018）第 151355 号

责任编辑： 程　凤

出版发行：**中国文史出版社**
社　　址：北京市西城区太平桥大街 23 号　邮编：100811
电　　话：010—66173572　66168268　66192736（发行部）
传　　真：010—66192703
印　　装：北京地大彩印有限公司
经　　销：全国新华书店
开　　本：787×1092　1/16
印　　张：18.5　　　插页：1
字　　数：240 千字
版　　次：2018 年 9 月北京第 1 版
印　　次：2018 年 9 月第 1 次印刷
定　　价：56.00 元